长篇小说

# 青 囊

愚公 ◎ 著

陕西新华出版
太白文艺出版社·西安

图书在版编目（CIP）数据

青囊 / 愚公著. -- 西安：太白文艺出版社，
2021.1（2023.6重印）
ISBN 978-7-5513-1853-2

Ⅰ. ①青… Ⅱ. ①愚… Ⅲ. ①长篇小说－中国－当代
Ⅳ. ①I247.5

中国版本图书馆CIP数据核字(2020)第009542号

## 青囊
**QINGNANG**

| | |
|---|---|
| 作　　者 | 愚　公 |
| 责任编辑 | 申亚妮　蒋成龙 |
| 整体设计 | 新纪元文化传播 |
| 出版发行 | 太白文艺出版社 |
| 经　　销 | 新华书店 |
| 印　　刷 | 三河市同力彩印有限公司 |
| 开　　本 | 787mm×1092mm　1/16 |
| 字　　数 | 243千字 |
| 印　　张 | 20.5 |
| 版　　次 | 2021年1月第1版 |
| 印　　次 | 2023年6月第2次印刷 |
| 书　　号 | ISBN 978-7-5513-1853-2 |
| 定　　价 | 56.00元 |

联系电话：029-81206800
出版社地址：西安市曲江新区登高路1388号（邮编：710061）
营销中心电话：029-87277748　029-87217872

# 探究中医的智慧

杜光辉

入夜，天地宁静，月满窗扉。

读完愚公先生的长篇小说《青囊》，目光从电脑屏幕上移开，眼前幻化出：几千年来在这块广袤的土地上，一代又一代中医人跋涉探究、踽踽前行的身影，而自己正追随着他们一路往前奔去……

去西安！找愚公先生畅聊这部小说，聊小说里的人物徐长卿，聊中华医学，聊我们民族古朴的辨证施治法则。在我有限的阅读史中，除了寥寥几部中篇小说，我还没有发现以中华医学为题材的现实主义长篇小说，或许这部小说开创了以中华医学为题材的长篇小说创作之先河，应该在文学史上占据一定的地位。

此时，是狗年年尾。妻不同意我这时去西安，这个季节别人都是从西安"逃"往三亚，我竟要从三亚跑到西安，这岂不等于在高速公路上逆行吗？确实，这个季节西安的气候实在不敢恭维，黄土高原的干旱似乎全凝聚在古城，并混入从西伯利亚汹涌扑来的寒冷空气，干冷入骨，满街道滚动着臃肿的羽绒大衣，辨不清男女。

两天后，我还是来到了愚公先生位于西安铁路局住宅区的居所。面对一杯清茶，思绪随着袅袅飘溢的茶香浮想联翩，我倾听着愚公先生谈他的《青囊》；谈作为该小说主人公的徐长卿和李时珍《本草纲目》里的中草药"徐长卿";谈《黄帝内经》和张仲景的《伤寒杂病论》;谈孙思邈的《千金要方》《唐新本草》;谈李时珍的《奇经八脉考》《本草纲目》;谈愚公先生学习中医的初衷,以及他对中华医学的理解。

几年前,我得知愚公先生兴致勃勃地在岐黄王国里漫游,但没想到他已行走如此之远,《青囊》只是副产品!这几年里他帮助一个中医世家撰写了几部中医药学专著,对一项由几代医匠创造的民间中医特色疗法的传承光大起到了积极作用。不过,愚公先生说,这也只是他学习中医的副产品,最重要的收获是岐黄文化给他带来的内心的充实和愉悦,是古老中医教会了他"法于阴阳,和于术数,食饮有节,起居有常",教会了他正确的生活方式,使他对中医深怀虔诚之心。

是的,他的恬淡从容,他的言谈中流露出的儒者气象,使我深刻感受到了这一点。几个小时的交谈,我知晓了天际演变、四季轮回、春发夏长、秋收冬藏的道理;知晓了日出日落、月盈月缺、阳光空气及天体运行对人体的影响;知晓了人类智者一直在探索的两个事物——宏观的宇宙、微观的人体;知晓了人的情志与欲望等精神活动对生命的影响;知晓了人体的藏象学说、经络学说和中华民族最古老朴素的辨证施治法则以及阴阳虚实、六经辨证、五行相生相克等中医理论基础;知晓了中草药是因其生长于天地之间,经日月风霜山水灵气浸润,故而有了祛病除症、起死回生的神奇作用;知晓了中医与儒释道文化精髓融为一体,我们要明心悟觉,持一颗宁静向好的心,方能有所悟有所知……

愚公先生的讲述在我眼前幻化出山溪、大河、平原、雪山、森林、海洋。阳光照耀大地,水汽冉冉升腾,在空中形成云;云飘移,水汽积聚,又形成雷电雨雪;雨雪降落大地,又蒸发。亿万年的循环轮回,风调雨顺了,给人类带来滋养,但又少不了旱魃出现、涝魔横生、天崩地陷，给人类带来灾难。天地万物有其演变的规律，人类若不顺应大自然规律，破坏万物的生态链条，只能面临灾难。

愚公先生把这些对自然的讲述写入了他的《青囊》，把我的思绪再次引领到秦岭深处。在那莽莽群山之间，我看到徐长卿奔波在田间地头治病救人，看到徐长卿奋力攀爬在悬崖峭壁上采撷神奇的接骨草，看到徐长卿面对重重磨难依然不改医者仁心，看到了民间中医薪火相传的艰难历程。

《青囊》通过乡村中医徐长卿的人生际遇，揭示了数十年间的社会变革，写出了世态炎凉，写出了医者仁心，使我知晓了中华医学的根在民间、在乡村，在一代代医者的传承之中。对于民间中医来说，中医既为衣食生计的职业，更为民间道德的载体。像徐长卿这样的民间郎中，不仅是中华医学的传承人，也是传统道德、华夏文化的传承人，他理应受到民众的尊敬。

中华民族有着五千年的文明史，甚至在文字出现之前就有了中华医学的萌芽。一代代像徐长卿那样的中医，观天察地，探究天地与人的生命之间的关系；尝遍世间百草，摸索其药性及功效，探索六淫七邪给人带来的危害；探究人体经络、气血、脏腑的运行规律，以及五行相生相克的关系。他们探究医理、药理及辨证施治的要略，探究中华医学的根脉。一代医者逝去了，又一代医者接着探索，前仆后继，薪火相传，生生不息。数千年来，无数医者递接着探索生命奥秘的火炬，使得中华医学的火炬越燃越旺，中华医学的瑰宝越来越闪耀出璀璨的光芒，成为人类文明不朽的宝库。

通读《青囊》，我悟出这样一个道理：中华医学讲究为医之道，更讲究为人之道、处世之道、平衡之道、中和之道。《青囊》写了医道，更写了世道。

几千年来，一代又一代中医人，有悬壶济世的良医，也有唯利是图的庸医。古代如此，今亦如此。愚公先生的《青囊》始终把弘扬徐长卿这样的良医的仁术济世精神作为小说的主旨，描述他们如何兢兢业业地庇护着人的生命健康，并一代一代地传承至今。时代发展到市场经济的今天，人们追求物质的欲望，对传统道德伦理、中医文化形成巨大冲击。那么，悬壶济世、治病救人的医德医道，还能继续成为社会风尚的主流吗？中医还要不要驻留在乡村、小镇？中医还要不要开门授徒，让中医代代传承？

我从《青囊》中还读到愚公先生的忧虑：倘若中医离开了治病救人的初衷，就会变得唯利是图；倘若中医离开了广袤的土地，就会迷失在繁华都市里；而中草药离开了天地精华的滋养，进入化肥培植，还能保证中草药的疗效吗？中华医学的精髓还能否继续延续？……这是愚公先生给我们提出的必须认真思考的问题。

写这篇序时，我脑海中突然冒出这样的思考：偌大中国，作家如夜空星辰，为什么极少有人涉猎中医题材？原来是中华医学太博大、太深奥了！四诊、八纲、六经、阴阳五行等学说，抽象、神秘、玄妙。每一项学说都如同一部天书，每一个论点都堪比哥德巴赫猜想，我等普通读者怎能不望而生畏呢？即便是才高八斗的著名作家，也难以在这片神秘的领域里一展宏图。愚公先生虔诚地膜拜岐黄，安神定志孜孜以学，深入乡村寻访民间中医，拜民间中医为师，一窥传承脉络，着实下了一番功夫。创作这种题材虽还谈不上得心应手，但《青囊》字里行间显露出的扎实的国学根底和深厚的中医药学知识让人肃然起敬。

想起若干年前在汉诺威世界博览会上，中国馆馆外的照片是长城和京剧脸谱，馆内展出的是三峡工程模型，还有一个幻想中国人登上月球的模型，再就是以人体模特针灸穴位为主的中医介绍，以及摆放整齐的各类中成药。在这些照片和展品中，最具有中华民族传统文化符号并有益人类的，恐怕就是京剧和中医了。京剧使人心情愉悦，中医使人身体康健。再仔细分析，如果身体陷入沉疴，心情必然不会愉悦，一个在病痛中挣扎的人，哪还有欣赏京剧的心情？中医比京剧对人更具重要性！如果谈到国粹，中华医学绝对应该占据首要地位，应该被我们的作家大写特写！

与愚公先生交谈，我记住了《黄帝内经》里的一句名言："正气存内，邪不可干。"这里所讲的正气，不仅仅是指生理上的水谷精微之气，更重要的是精神、情志上的浩然正气。这种浩然正气是要依靠个人修为而成。"法于阴阳，和于术数，食饮有节，起居有常。"人类与自然和谐相处，成为自然界的组成部分，便能从大自然里获得力量，使生命生机勃勃。

突然忆起明末才子袁宏道云："独抒性灵，不拘格套。"不知用于评价《青囊》合适不，但《青囊》多少弥补了中国文坛的缺憾，难道不应该对作者庄重地行个举手礼？

2019 年岁首

（杜光辉，著名作家，海南省作家协会副主席，出版、发表文学作品六百余万字）

# 目　录

# 第一章　忘忧草

忘忧草（本名萱草）味甘而气微凉，能去湿利水，除热通淋，止渴消烦，开胸宽膈，令人心平气和、无有忧郁。

——《本草求真》

## 1

踏上石板街时，已是暮色四合。

雾岚般的炊烟渐渐把村子笼罩起来，浓浓的暖意驱散了周身的疲惫和寒凉。何队长家的大黄狗又一阵阵猛吠，怕是有生人来村里了吧？正是山乡人家吃晚饭的时候，各家晚饭的味道随着炊烟弥漫开来，鼻孔里涌满了煮得黏稠的苞谷椮子的清香和腌雪里蕻的味道，还有谁家做红苕面锅贴了，焦甜的香气诱得徐长卿一天没进水米的肠胃一阵阵抽搐。

徐长卿加快步子往家赶。

眼看要过正月十五了，年就算是过完了，可庙沟人大都还猫在屋里不出来。说是"五九六九河边看柳"，可这秦岭深山里却还是寒气袭人，风吹到身上似刮骨般冷。从腊月到现在，山里人大都是守在屋里围着炕火煮茶取暖，徐长卿却不能，他有要紧的事情要做。这时节正是采天麻、何首乌等药材的好时机。从腊月开始，徐长卿每逢农历三、六、九都要早早地上紫柏山采药。三、六、九是父亲徐青山给他定的日子，是图个吉利呢还是怕他累着，不得而知。

当黎明的熹光刚爬上窗子时徐长卿就醒了，他穿起衣裳轻手轻脚地到柴房里准备上山的物件。徐长卿穿上父亲传给他的采药行头：一副厚帆布绑腿，上裹到膝盖，下包住脚面，等于穿了一双厚靴子，荆棘扎不透，虫蛇咬不着；一双生麻厚底布鞋，林子里行走常会踩上草丛里看不见的竹茬子，扎穿鞋底板的事时有发生，有了这双鞋就不担心这个麻缠；还有一根细长的白蜡木杆子，一头安了个寸许长的月牙镰，平时当拐杖或探路用，在崖畔上能帮他采到徒手够不着的药材。徐长卿穿戴停当，母亲已经做好了早饭。他一上山要到天黑才能回来，早上这顿饭就十分要紧。每次徐长卿悄悄地起身，以为不会惊扰母亲，但母亲总是比他更轻更早地起来到灶房做饭。一老碗热乎乎的苞谷糁子、一个足有半斤重的金裹银馍馍下肚，徐长卿身上也热了，劲也足了，背起竹篾背篓说"妈，我走了"，便轻轻拉开院门走上石板街。这时，天才麻麻亮。

在这个有上百户人家的村子里，三十二岁的徐长卿可是个标准的男子汉嘞，身材高大，方头大脸，鼻梁挺拔，眼眉细长，一双蒲扇一样的大手又勤又巧。可惜命不好，年纪轻轻就殁了媳妇。媳妇给他丢下两个儿子。眼下，大的九岁，小的七岁，正是喂不饱的年纪，一家老小都靠徐长卿一个壮劳力。要不是父亲成分不好，徐长卿这样的高中生早都该参加工作或当兵什么的，一个富农子女身份生生把他毁了。好在他爹徐青山还懂点中医术，平时乡亲们有个头疼脑热的找来求个方问个药，徐青山总能给人祛病除症，成了村里不挂牌的郎中，连周边三沟四村的一些村民也来找他看病。徐青山为人厚道，口碑好，给人瞧病配药从不收诊费也不要药钱，病好之后有钱的随便送点钱来，不送的从不过问。深山里民风淳朴，多数人都会有所报答，没钱的也会拿些鸡蛋、腊肉、粮食什么的送来，也算是有了一份过日子的贴补。徐长卿自幼跟父亲学了些中医药知识，尤其识得一些药材。他一有空就上山采药，卖给供销社收购站也能换些钱，日子便这么一天天往前挨着……

眼看拢屋了，疲惫的徐长卿看见何队长家的大黄狗正扑叫着追赶一个人——怪不得吠这么凶，确实有外人来。抬头一看，是一个风尘仆仆的陌生人，正迎着徐长卿走来，走到徐家门前停下脚步，对咆哮的黄狗视而不见，从容地打量着徐长卿家沧桑的老屋。这是个外乡人，年纪在五十多岁，蓄长须，面容清癯，肤如古铜，身条瘦而高，上身套一件藏蓝中式对襟棉布衣，下身穿一条灰布裤，肩挎一个深灰色布包袱。虽然路途奔波满身风霜，但走起来却步履轻捷。只见他长髯飘飘，神色俊朗，颇有几分道骨仙风，像是个下山的道士，又像是传说里武林中的练家子。

徐家这座宅子是座老屋，青砖柱子土坯墙，坐北朝南，房顶青瓦间长着一棵棵直棱棱的瓦松。院门敞着，从外面能看见两侧搭的有猪栏鸡窝，屋后有两棵满是枯枝败叶的老槐。门前有一溜子菜地，冬天里光秃秃的。屋檐下悬吊着几捆杜仲、厚朴、艾蒿什么的。徐家虽是个家道不兴的穷农户，却弥漫着一股中草药的清香味道。

徐长卿与陌生人相逢，点点头算是打个招呼。

徐长卿放下背篓正要进屋，暮色中，陌生人淡定从容地望着徐长卿，操着四川口音笑容温和地问道："后生，可以到你家讨口水喝吗？"

徐长卿点头应允，拍打一下身上的尘土，正想进屋倒碗热水给他，不承想这个陌生人却随他一同进到屋里。

父亲徐青山坐在火盆边编柳条筐，母亲正往桌上端饭。两个儿子对徐长卿喊了声"爹吃饭"，便急不可待地抱起碗来。母亲一回头看到有客人来，便随口让道："客人一同吃晚饭吧！"

陌生人像见到久违的亲人一样笑吟吟地看着徐家老小。

徐长卿对母亲说："他是个过路人，到咱家喝口水。"

徐青山忙站起身打量来人，脸上当即露出欢喜的神色，因为此人很像他多年来一直仰慕并想结识的那种云游四方的大郎中。他赶紧把干活的手在身上擦了几下，满面带笑地像对远道来的亲戚一样招呼道："先生赶路辛苦，肯定还没顾上吃晚饭，就在我们这里凑合吧。"

徐长卿倒了一碗水递给陌生人："快喝了赶路吧。"

没想到这陌生人却微微一笑，对徐青山说："实不相瞒，我一整天水米未进了。"

原来是要饭的！徐长卿心里有点意外，但父亲已经拉着陌生人坐下，把筷子递到他手上。陌生人立刻埋头吃了起来。饭是每天的家常饭，苞谷糁子，自家腌的雪里蕻——晚饭是舍不得用油炒的，只是切碎拌了点辣子。陌生人吃得很香，连吃了两大碗苞谷糁子，之后把筷子一并轻轻放在碗上，说："多谢多谢，好香好香。"

徐母过意不去地说："不晓得有客来，也没炒个菜，怠慢了怠慢了。"

陌生人说："莫客气，我还有一事相求。"

徐青山说："晓得，天已暗了，就在我们屋头落脚吧。"

陌生人说："我叫凌朴子，从四川来的。多谢你们。"

徐长卿真不知说啥好了！一个素不相识的过路人，要饭要到家里来，竟然还要住下来！但父亲已经说话了："长卿，把你的屋子收拾一下让客人住，你领娃儿在我屋里困。"

母亲立刻放下手里的碗筷，把徐长卿的屋子打扫了一番，对陌生人说："你就早点歇息吧。"

凌朴子随着徐青山走进东头的屋子。这是徐长卿和两个儿子住的房间，是家里最大的一间，炕也很大。徐青山和他道别后替他掩上了门。

放下包袱，凌朴子打量了一下屋子，在炕沿上坐下来，脑海里闪现着徐长卿和他父母亲忠厚实诚善良的面容，满脸惬意地笑了。炕烧得很热，他一挨热炕立刻觉得周身的寒凉全都融化，一身的筋骨也都散架了。坐了没几分钟就感觉困意袭来，他软软地倒下去，舒展地躺下。是该好好地睡一觉喽。

已经十多天没有踏实地睡觉了。出南江，过巴山，沿米仓道一路向东北方向奔波。头几天并没有想好奔向何方，但有一点是清楚的，必须离开家乡，离得越远越好。一路上，天晓即行，日落则歇，走哪儿算哪儿。道观、码头、大车店都是他栖身过夜的地方。直到三天前走上连云栈道之后，前行的目的地忽然在心中清晰起来——张良庙！那是张良弃官隐退修身养性的地方，而张良庙后的紫柏山，是华夏中草药的宝库。凌朴子记得多年前曾数次到过张良庙，总觉得那里和他有扯不开的渊源。这一次，仿佛冥冥之中有一种力量吸引着他，让他觉得到张良庙一定能遇到他要找的人，张良庙将是他生命旅程中的最后一个驿站。

此刻，不仅仅是有了一个温暖的安歇之地，心里那份隐隐的担忧似乎也沉下去了，惴惴不安的心总算有了着落。从离家的那个晚上起，在心底盘桓的不仅仅是亡命天涯，心里恐慌的也并不是死亡临近，而是作为一个被民间广为传颂的大郎中，已经年过五旬却始终还没有遇到那个可以传承衣钵的人，这是一个郎中最大的悲哀。直到走上庙沟石板小街，站在徐宅门外，一抬头看见房檐下挂着的一捆捆艾蒿、厚朴和杜仲，还有一串串天麻、茯苓在风中摇摆时，凌朴子心中便猛然一惊。紧接着，那个背着一背篓药材的大个子青年巧巧地就出现了。他那因劳累而显麻木的脸庞、憨厚的神情和沉静的目光，还有，从背篓里、从他身上、从他的眼神里散发出来的中草药的清香，仿佛都在告诉凌朴子：是这个人，我要找的就是这个人。天不负人啊！凌朴子心里说，这场遥及千里的奔波终于抵达终点。

凌朴子沉沉睡去。


第二天，为了招待这个不速之客，徐母煮了一块平时舍不得吃的腊肉，做了两个像模像样的菜。徐长卿心想，父母亲也太厚道了，家里没来过客，一个要饭的讨到门上他们竟然当贵客招待！母亲说："上门就是客，人家老远来到咱家，不能连点油荤都没得。"这天晚上，陌生人还住在徐家，没有要走的意思。

第三天，徐长卿天不亮就上山采药了，直到天快黑才回来。到家一看，凌朴子还在，正和家人一起等着他吃晚饭呢。苞谷糁子，锅贴饼，拌雪里蕻，母亲又特意煎了一盘鸡蛋，做了个白菜土豆炖粉条，像是给客人送行的样子。徐长卿默不作声，端起碗就吃。饭毕，凌朴子说："多谢你们几天来的款待。"

徐长卿心想：道谢的话也就是告别的话，总算是要走了。

没想到陌生人接着又对徐父和徐母说："实不相瞒，我这次是出来避难的，眼下无处可去。"

徐青山连忙摆手道："不要紧，不要紧。那就在咱家先住下，啥时过了难关再走不迟。"

陌生人还是那副平平淡淡的样子："那就多谢了！"

徐青山说："没得啥谢的。咱们虽家贫，粗茶淡饭总有你一口，你也不必当个啥事，想住多久住多久。"

徐长卿知道父母亲一向厚道，与人为善。奇怪的是这个凌朴子，不知道是要干什么，讨吃讨住，还要在他家长住下来，竟然还那么一副平平淡淡的样子。

徐长卿帮母亲把碗盘收到厨房，带着两个儿子到父亲屋里。他看得出来，父亲要和陌生人说话，这个陌生人是该讲讲他的事情了。但徐长卿只听到陌生人说他是四川人，五十三岁，比父亲小一岁。至于他有没有家小，究竟遇到啥事情，为啥背井离乡地跑到这儿来，还是只字未提。

不管徐长卿愿意不愿意，这个凌朴子就在他家住下来了。父亲对外人说是徐长卿的一个远房堂叔，并让徐长卿以叔相称。徐长卿在外叫堂叔，没有外人的时候就叫凌先生。这个"堂叔"每天都忙忙碌碌的：一早出门，就去附近山上或是去张良庙转悠，时常采一些奇怪的花花草草茎茎蔓蔓回来，和徐青山一同谈论炮制中药材的事情。等徐家人都睡下后，他又开始看书，要看到很晚。

过完正月十五，很快就到开学的时间了。徐母年后就开始张罗，绱鞋子，缝衣裳，买本子。徐长卿的两个儿子地黄和地锦在庙台大队学校上学，离庙沟二十里地，路远，只能当寄读生，每个礼拜才能回来一次，因而吃穿用度都要安顿好。

这天晚上，是凌先生来家第十天的晚上吧，晚饭后凌先生带着地黄和地锦出去玩了。徐长卿和父亲母亲坐在一起盘算着两个娃儿的花销。母亲从炕头小木箱里取出钱来，一遍一遍地数，越数那眉头皱得越紧："要缴学费，要买书包，要买本子。还有，两个娃儿的衣裳实在出不了门了，怎么也得做身新的，还得有个十几块才能打发下来。"

徐青山站起身，瞪起眼睛不耐烦地吼道："你把那钱数来数去地管啥用！娃儿衣裳晚些天做天能塌啦？"

徐长卿习惯性地摸衣裳口袋，连票子的魂都没有。心想，过几天去趟公社收购站，年后采的药还能卖个十几块哩。看着母亲攥着钱满脸愁苦的样子，他心如刀割。这些天家里添张口，母亲还总说有客人不能太寒碜，时常买点鸡蛋、豆腐、蔬菜什么的，花销就大了，手头便更紧了。

这时，地黄和地锦嘻嘻哈哈地冲进屋里，凌先生也随后走了进来。徐母忙把攥票子的手背向身后，慌乱地向凌先生打招呼。凌朴子显然看到了这一幕，只是微微一笑，对两个孩子说："都早早睡觉，要听话哟！明天我可是要考你们的，看你们背下汤头歌了没有。"说完便转身去了自己睡觉的房间。

第二天清晨，凌朴子临出门时来到灶房，对正在烧开水的徐母悄声说道："我这里有点钱，家里先用着，孩子上学是要紧事。"说完把一沓钱放在灶台上便转身离去。

徐母正要推辞，凌朴子却已走出门去。徐母抓起钱撵出门，凌先生已经走出院子了。徐母一看手里的钱，双手不由得抖动了起来，当即回屋把徐青山父子叫到一起，摊开手，掌心里都是拾元大票。

"他刚刚给我的，说啥都挡不住，给完就出门了。"

徐长卿接过钱一数吃了一惊，十张"大团结"！他望着母亲说："这么多？"

徐青山说："收着吧，这是个贵人，是我们家的大贵人。不说他给了钱，就算是分文不给，都是我们家的大贵人。"说完，狠狠地瞪了徐长卿一眼便离去了。

徐长卿感受到了父亲那一眼的辛辣。的确，自己对凌朴子显得有些不礼貌，有时还摆个脸子，凌朴子视而不见，父亲却满心不快。可是长卿该怎么办？妻子走后，家里就他一个壮劳力，又带着两个孩子，家贫如洗，突然来个外人又吃又住的，心里怎能不急？可是，父亲怎么就不急呢？怎么就从来不曾有丝毫的嫌弃呢？徐长卿感到脸上烧乎乎的。

凌先生喜欢孩子，地黄和地锦整天缠着他也不烦，还和他们一起跑跑跳跳的，教他们背汤头歌，给他们讲故事。在凌先生面前，这两个顽皮的孩子变得懂事知礼起来。有时，徐长卿看着他们规规矩矩坐在凌先生面前声音洪亮地背汤头歌，真想加入他们的行列，一同背那些似曾相识的句子。

地黄和地锦开学以后，凌先生除了每天清早外出晨练，其余时间总是坐在门前那一垄荆竹下读书，手边还放着他采回来的那些茎茎蔓蔓的怪药材。他的书就那么五六本，却总也看不完。

白天，徐长卿不是出工就是进山，很少有时间和凌先生相处，只有傍晚回到家吃晚饭的时候才会坐在一起。但常常是父亲和凌先生谈采撷本草、炮制药材的事情，徐长卿插不上话。徐长卿知道凌先生有夜读的习惯，常在晚上给凌先生泡好茶水，但每次走到门口却不敢进屋。凌先生读书太入神了，怕打扰到他，徐长卿便久久地站在门外打量凌先生。屋里灯光幽暗，墙面黄渍斑斑，有的地方渗出了雪花般的芒硝。黑色的板柜很旧了，箱盖裂了几道缝。那把竹椅倒是很结实，油光油光的。凌先生端坐在椅子上，缓慢地仔细地一行行地看书，有时举起书迎着灯光辨识一番，才又往下看，嘴唇嚅动，似在默念。每每见到这一幕，徐长卿总觉得有一种什么力量在牵引着他。那一团灯光虽幽暗，却照亮了他的心房。凌先生像个教书先生，他的学问好大，父亲说他是个大先生大郎中。那么，他背井离乡来到庙沟，并投住在徐家，究竟是要做什么呢？

一天，徐长卿给凌朴子送去茶水后，望着凌朴子手里的书问道："凌先生看的都是古书啊？"

凌先生接过茶水，把几本书都推到徐长卿面前，说："中医经典古籍，今后你怕是也要看它哩。"

徐长卿小心翼翼地拿起书翻了翻，是五六本纸张发黄的旧书，全是繁体字，连高中毕业的徐长卿也认不全。不过，封面上的书名倒是认下了，《黄帝内经》《金匮要略》《伤寒杂病论》《神农本草经》等，难道他真的是个大郎中？

## 2

惊蛰前后，凌先生来庙沟快满一个月了，徐家发生了一件大事：徐青山上山砍柴时跌落崖畔，摔成重伤。幸有路过的村民发现，几个人又背又抬地把他送回家。

徐长卿听到消息从地里赶回来时，家里已乱成一团。父亲摔得很重，他在攀爬一段陡峭的山崖时踩上一块松动的石头，从一丈多高的山崖上跌下，当即摔断大腿。在这个节骨眼上，偏偏又有一块老碗大的石头飞速落下砸在小腿上，一下子让左腿受了两处重伤。

"爹，爹！你咋样了？"徐长卿扑到父亲面前，连连喊道。

徐青山脸色铁青。血，浸透了裤子，流在地上又积了一摊。徐母呜呜呜地哭，不知所措。

"快送公社卫生院！"徐长卿对几个乡邻说道，急忙去卸门板、找绳索，准备往卫生院抬。徐青山摆手阻拦："莫要白费事，卫生院哪个人能把断成三截的腿接起来？我不去！"

徐长卿说："谁说腿断了？"

一个乡邻小声说："看起来是断了嘞，大腿这里皮肉都鼓起来了。"

徐长卿又说："那也得去呀！总不能在家里等死！"

有人说："去县上医院怕是要截肢了。"

另一个说："能保住命也行啊！"

一位年长的近邻弯下身子附在徐青山耳边说："还是去吧，老徐。先保住命，别的以后再说嘛，说不定还能接好。"

乡邻们你一言我一语地劝说。徐青山抓住院中的一棵小树做出一番拼死不离家的样子。

徐母急得大声哭号："造孽哟造孽！徐家造了啥孽，遇这么多的灾？这可咋得了哟！往后的日子可咋过呀……"

就在这个时候，凌朴子出现了。

凌朴子脚步轻捷，行路无声，像是飘进院子里似的。他一出现，院子里立刻安静了下来。来帮忙的热心乡民大多没见过凌朴子，这会儿全都呆呆地望着这位面容清癯、长髯飘飘的陌生人，觉得他似神仙下凡。

凌朴子刚从山上回来，一看院里情状，知道发生了啥事体，急忙到徐青山面前，俯下身子，卷起徐青山的裤腿看了看，在伤处轻轻捏了捏，然后附在徐青山耳边轻轻说道："莫怕，你的腿能治好。"又去把瘫在地上哭的徐母扶起来，说："嫂子莫要慌，我一定让徐大哥站起来。"

徐母一把紧抓住凌朴子，急切地问："真的？那可是遇到救星了！你一定要救他啊！"

一时间院里静了下来，徐长卿和邻居乡亲们都惊异地看着这个奇怪的巴蜀客。凌朴子对大家拱了拱手说："在下略通医道，但并不是游走行医的郎中，情急之下只好试试，救个急，大家放心回家吧。有一点，今日之事请大家千万不要对外讲，拜托大家啦！"

众人散去后，凌朴子说："长卿，咱们把你父亲抬到我住的屋里。"徐长卿要说什么，看凌朴子挥手制止的样子，便咽下要说的话。听凌朴子的吩咐，自己抱起父亲上身，凌朴子一手托着臀部一手托着伤腿，徐母帮忙抬着另一条腿，三人合力把徐青山抬进屋。凌朴子对徐长卿和徐母说："你们烧一锅热水，洗两个盆子，我即刻回来。"说完抄起锄头疾步向阴阳坡走去。徐长卿知道他是去采药，可天都快黑了，看都看不清，能采到啥药呢？

仅仅半个钟头，凌朴子便疾步返回，手中攥着一大把草药和根茎，对徐长卿说："快快洗净捣碎，装在碗里，莫要洒了汤汁。"说罢，脱去外衣，从包袱里拿出家什，立于徐青山面前，一边屏息敛气，一边对徐母做了个请她回避的手势。

徐长卿在灶房里一边洗草药一边留意凌先生都采了些什么药材，他竟敢那么肯定地说能接好伤腿。把几种草药一一辨认之后，徐长卿心中更是纳闷：这几种草他都认识，铁杆蒿、续断、刺龙苞等，共六七种，都是不稀罕的贱草。平时阴阳坡上、沟边崖畔到处都有，但在这才开春的时节只有在背阴避风的草窝子和石头缝里才能找到。还有几样是凌先生带来的炮制过的草药，徐长卿不认识。这些，能医好父亲的腿伤？这个姓凌的怪人真的是个大郎中？如果是个大郎中，手艺高又不缺钱，为什么要跑到庙沟来寄居在他们家？徐长卿一边想一边捣药，猛然听到父亲一声大叫，急忙把药泥装进陶碗跑进屋里。

只见父亲平静地躺在床上，凌朴子接过药敷在伤处，用布条密密缠紧，然后系上夹板，给父亲盖上棉被，此时的凌朴子竟是汗水淋漓、气喘吁吁。

自此，徐长卿每天下工后采药，六七种草药他已熟稔于心。采回来的药由凌朴子按比例配好交与徐长卿洗净捣碎，每隔一日换敷一次。凌朴子还悄悄交给徐长卿一个处方，让他去镇上抓药，上有骨碎补、自然铜、土鳖虫、冰片等，又加上家里存有的几味中药和他采来的几种茎块状药材，亲自煎熬给父亲喂药。

一周后，徐青山脸上渐渐有了血色，说话也有了气力。随着父亲一天天好转，徐长卿确信凌先生能治好父亲的腿伤，父亲不会成为残疾，心里的担忧渐渐消去。

山里乡民祖祖辈辈缺医少药，生不起病，出不得事，一旦遇个急病灾祸的不是丢了命就是残了身子，徐长卿的媳妇就是这样丢了命的。前年夏天，徐长卿媳妇在苞谷地锄草时让头年苞谷茬子划伤了脚。她不当事，揪了一把刺儿菜揉出汁抹了一下接着干活，等收工了才回家，一进屋就全身烧得滚烫，四肢战抖。徐青山一看连声说："瞎了，瞎了，这是金疮痉！就是人们常说的破伤风，这可是要命的！"一家人急得团团转，去县医院的班车第二天才有。怕耽搁治病，徐青山找来蝉衣和蜈蚣配了几样草药，飞快地研成末冲好汤药让她服下，挺过了头一晚。哪晓得第二天突降暴雨，班车停开。徐长卿媳妇高烧不退，没等喝第三碗汤药，第二天半夜就咽气了。哪想到呢，一个才二十多岁的年轻女人被一道半寸长的小伤口要了命！缺医少药的深山沟里，人命贱啊……


一个多月后的一天，徐长卿捣好药端来后，凌朴子挥手阻止。对徐青山说："这几天感觉如何？"

"腿上麻酥酥的，像有虫子在爬。"

"你抬下腿试试。"

父亲忽然大喊起来："能动了，我的腿能动了！"

凌朴子笑眯眯地说："来，我扶你下地走走。"

徐长卿惊异地说："凌先生，伤筋动骨一百天，这才一个多月呀！"

凌朴子依然笑眯眯地说："无妨，试试看。"

徐青山由徐长卿搀扶着下了地，抬腿走了两步，脸上露出惊喜的神色。他推开长卿，独自走了一圈，竟然恢复如初，连一点疼痛的感觉都没有了。

"神医！神医！多谢救命之恩！"说着，徐青山就要给凌朴子跪下。凌朴子一把扶住他，说："使不得使不得！骨伤初愈，还须静养十数日，快去躺下，可不敢大意。"

徐青山靠在被子上热泪纵横，大喊："他娘、长卿，快给神医跪下，快谢救命之恩啊！"

徐母拉着长卿扑通一声跪在凌朴子面前。凌朴子急忙扶起母子俩，一迭声地说："岂敢岂敢！快快起来。这是徐大哥行善积德，神灵相助，非药石之功。"

徐青山腿伤初愈后，经常和凌先生在院里散步。清早的晨光洒满小院，凌先生兴致很高，一边和徐青山聊着中草药的闲话，一边悠闲地细细打量这个安静的小院。房山墙的砖柱上渗出了一层芒硝，土坯墙被风雨咬噬得凹凸不平，院坝里放了一张树根做的茶几和几把小竹椅，都显得很陈旧了。但墙上挂的干艾蒿，地里长的绿油油的当归、党参苗子，还有笸篮里晾的金黄的蒲公英和鲜亮的金银花却使整个宅院都显得生机勃勃，尤其是窗下那一丛荆竹，四季苍绿，深得凌朴子喜爱。他时常和徐青山在竹下下两盘棋，更多的时候是在竹下看书。

当徐青山又出现在村子里并下地挣工分的时候，村民们莫不惊讶万分：徐青山腿断了三截，连公社卫生院都不曾去，怎么还能下地做活路？难道徐青山遇上了神仙？

种种议论在镇上流传起来。有的村民去徐青山家时见过凌朴子，便向别人显摆，说那个神秘川客仙风道骨，一看就不是凡人。还有人说在紫柏山上看到过凌朴子，攀悬崖峭壁如履平地，别人采不到的仙药都让他采了。尤其是大队文书、"老秀才"罗林甫见过凌朴子以后，经他那一张说书人的嘴讲出来更是神乎其神。

罗林甫拿出摆龙门阵的架势说："咱们这紫柏山，东有褒斜栈道，北有秦岭太白山为屏障，壁立千仞，峡谷幽长，终年云霭缭绕，自古就是仙家修行宝地。古有张良在此修行，今有凌先生前来施医济世。这凌先生精通岐黄、医术高明，徐青山遇到这样一位得道高人是他的福缘，也是庙沟人的福缘。这个凌先生很有可能就是张良的化身嘞！"

一时间众说纷纭，传遍了三沟四村，便有乡民三三两两地来到徐家，有的想求医问药，有的想一睹神医风采。

有乡邻来徐家时，凌朴子并不见外，或与大家在炕上盘腿而坐，或蹲在门前拉家常话，一口四川乡音，并不像传说中那么神秘。对于上门求医的患者，凌朴子也是来者不拒，平平常常地把脉问话，随手抓一些自己采的草药相赠，分文不取。但徐长卿看得出来，这一时期，凌先生常常大清早就外出上山，或游玩或采药，直到天黑才回来，他是在回避众人的关注。

清明过了是谷雨，是秦岭南山春光烂漫的好时节。谷雨第二天雨过天晴，恰好又是个星期天，地黄和地锦头天晚上就回来了，看到爷爷腿伤痊愈，都欢呼雀跃起来，兄弟俩在院子里追逐着蹦跳着，欢快地笑着。院里边边角角盛开着一丛丛蒲公英、地丁花什么的，给这个老屋子带来了勃勃生机，让全家人的心情都像这晴朗的春日一样美好。

徐母天麻麻亮就起来泡黄豆，徐青山忙着烧石膏、洗石磨，准备磨豆腐。头天有集的时候，徐母就让徐长卿买了两只鸡，割了一刀肉，今天要给凌先生好好做顿饭。

凌朴子笑眯眯地看着徐青山和徐母忙活，说："徐大哥，嫂子，我出去转转，晌午回来一起磨豆腐，我们巴中的豆腐也好吃得很哩。"

凌朴子刚要走出院子，徐长卿追出来说："凌先生，我陪你一起逛张良庙吧？"

凌朴子回过头微微一笑，两人步履轻快地向张良庙走去。

凌朴子寄住徐家已两个多月了，徐长卿对凌先生的敬意日渐增长。他知道，凌先生常常外出，除了上紫柏山采药，很多时候都是在张良庙一带游玩，有时沿庙院四周悠闲踱步，有时站在阴阳坡上向远处眺望。回到家和凌先生在一起时，凌先生常常有意无意地给徐长卿讲医典古籍上的名人故事，如黄帝和岐伯、扁鹊、华佗、张仲景、李时珍等，一代代大医圣贤的传奇把他带入神奇而博大的岐黄世界。凌先生不仅是个医术高深的大郎中，学问也深不可测。还有，他为什么会背井离乡，为什么要客居他们家？这些问题都在徐长卿心头盘桓。

朝晖渐渐洒满了山村和峡谷，石板街上潮乎乎的。远处紫柏山峭壁的顶端、玉带般伸向远方的国道、半山上的张良庙古殿，都染上了黄澄澄的颜色。凌朴子面染金辉，长髯飘飘，步履轻快地一路前行，张良庙已经遥遥在望。

张良庙建于紫柏山下，依山枕水，占地甚广，有一百多间房舍，都是气势非凡的古建筑。从庙沟村走三里山道就是国道，国道旁就是张良庙。小时候，徐长卿也曾无数次进庙游玩，但并无什么特别感受，不知凌先生为什么对张良庙情有独钟。

"凌先生，我看你常去张良庙，为什么对这里百看不厌呢？是因为张良是个才能卓著的人吗？"

凌朴子放慢脚步，抬头遥望巍峨的山门，喟然长叹："世上才能卓著的人数不胜数，而张良之所以为后人称道、为后人敬仰，在于张良不仅才能卓著，协助刘邦完成了统一天下的大业，而且能急流勇退，明哲保身，保持了高风亮节。他'愿弃人间事，欲从赤松子游'，弃荣华富贵，修仙学道，隐居林泉。就在张良来此处隐居后不久，刘邦就开始大杀功臣，许多开国元勋成刀下冤魂，而张良却安然无恙，得享天年。自古以来，士大夫、达官贵人无不钦敬张良的胸怀，但真正能做到张良这种豁达明智的又有几人！"

进入张良庙后，凌朴子兴致勃勃地一处一处细细观赏，并不时给徐长卿讲一些张良的传说。每见一处碑文遗墨，凌朴子都要给徐长卿讲一番遗墨的来历和留墨人的传说。

尽管知道凌先生多次来张良庙，但凌先生对张良庙的历史如此熟稔，绝非一般人所能及，徐长卿不由得十分惊讶："先生在来庙沟村之前就来过吗？"

凌朴子神色肃穆："我这一生敬仰子房先生高人胸怀，年轻时就曾多次来过。这一回在我面临死劫之际，从古栈道一路走来，若能在此处托身，死而无憾矣！"

徐长卿惊问："先生何出此言？"

凌朴子一笑带过："这是后话，暂且不提。"

言谈间，两人拾级而上，抬头一望，授书楼已在头顶。凌朴子兴致勃勃地说："给你讲个张良拜师的故事吧。"

徐长卿兴奋地点点头，紧跟在凌先生身后，一边缓步前行，一边听凌先生讲述。

"张良在躲避官府通缉时，常常游历四方，访贤求师。有一次，张良经过一座大桥时，遇一位穿土黄色大褂的老人坐在桥头。见张良走过来，老人故意将一只脚向后一缩，一只鞋掉到桥下去了。老人对张良说：'年轻人，下去帮我把鞋子捡上来。'张良心里有点不太情愿，可是一想他年迈不便，应该帮一把，就到桥下捡起鞋子上来递给老人。谁知老人不接鞋子，却把脚一伸：'给我穿上。'张良想了想，还是顺从地给老人穿上鞋。老人这才微微一笑，站起身来走了。张良望着老人的身影，心中甚是纳闷。不料想，老人走出好远又返回来，对还在发愣的张良说：'年轻人，胸怀不浅，我倒乐意教导教导你。五天后，天亮时你到桥上来见我。'张良想，果然遇上高人了！连忙跪下答应。第五天，张良一早来到桥上，谁知老人已先到了，他满脸不高兴地说：'你跟长者相约，倒让长者等你？回去想想吧，过五天再来。'说完，拂袖而去。又过了五天，张良听鸡叫头遍就跑向大桥，还没上桥，就看见老人已端坐桥头，张良知道自己又来晚了，惭愧离去。第三次，张良半夜就来到桥上等，见老人走来时忙上前行礼。这次老人露出了满意的笑容，点头道：'这就对了.'然后从袖子里掏出一本书交给张良,说:'回去好好读,将来兴许能做帝王之师呢!你离大展宏图之日为期不远.'张良长跪相送。老人说:'若干年后你会在济北郡谷城山下看到我.'说完,飘然而去。张良借着月光一看,原来是《太公兵法》。从此,张良夙夜匪懈刻苦钻研《太公兵法》,终成大器。"

徐长卿望着授书老者的雕像和身旁的凌朴子,想起凌先生初来时自己的种种不敬,心中甚为愧疚。一个念头悄然生出,要是能拜凌先生为师,成为一个治病救人的郎中,既能为乡邻做点事,又能达成父亲传承中医治病救人的愿望,那该多好啊!

# 3

回到家,徐父徐母已经备好了丰盛的家宴。地黄和地锦正眼巴巴地瞅着一桌美味佳肴:竹笋烧鸡、魔芋炒腊肉、黄花菜炒鸡蛋,浓香四溢;时令野菜荠菜、蒲公英、嫩苜蓿,翠绿诱人。一坛苞谷酒已温热,徐母正把一个个酒杯倒满。

徐青山笑吟吟地把凌先生请到上座,凌先生连连摆手:"使不得使不得,徐兄是一家之主,要不得。"

徐青山执意让凌先生坐下,说:"凌先生莫客气,我今天有要紧事求你。"

"好,好,那我就失礼了。"凌先生坐下等徐青山开口。徐青山举杯敬道:"这杯酒我代表我们一家人敬凌先生,多谢救命之恩!"

凌先生连忙还礼:"应该是我好好谢你们一家人,我一个外乡人冒昧闯进你们家,你们不嫌弃不生疑,待我如家人,我正不知如何报答你们呢！"

徐青山端起酒杯道："不敢不敢，凌先生言重了！凌先生不嫌弃我们，屈尊在我们这贫寒之家，又救我一命，恩重如山。来，在这个新春节气里，我敬凌先生一杯。"

凌朴子欣然举杯道："'谷雨'这个节气是'雨生百谷'之意，就是说到了欣欣向荣、阳气生发的时节了，春令之气生发舒畅。来，我们大家一同喝了这杯酒，愿家里百事兴旺，地黄和地锦学习进步、健康成长！"

酒过三巡，一家人热热闹闹吃起来。许久没有吃过这么丰盛的家宴了，地黄、地锦早已急不可待，兄弟俩每人捧着一个凌先生夹给他们的大鸡腿啃起来。母亲喝了两杯酒，脸微红，笑得合不拢嘴，满脸的惬意满脸的喜悦。父亲不停地和凌先生一杯又一杯地碰酒，满脸核桃般的皱纹舒展了，常年紧蹙的眉头也松弛开来。自从徐长卿媳妇感染破伤风去世两年来，一家人从没有这样开心过。此时的徐长卿心里百感交集，一种朦朦胧胧的责任感油然而生。是呀，而立之年了，该为家人和乡亲做点事了。

凌朴子端起黄花菜炒鸡蛋给每个人都夹了一筷头，然后说道："嫂子这个菜做得好啊！黄花菜是一味中药，叫忘忧草，咱们大家一起吃一口忘忧草，忘掉忧愁。"

地黄和地锦夹起一根黄花菜仔细打量，地锦好奇地问："这也是中药？吃了就能忘掉忧愁？那快帮我忘掉写作业的忧愁吧！"

全家人哄然笑起来。吃罢饭，有几分酒意的徐青山把凌朴子拉到堂屋大椅子上坐下，喊道："长卿，你过来。"徐长卿走到父亲面前，父亲一把按着他肩膀说："快给凌先生跪下！"说完，自己和徐长卿一起扑通一声跪在凌朴子面前。

凌朴子急忙上前相扶："徐大哥，快起，快起！这是做什么？"

徐青山坚持不起身，把凌朴子推回椅子上，含泪道："先生，能遇到你这样的高人是我们徐家的福分，也是我们有缘。我儿长卿年已三十有多，尚无生存之计，又早早殁了媳妇，恳望凌先生收下我儿为徒，将来能做个乡下郎中，谋个生存之道，我就放心了。"

凌朴子似乎早已料到这一幕。事实上，这也是他期待已久的。他早已看好徐长卿，一直耐心地等待着这水到渠成的一刻。他没有半点迟疑，当即扶起徐青山父子二人，缓缓说道："徐大哥不必客气，我也正有此意。知遇之恩，无以为报，这点手艺传与长卿是我的心愿。长卿聪慧善悟，秉性仁厚，是块学医的料子。若能潜心治学，加上你对他的家教熏陶，将来定可成一方名医。"

"那太感谢凌先生了！"

徐长卿急忙跪下磕头再三。这时，地黄和地锦也跑出来和徐长卿跪在一起，口齿伶俐的地锦说："我和哥哥地黄也要拜师，我们也要学中医！"

徐青山把两个孙子拉到一边，训斥道："大人有正经事，你们捣什么乱！"

凌朴子满面笑容地把地黄和地锦叫到他身边，攥着两人的手说："好，我愿意教你们学中医，你们俩和你父亲都是我的徒弟。你们眼下先把学上好，长大了才能学懂中医，现在先去做作业好不好？"

地黄和地锦响亮地答应一声到里屋去了，凌朴子把徐长卿扶起来，让父子二人都坐下后说道："好了，从今天起，长卿要抓紧每一分每一秒全力治学，因为，我在这儿的时间不多了。"

徐青山惊问："这是为啥？莫非凌先生住不惯，要回老家？"

凌朴子苦笑道："我不想回，老家却要我回。我得罪了我们家乡的革委会副主任，他要置我于死地。我连夜出逃，从米仓古道过汉中，走了十几天到了你们这里。多亏徐大哥收留了我，让我过了一段无忧的日子。"

徐长卿说："凌先生，那你更不能回去了！就在我们这儿长住，他总找不到这里来吧？"

凌朴子说："这连云道通达巴蜀，人流穿梭。这次接骨，只怕消息会传到那个革委会副主任耳朵里，他的爪牙很快就会追到这儿来。"

徐青山心中担忧，急忙问道："到底因为啥事体他们非要害你？"

徐长卿也急于解开心中许多谜团，眼巴巴地等着凌先生的下文。

凌朴子喝了一口茶水，慢慢讲起他的老家，讲起他背井离乡来到庙沟的缘由……


川东巴中南江县有座举世闻名的光雾山，峰峦叠嶂，云蒸雾绕，林海浩荡，与庙沟的紫柏山很像。离光雾山不远的诺水河凤仪镇，就是凌朴子的故乡。在南江乃至巴中，凌朴子的医名很大，当地百姓有个急病、外伤什么的都要千方百计找他医治。凌朴子秋冬外出云游采药，春夏时节守在家乡悬壶行医。因接骨续筋技艺高超，"凌一手"名传巴中，深受乡邻拥戴。凌朴子志在杏林，淡泊名利，不求闻达，只把为百姓祛病除症视为乐事，日子过得安逸舒适。

"文化大革命"风暴渐起，谁会想到，被称为世外高人的凌朴子成了首批被围攻的目标之一。镇上造反派说凌朴子是当地医霸，先是停了他的医，然后让凌朴子挨批斗做检查，后来又说凌朴子家里藏有很多

"封资修"的东西，要抄家。

1966年10月的一天，几个荷枪实弹的造反派的人来到凌朴子家，多年来独身度日的凌朴子袖手而立，冷冷地看着他们。为首的叫王永红，是凌朴子熟悉的邻村人，长了个三白眼鹰钩鼻，自小好逸恶劳、胆大妄为，偷摸拐骗劣迹斑斑，"文化大革命"开始后打砸抢闹得欢，后来竟被提拔到公社当了干部。

面对凌朴子泰然凛凛的目光，王永红故作镇定地说："我们可不是由着性子来的，是讲政策的。公社'文革领导小组'对你的问题做了研究，从今天起你要停止外出行医，只准为本公社革命群众服务。还有，由于你多年搞'封资修'那一套，我们奉命对你家进行搜查，请你配合。"

凌朴子一言未发，默默地看着他们翻箱倒柜地折腾。王永红乘机把凌朴子珍藏的几幅古画和几棵人参灵芝卷进怀里，率众扬长而去。凌朴子向来轻看财物，对丢失物品并不在意，更知道王永红这种人不可纠缠，只要从此与他再无瓜葛便好。

可是，才过了三个来月，冬日的一天，突然又有两个造反派的人来找凌朴子，要他立刻到公社给"王司令"治病。凌朴子知道，这个"王司令"就是王永红，现在是一个造反组织的头目。听村里人讲，此人造反后越发无恶不作，排除异己，陷害忠良，奸污良家妇女无数。他们说是来请，实际上是押着凌朴子去王永红家为他治腿。

凌朴子是个郎中，医不拒患，即使是这样的恶人也还是要给医治。

王永红是摔伤了双膝。凌朴子为他接骨续筋，然后每隔一天去他家里换药。有一天，凌朴子从王永红家回来时，老远就看见自家门前站了个妇人。还没等凌朴子问，妇女扑通一声跪在他面前，一迭声地哭喊：

"凌大夫，请你救救我家男人，救救我家男人啊！"

凌朴子大吃一惊："啥事体？慢慢讲，你男人怎么了？"

妇人哭诉了一通，凌朴子才明白事情的原委。原来，王永红的腿伤正是因这个妇人而起。王永红觊觎这个妇人美色已久，前些天假借传达文件来到妇人家，将其奸污。正行事间，妇人的丈夫推门而入，王永红慌乱中从阁楼跳下，摔坏双膝。男人出门欲追，妇人紧紧抱住男人不让追，说惹不起这号恶人。哪晓得即便这样，王永红还不罢休，第二天派人把她男人抓走，说他犯了破坏"文化大革命"罪，指使几个造反派的人将他暴打一顿，把他双腿打断……

凌朴子当即带上骨伤药随妇人去她家替伤者接腿骨，医好伤。就这样，那些天，凌朴子一头跑公社医治作恶的凶徒，一头医治被欺侮的受害人，心里越想越不忿，把王永红医治好岂不是给一方百姓作祸造孽吗？……

过了十多天，凌朴子看那个被王永红迫害的男人外伤基本愈合，便做好准备，在大年三十晚上悄然离开了家乡……

原来凌先生的经历这么曲折！徐长卿急切地问道："那你给那个坏人医治好了没有？"

"我若不给他治，必然和那个受害人一样，被扣一顶破坏'文化大革命'的帽子，被打个半死。"

徐长卿："你给他治了？"

凌朴子点点头。

徐青山不解地问道："那为何还要拿你问罪，逼得你离乡而逃？"

凌朴子微微一笑："行医者，悬壶济世，仁义为怀。我虽是一个文弱郎中，斗他不过，却不能助纣为虐。"

徐长卿问："那你怎么对付他？"

"我知道，家乡我是待不下去了，我拖延了十来天，把那个受害人的伤基本治好了，然后给王永红用错了一次药，就准备离开了。"

"用错药？"徐青山不解地问道。

凌朴子笑道："我行医三十年，救死扶伤无数，这是我唯一的一次失手，有违一个医生的操守，却维护了医道之大法。若干天后，他腿伤不愈，且伤处流脓，将永远成为瘸子。"

徐长卿听明白"失手"的含义，心中掠过一丝快意，大声说道："该！这号恶人，应该治死他。"

"哈哈哈！"凌朴子朗声笑了起来，"这号人的确是罪该万死。我等草民虽无权定他生死，但我却不能让他再作恶行凶危害乡邻。不然，在这乱世当中，这种人还会县长省长地一路做官，那要害死多少人！"

徐长卿急切地问："后来他发现了？"

"他看到腿伤未愈反而更加疼痛难忍，就去了县医院。县医院的院长亲自给他检查，看过伤后告诉他：'这伤只有一个人能治好。'他说不管是谁都给我找来。那个院长说：'就是你们公社的凌一手。'他一听大怒：'我这腿就是他治坏的！'那院长一听，不再言语，只说：'你还得求他。哪怕只给一个处方也行。'他又派人找到我，提出要处方一事。"

"你给了吗？"

"给了。不过上面不是药方，而是一副对联：主任作恶不行善；贫医救人不救鬼。横批是：善恶有报。那副对联我是用大篆写的，他识不得，只有交给医院的医生后才有人能认出来。我把处方交给来人后，连夜出逃，沿米仓道越巴山，过龙王坝一路走来，到了你们庙沟村。"

徐青山明白了就里，歉疚地叹道："是我连累了先生。"

凌朴子摆摆手道："徐大哥不必在意，也许没那么快，但这是我的劫数，早晚会来的。既有当初，必有今日；躲得了初一，躲不过十五。"

徐长卿不解地问："你们那个地方怎么能这样允许恶人胡作非为？"

凌朴子说："'文化大革命'已经闹腾一年多了，你们这里偏僻封闭，但也难逃劫数。有一句话我要说在前头，长卿你要记好了：乱世行医，难免惹火烧身，将来有灾祸降临徐家时，你要忍辱负重，恪守医道，保护好家人挺过难关。待到大道轮回，善恶有报，庙沟村和你们徐家昌盛之日即在此时。"

徐青山说："多谢先生赐教。你是说那个什么革命，我们这老山沟里的村子也会闹腾吗？"

凌朴子微微笑道："你们记住我的话就行了。"


从这一天起，徐长卿正式拜师学医啦！他对凌朴子像对父亲一样，每日倒茶端饭、寸步不离，白天黑夜抓紧每一点时间跟凌先生学中医。

这两个多月来，凌朴子看得清楚，徐家人和中医药缘分不浅。徐青山虽未正式学医行医，但喜爱中医药，懂一些医理药理，善用中草药保健养生，平时为乡邻调治个头疼脑热的也都八九不离十，在这穷乡僻壤的庙沟算得上半个郎中了。徐长卿自幼受这种熏陶，家里的生活很大一部分又依靠中草药，和中医药可说是"不离不弃"，因而教起来常有一点就通、举一反三的畅快。凌先生心中暗暗盘算，巧用各种方法先给徐长卿灌输药理方面的知识，时间抓紧且方法得当的话，两三个月可过药理关，秋季就能初步掌握诊断学，冬季再入门古典医籍、接骨正骨。如果上苍能给凌朴子这么多时间的话，徐长卿就可以在这条路上走下去了，今后漫长的杏林之路就靠他自己摸索前行了。

凌朴子知道自己所剩时间不多，要在不到一年的时间里把自己平生所学和行医经验悉数传给徐长卿，按照通常的带徒授业来说几乎是不可能的。好在长卿自身与中医药颇有渊源，悟性好，心性笃定，天生一个郎中坯子，只要方法得当，在紫柏山这个中草药大宝库里，在这样一个精诚守信的中医药之家里，一定能造就出一个好郎中！他必须抓紧每一分每一秒，必须赶在那个恶棍找到这儿之前把长卿领进岐黄大门！

一个全新的世界在徐长卿面前打开了。他虽说常年随父亲采药用药卖药，却从不曾想到这些藤藤草草的还有这么多的学问，许多种常年使用的自认为很熟悉的草药，经凌先生一讲才知道有那么多的作用和神奇的功效。徐长卿喜欢和凌先生一同上山，上山采药是学习药理最好的方法。每遇到一种草药，凌先生就详细讲解它的功效、配方、炮制方法等方方面面的知识。

徐长卿渐渐懂得，采药要依时依节气。有的药对时间要求很严格，比如青蒿，三月采是茵陈，到了四月就是蒿子了。有的草药可一草两用：有一种草药叶叫大青叶，根叫板蓝根；再说枸杞，果叫枸杞子，补肾益阳，根叫地骨皮，消肿祛湿。同一种草药，叶和根药效用途可大不一样。对于外形相近甚至相同的草药，辨不清还要尝，要学会识别草药的四气五味。以前对一些草药仅仅是知道它们的用途，经凌先生传授之后，徐长卿每见到一种草药，脑海里思考的便是其生长、采撷、炮制的过程，经方中的使用方法，以及它的四气五味和归经等。

这天晚上，徐长卿听凌先生讲药理到很晚。眼看要到后半夜了，凌先生说："好了，去睡觉吧，明天还要上工嘞。"

徐长卿说："凌先生，我最近不想上工了，抓紧时间学医好吧？"

凌朴子说："不好，我看你还是要正常出工。一来眼下正是农忙时节，二来你突然不上工了会引起别人的注意。"

徐长卿说："我是怕自己学得慢，跟不上……"

凌朴子说："这段时间你学得够快的了，再说学习更多的是要思考，在地里干活并不耽误你思考。记住，只要心在琢磨，时刻都能学习。"

这以后，徐长卿便学会了人在地里干活，脑子在岐黄世界里徜徉：有时默记头天学到的知识，有时琢磨自己不解的问题。

晚饭后有大段的时间，徐长卿可以在院子里静静地听凌先生讲授。小桌上摆着中医典籍和各种本草，凌先生结合医典记录，把自己的行医体验、中草药的理论知识和具体应用娓娓道来。

夏日长长，这种岐黄传承的授课常常持续到深夜。


端午前后，徐长卿和凌先生在阴阳坡采药时，见一大片艾蒿长得郁郁葱葱。凌朴子拔起一簇闻了闻，面有惊色。又四顾一番，打量周边地貌植被，一边兀自点头，一边再三嗅闻艾蒿。

徐长卿不解地问："怎么了？这蒿草遍地都是，先生把它也当宝贝啦？"

凌朴子面露喜色："这可当真是宝贝，无价之宝！将来你若从医的话，这蒿草将成为你治病救人的法宝，亦将助你成为一个好郎中。"

徐长卿越发惊奇，呆望凌先生，等他的下文。

"艾蒿，其实比灵芝、人参用途更广，我国南北各地的路边地头到处生长。《本草从新》说：'艾叶，苦，辛。生温熟热，纯阳之性。能回垂绝之元阳，通十二经，走三阴。理气血，逐寒湿，暖子宫。以之灸火，能透诸经而除百病。'"

"这么大的用处？那怎么从没有人把它当什么要紧药材，只是用来防蚊除虫，偶尔用它治个小病？"

"为什么非要把它当作仙丹妙药呢？最好的中药材其实就是我们身边最普通最常见的草木，就像空气和水一样，从没人把它们当作宝贝，但我们每时每刻都离不开。艾蒿的用途极其广泛，尤其是乡村山里，寒气重，几乎家家都离不了它。到了五月端午，家家门前窗下挂艾草辟邪，其实就是辟病邪入侵。还有人用它煮水泡脚，或是晒干拧成艾条灸骨关节疼痛的地方，可扶正祛邪、祛寒回阳。"

"对，我爹就常备干艾，四季常用。"

凌朴子手持艾草嗅闻良久："这紫柏山一带温度适宜，地表腐殖丰厚。此处长的艾蒿草药气特别浓郁，药性也高于其他地方的艾蒿。你将来若是创制一种家传制剂的话，这可是仰了极好的天时地利。记住，一定要在五月端午前后采药，现在就是最佳时机。"

徐长卿问："艾香制剂能治什么病呢？"

凌朴子说："可以说，这一样制剂足可让你救千人治百病。因为多数慢性病、疑难杂症的起因都是身体出现'瘀、滞、堵'，引起经络不通，形成体质病变。随着年龄的增长，身体素质下降，旧病不断复发，体质变化加剧，这样的反复过程就是病理生成的过程。用艾香灸疗，通过热能把艾草的四气五味作用于腧穴，化瘀活血、软坚散结，激活体质免疫系统，以达防病治病的目的。艾香灸疗对一些人们常见的病患，如腰酸背痛、失眠头痛、胃脘胀痛、慢性胃炎、伤风感冒、牙痛等有立竿见影的效果。"

徐长卿惊喜地说："这漫山遍野的野蒿子竟有这么大的用场？那咱们快做这个制剂吧！"

凌朴子点头道："你近日多采些艾草，晒干晾干都可。"

过了没几天，徐长卿下工回来后，见凌先生手持一根半尺多长、擀面杖粗细的绿色药棒，正在细细打量。徐长卿闻到一股浓浓的艾香，惊喜地问："艾香棒制成了？"

凌先生说："你母亲经常腰疼腿疼是吧？"

"是，好些年了，时常腰疼、双膝疼，有时走路、站立都困难。我父亲总是给她用艾水泡脚，有时用热毛巾敷膝盖。"

"你们家后墙两棵老槐遮阳，屋里潮气重，你母亲体内寒凉瘀滞，腰膝骨关节患病已久。今天咱们就用这个艾香先给你母亲试试艾香灸疗吧。"

"那当然好！"

徐长卿给母亲讲了，徐母对凌先生无比信任，乐呵呵地答应了。凌先生点燃香棒交给徐长卿，一边指点他持香的手法和角度，教他香灸的点线和穴位，一边讲着艾灸治病的机理。

"艾灸的主要功效是温通经络，调和气血。气血充足，气机条达，方能调节人体阴阳平衡。同时，还有扶正祛邪之功效，正气存内，邪不可干。对大椎、足三里、气海、关元等穴施灸，可以培扶正气，增强人体内病症的自愈能力。"

灸过一顿饭的工夫，徐母感觉双腿温暖，全身舒适。

徐长卿给母亲灸了十来天后，徐母感觉双膝疼痛有明显的好转，摆脱了困扰多年的老病，做家务都有劲了。徐长卿又一次感受到中草药的神奇功效，心中欢喜，和凌先生一起制作了一批艾香棒。凌先生特意给他详细讲解了配药、炮制、晾干的全过程，然后把配方交给徐长卿。

"收好，按此配方把艾草等各种药材做成梅花状香棒，以后就叫'徐氏重午香'，它将助你走上岐黄之道。"

徐长卿知道这个配方的分量，郑重接过，细细看了一遍。配方是凌先生用毛笔在一张宣纸上写下的，上写"徐氏重午香制剂配方"，臣药有藿香、桂枝、桑白皮、紫檀香等几种中草药，每种药材后均注有配量。

夏至这天，凌先生吃过晚饭到院里踱步，徐长卿紧随着而来。

凌先生说："刚才吃饭时你就心事重重，有什么疑问你就说吧。"

徐长卿说："先生讲过用中草药治病靠的是它的四气五味，那么这个四气五味为什么能治病，又如何辨别呢?"

凌先生说："嗯，好，你开始琢磨这些问题，说明这一段时间你对中草药的认识大有长进。中草药是以药性的四气五味及药材本身升降沉浮的属性来调整人身体的不平衡，并不是说某种药材就能治某种病。四气五味理论最早载于《神农本草经》，其序云：'药有酸咸甘苦辛五味，又有寒热温凉四气。'所谓四气，就是药材寒、热、温、凉四种药性，能影响人体阴阳盛衰、寒热变化方面的倾向，可以说是药物的作用性质。寒凉和温热是对立的两种药性，但寒和凉、温与热之间有程度上的不同。五味是酸、咸、甘、苦、辛，药性药力医典上都有记载。凡能够减轻或消除热证的药物，属于寒性或凉性，就是寒凉药，有清热降火、凉血解毒、清心开窍、提高机体免疫力等作用；凡能够减轻或消除寒证的药物，属于温性或热性，称温热药，多具温中散寒、温阳利水、温通经络等作用。"

徐长卿若有所悟："那就是说一个郎中用药得当与否，就看他能不能准确地把握寒与热？"

凌先生说："寒热是辨别疾病性质的两个纲领。寒证与热证反映机体阴阳的偏盛与偏衰，阴盛或阳虚表现为寒证，阳盛或阴虚表现为热证。寒证和热证虽有本质的不同，但却是相互联系、相互变化的。但是寒热温凉还有程度上的差别，如：当用热药而用温药，当用寒药而用凉药，则病重药轻，达不到治愈疾病的目的；反之，当用温药而用热药反伤其阴，当用凉药而用寒药易伤其阳。如治疗寒热错综的复杂病症，则又当寒热药并用。所以说，看一个郎中医术的高下就看他对温与热、寒与凉之间程度的把握。"

徐长卿心中默思：中医说起病征来就是个寒与热，但寒并不是一个简单的寒，热也不是一个明了的热。寒与凉，温与热，如何把握？寒与热复杂变化，如何辨识？又如何因病施治、准确用药呢？

凌先生接着讲道："只要熟读医典，今后在实践中自能慢慢领会。切记，除四气五味之外，要熟知每一味草药的阴阳、升降沉浮属性。根据机体升降出入障碍的不同病位病势，应采取相应的治疗方法，这也是一个郎中要掌握的重要理念。"

徐长卿心中明白，今后要用全部精力发愤苦学，方能不负凌先生的苦心传授。他紧接着又提出一个问题："草药就是一些植物的提取物，书上讲的'归经'是依据什么总结的？"

走在前面的凌先生侧身站立于苗圃旁边，俯身揪下一株当归苗，说道："每一种草药都有它作用的定位，这就是所谓归经。归是药物作用的归属，经是指人体的脏腑经络。归经就是把药物的作用与人体的脏腑经络联系起来，用以说明药物功效的适用范围。比如你家种的当归，性温味甘，归心经、肝经，有活血止痛、补血调经之功效。生地黄，性寒味苦，归心经、肾经。地锦，味辛性平，归大肠经，有清热解毒、活血止血功效。你家屋后满山坡长的酸枣，它的核叫酸枣仁，也是一味中草药，能安神、治心悸失眠，归心经。麻黄，止咳平喘，归肺经。有一些草药，同时归好几种经，说明它对那几种经的病变均有治疗作用。"

就这样，由药理至医理，由人体至大自然，凌朴子快速地循序渐进，依照《黄帝内经》教授"十二经络"的分布，由经脉至气血，由病理至辨证，乃至"四诊八纲""阴阳平衡""五行学说"，恨不得几天内把自己积累几十年的岐黄学问一股脑儿灌进徐长卿的脑子里。


八月里雨水多，有一阵连阴雨淅沥不绝，生产队十多天没上工。徐长卿和父亲心无牵挂地听凌先生讲了十多天中医辨证之道，所受之益终生难忘。

这天，徐家父子和凌先生坐在堂屋里，徐长卿给父亲和凌先生沏好茶水之后，直接道出了心中的疑惑："人吃五谷生百病，人不同病亦不同，很多人还不重视小病。就拿我们庙沟一带村民来说，平时头疼脑热身子不舒服都不会当个事，等到下不了炕做不了活才会找人看病。这个时候的病人已经是小病成大病，甚至多病缠身，辨证施治难上加难。"

凌朴子说："长卿这个问题问得好！你今后要做一个为一方百姓解危救难的郎中，首先要学会辨证。中医证候有很多种，平时最常见的大致可归纳为五种：寒证、湿证、燥证、虚证、损证。寒证就是寒气入体，形成肌肉僵硬、肠胃不适、腹泻腹痛等。湿证，住地阴湿，湿气从皮肤入体，伤脾胃、关节等，发生肿胀疼痛进而产生内热，出现炎症。燥证，山民多在田间野外劳作，日晒雨淋，燥证便比较多，而燥易伤肺。虚证，生活贫困导致营养供给不足，造成脏腑功能失调，这种病症在你们这一带的老年人和妇女中尤其普遍：有的是心脏虚弱，形成脏腑疾病；有的是肝脏虚弱，常见头昏眼花、肢体麻木、手脚痉挛；有的是脾胃虚弱，常见消化不良、食欲不振；有的是肺部虚弱，常有呼吸困难、咳嗽气喘等；还有的是肾脏虚弱，常有排尿困难、腰膝酸软。徐大哥，你平常给人瞧病是不是常见这几种症状？"

徐青山点头说："的确是这个样子。我说不清这些病机病理，但来求治的多数都是这些症状，好多人是一体多病，诊治用药都很难定夺。"

凌先生说："长卿要尽快掌握这几种常见证候的辨识。中医总结出各种证候的特征，只要记住这些证候产生的原因，也就是病机病理，辨证施治也就不难。一方水土养一方人，一方水土也生一方病。我们巴中一带的百姓患病和你们这儿就不大一样。你们这一带处秦岭以南巴山之北，雨量充沛，雾多阴重，寒热皆显，瘀湿尤重。对你当下而言，尽快掌握对寒证、湿证的辨证最为重要。"

徐长卿飞快地记下凌先生所言，问道："还有一点很麻缠，山里人把自己的命看得贱，没有健康意识，有病不及时治，你要是给开了稍稍贵一点的药根本就不去抓，好多病都是耽误得越来越厉害，这种现象郎中也没法子。"

凌先生朗声说道："好！长卿又说到一个重要事情啦。一个好郎中不仅仅要会治病，更重要的是引导人防病辟邪，让人们不得病，保一方百姓平安健康。"

徐长卿惊讶地说："啊？这个，一个乡下小郎中哪里做得到？"

"能。"凌先生指指徐青山，"就拿你父亲来说，这些年里就为当地村民的健康做了许多有益的事情。他教大家认识、使用中草药，教给大家炮制中草药的方法，很多人家学你们在房前屋后种一些中草药，不出家门就能治病健身，这就是一个郎中最大的贡献。"

徐青山和徐长卿都开颜而笑，凌先生也是满面春风，喝口茶继续讲道："中医最高境界是什么？叫作上工治未，就是治未病。什么叫治未病呢？给你们讲个故事吧。有一次，魏文王问扁鹊：'你们兄弟三人都会看病，那么谁看病看得最好？谁的医术最高明？'扁鹊道：'我大哥医术最高，二哥次之，我是最差的。'魏文王很奇怪，扁鹊名气很大，他的两个兄长不为人知，他为什么说两个兄长医术都比他高明呢？扁鹊说：'大哥看病总是看人之未病，不等病征出现就先治好了，人们没见过他治疗什么重危病人，没见过他有起死回生之术，所以，他的名气无法传出，只有我们家的人才知道。二哥看病精细及时，不等人病情恶化就早早治好了，人们觉得他治的都是一些小病，所以他的名气只在本乡里。像我这样整天给人在经脉上穿针放血，在皮肤上敷药，别人以为我医术高明，名气因此响遍全国，这真是个天大的误会呀！'"

徐长卿听说过古代名医扁鹊，这个故事却是第一次听说，心中万分感慨，感慨中医的深厚博大，感慨凌先生学识的渊博、医术的精湛，对凌先生的大医胸怀更加敬仰。

凌先生又讲道："这个故事告诉我们什么呢？世人都习惯于敬仰大医院的医生用手术刀开肠剖肚、掏心挖肺地把一个个病人抢救过来，把一个个重危病人从昏迷中救醒过来，似乎只有这样的医生才是好医生。这种观念根深蒂固地存在于人们的脑海里，一代传一代。就没人想一想，如果医生及时调理病人的身体，引导他们注重养生保健，让疾病化解在早期、初现苗头时，那不是更好吗？这才是一个郎中要做的最要紧的事情。对我们乡村郎中来说，这个事情就更加紧迫、更加重要。山里人缺医少药、生活贫困，要是多有几个像青山大哥这样的，教会百姓自己使用中草药，自己学会养生保健，多一点健康，少一点疾病，对于深山里贫穷落后的村民而言，这就是最好的医道。"

徐青山红着脸对凌先生打躬："不敢这样说，我只是为生活所迫，采中药补贴点家用，不曾想过这么多。凌先生这等学识、这等胸怀，才真正是医道的楷模啊!"

# 第二章　接骨草

接骨草，性平味甘，治跌打损伤、骨折肿痛、外伤出血。

——《履巉岩本草》

## 1

夏季是各种草药生长旺盛的时季。凌先生在这段时间里常常带徐长卿上山采药。阴阳坡、紫柏山，崖畔之上、沟谷之下、路边垄上，到处都留下了他们的足迹。

一天，两人在阴阳坡上采药，徐长卿听凌先生讲了几种草药的用途后，不由得感叹道："我从少年时就随父亲采药，这些藤藤草草的整天见，却从不知道它们有这么多的学问，有这么大的用场。那些传说中的名贵中药材，像灵芝、人参什么的，该有多么神奇的功效啊！"

凌朴子笑道："这紫柏山自古就是中药材宝库，张良庙后的紫柏山南麓什么样的珍贵药材都有，你和你父亲不是经常上紫柏山吗？"

徐长卿说："我和我父亲一样，采药主要是为讨生活，对草药的作用并没有多想过。通常就是采些天麻、何首乌、党参，这几种草药在收购站好卖，至于人参、灵芝这些名贵药材几乎没见过。"

“这些大都长在深山绝壁人迹罕至的地方，自是不易见到。”

徐长卿随凌朴子的目光望着云雾缭绕的紫柏山主峰：“真想和先生一同攀一次紫柏山呀！”

凌朴子点头道：“好呀！我也想再去一次。”

“先生以前上过紫柏山？”

“是的，年轻时数次攀过主峰龙王顶。”

“龙王顶？那得攀爬百多里山路呢，我还从没上过那么高的地方。”

“是啊，往返一次要好几天的工夫。”

“咱们明天就上山吧，这几天队里让我晚上守青，白天有时间。”

凌朴子略一思索，点头应允。

翌日，鸡叫头遍时，徐长卿就起来了，看凌先生屋子灯也亮了。徐长卿刚穿好他那一身采药的行头，已经穿戴好的凌先生就来到面前：“嗯，这身行头不错，看来是你父亲传给你的。”

徐长卿说：“是的，小时候就见父亲用，后来我又用。”

两人进灶房，只见徐母已经盛好了两大碗面条等着他们呢。凌朴子说：“劳烦嫂子啦，这一大早的。”

徐母笑了一下，转身又给他们装干粮去了。

穿过石板街时路上空无一人，徐长卿跟在凌先生身后一路疾行，心里充满神往。紫柏山他去过很多次了，但这次不一样。徐长卿昨晚就兴奋得睡不着，与神秘的凌先生一同上神秘的紫柏山，那该是怎样的感受呢？会有什么奇迹等待着他们？凌先生也是兴致盎然，健步如飞地行走在前，徐长卿要加紧步子才能赶上他。石板街两旁的邻舍都还在睡梦中，两人一路无语，跨过国道，走进深山幽谷，直到攀登在羊肠小道上时，凌朴子才笑问徐长卿：“你可知我来此处为何寄居你家？”

徐长卿摇头不语。

"是你家门梁上挂的几束杜仲和艾蒿引我走入你家的。我想令尊大人必是懂一些中医药的。还有更重要的一点，你是个学医的料，我看你的第一眼就认准了这一点。"

徐长卿恍然大悟："我父亲不仅识得很多中草药，还给村里人治疗头疼脑热的小病，也喜欢给家里人用中草药防病健身。他自己上山挖党参、当归、黄芪泡水煮汤，平时我两个娃儿犯个跑肚拉稀头疼脑热的也是他采些草叶煮汤给他们喝。我小时他还教我背过一些汤头歌。不过，徐先生，我比较笨，中医那么深奥，我能学好吗？"

"你父亲药理知识挺厚实的，这使你们家受益匪浅啊！中医这门学问很奇怪，脑子不灵光的人做不来，太聪明的人也做不了，要有一颗安静的心，有那么一种不为利动、持之恒久的秉性。对了，你父亲教你的汤头歌还记得吗？"

徐长卿说："还记得一些，那不过是些儿歌、童谣，不见得能治病。"

凌朴子颇有兴致："背几首我听听。"

徐长卿随口念道："人参败毒草苓芎，羌独柴前枳桔同；生姜薄荷煎汤服，祛寒除湿功效宏。"想了想，又背："龙胆泻肝栀芩柴，生地车前泽泻偕；木通甘草当归同，肝经湿热力能排。"

凌朴子说："好，这是'龙胆泻肝汤'，再背。"

"泻黄甘草与防风，石膏栀子藿香充；炒香蜜酒调和服，胃热口疮并见功。"

"嗯，这是'泻黄散'。这都是常用的汤头。汤头歌可不是什么儿歌童谣，汤头歌大都是经典验方，遇各种病症，按相应的汤头用药，便可祛病除症。"

"凌先生，会用汤头就能给人治病吗？"

"会用汤头只是对药理有所知，给人治病关键是要学会诊断。中医讲四诊八纲，所谓'望、闻、问、切'，明病象，究病因，对症下药，方能救人于水火。"

徐长卿似懂非懂，想想自己正式拜师以来，越发觉得中医深不可测，凌先生那几本书看也看不懂，不由得心生畏惧，问道："凌先生，中医这么深奥，你说我什么时候才能学成呢？"

凌先生说："是不容易。一般来讲，一个好的郎中，要从少年起就练童子功。所谓童子功就是从小背汤头，识百草，辨药理，学习经穴知识。之后，要经过多年的临证临床实践，积累丰富的辨证经验，才能成为一个好郎中。不过，你不必气馁，你们家里有很深的中医药渊源，你们这里又有紫柏山这座应有尽有、用之不尽的药材宝库。只要你像张良一样胸怀大志并专心领悟，将来定能成为一个好郎中。"

攀到二道梁时，凌朴子回望身后的一处天坦，只见天坦崖壁上有一棵一人多高的灌木，上面结满了一串串圆粒果实，不由得端详再三。少顷，他身手麻利地下到天坦崖壁，从那树上摘下几束带着果实的枝叶。攀上来后，凌朴子面露喜色，如获至宝，手举树枝端详不止。

见先生如此喜不自禁，徐长卿问道："凌先生，这不过是棵平常草木，又不是什么仙丹妙药，先生何以如此珍爱？"

"长卿，你可不知道，这叫接骨草，也叫接骨木，生在云贵一带，我们家乡的深山之中也能遇到。没想到紫柏山上竟然也有，这紫柏山真是神奇之地。"

"接骨草？"徐长卿接过枝叶打量。

"这是一种多年生亚灌木，枝是圆柱形，叶呈椭圆状披针形，成熟时果实呈红色。现在果实尚未成熟，秋时是药性最好之时。这种接骨草对于老年体弱者尤为有效，枝、叶、果皆可入药，是接骨药中的上品。"

徐长卿说："我下去把它都采下来。"说着就要下崖，被凌朴子一把拉住。"不可！你这一采可能就使它断根绝迹了，以后只有在紧要时到此取几枝，万不可伤及其根。走，咱们再看看附近还有没有。"

二人在崖上崖下寻了一遍，果然再无第二棵。徐长卿颇感惊奇："既然是云贵一带才有的草木，为什么会在秦岭南麓长出这么孤零零的一棵？"

凌朴子说："大千世界，无奇不有。大自然的造化神工，我等凡人又能得知几分？也许是一只候鸟将其果实带到此处，造福这方百姓。长卿，你记牢这棵接骨草的方位，需用之时前来采撷，一定要保护好，让它生长下去。"说完，凌朴子兴致勃勃地往高处攀去。

徐长卿看了看接骨草周围的小路和山梁，将其位置熟记于心，然后拔脚向凌先生追去。山峦陡峭，小路崎岖，追随着健步如飞的凌先生，徐长卿心中充满敬仰之情。此时，他真切希望凌先生在自己家永远住下来。这样，他就能每天与凌先生在一起，跟他学中医，跟他采药制药，跟他一起给人瞧病，将来自己也能成为一个真正的郎中，这样该多好！以凌先生如此高深的学问，自己哪怕能学得一点皮毛也不简单啊！

攀到三道梁时，凌先生回过头问："长卿，你怎么样？还有脚力的话今天咱们上到五道梁如何？"

徐长卿和父亲上山采药通常也就是到二道梁或三道梁，往返也有五六十里，天不亮就出门，赶天黑前回到家。今天和凌先生一起，他心里高兴，全身充满了力量。凌先生说上五道梁，他当然乐意，再说凌先生都五十多岁的人了，还这么强健有力，自己一个三十来岁的年轻人怎能示弱？

五道梁还要再爬二十多里山路，再往上五十里就到天门关，然后才是紫柏山峰顶龙王顶，那里鲜有人至。攀行越高，道路越是险峻，风光也愈加诱人。眼前云雾缭绕，奇峰罗列，怪石嶙峋，悬崖拔地而起，危峰兀立。清澈的泉水从崖缝中汩汩流出，凌先生掬一捧大口痛饮，啧啧赞甜。

转过一道陡峭的石峰时，一道飞泻的瀑布突然悬挂在眼前。二人欣喜地观望休息片刻，水雾扑面而来，濡湿了面颊和衣衫。身边青草依依，野花烂漫，树木高低错落，山风拂过，漫山松林低吟浅唱。

行至五道峰峰顶，凌先生手遮眉头，向崖壁细细张望。崖壁如刀削般陡峭，石缝中长着一丛丛草木，凌朴子仔细观察的就是这一丛丛植物。徐长卿看凌先生久久地打量着崖壁寻找着什么，心想凌先生必是发现了什么仙草名药，兴奋地期待着。果然，片刻过后，凌先生说："长卿，你在此等我，我上去一趟。"

"发现什么了，凌先生？是灵芝还是人参？"

凌先生笑着摇头："都不是。等我采下来再告诉你。"

徐长卿望望崖壁四周，光秃秃的，无路可寻也无处攀缘，问道："这怎么能上去，太危险了吧？"

凌朴子指着崖壁上方一个小小的石台，上面的一丛乱草中有一簇茎秆壮硕的草本植物。他说："看到了吗，右侧有一条石缝从上通到石台，我从一旁绕上去，沿石缝下到石台旁，不难。"说罢，便快步向崖壁顶攀去。

徐长卿只好眼巴巴地看着凌先生的身影消失在树丛中。过了有一袋烟的工夫，凌先生的身影出现在崖壁顶部，只见他抓着石缝间的草木灵巧地下到那个石台上，拔下那一丛不知名的草药又攀回崖壁顶。

凌先生很快就回到崖壁下，徐长卿迎上去急切地问："凌先生，是什么仙草？"

徐长卿接过那一株暗红和深绿色交杂的植物，只见秆壮叶茂，分枝旺密，下部是浓密的白色气根，拿在手里竟是沉甸甸的一大株。徐长卿瞅了半天，摇头道："没见过，看起来像一棵苞谷苗子，又不是灵芝、人参什么的，您冒险攀崖是为什么？"

凌朴子拍打了一下身上的尘土，笑吟吟地说："这个呀，比灵芝、人参更宝贵，因为咱们现在最需要的就是它。"

徐长卿更是吃惊，呆望着凌先生，等他的下文。

"这叫铁皮石斛，是医治你母亲风湿病的妙药。"

"铁皮石斛？"徐长卿从来没听说过，自己和父亲无数次上山采药，也从没注意过紫柏山上还有这种药材。此时他才明白凌先生冒险攀崖的原因。

凌朴子说："铁皮石斛生长在安徽、广西、云南等地，紫柏山上是极其罕见的。《本草纲目》有载，铁皮石斛可治脚膝疼冷痹弱，定志除惊，逐皮肤风痹、骨中久冷，补肾益力。此株生年已久，药性极好。回家后秆茎鲜榨汁，皮、叶、根风干后泡茶泡酒，你母亲服用一段时间定有奇效。"

二人坐下拿出干粮，徐长卿从一旁山泉中取来泉水。凌朴子看看日头已过午时，说："吃点干粮咱们下山，天黑前可下到一道梁。"


紫柏山之行过后，凌先生交给徐长卿一本《汤头歌诀》，要求熟读背诵，一天背十余方，凌先生才满意。徐长卿日记夜背，夜晚守青时在庵棚里依然复诵不止，不到一月工夫已把三百余方背得滚瓜烂熟。

一天下工回来后，徐长卿给凌先生还书时，凌先生随意抽查了几方，发现徐长卿确实已熟记于心，于是满意地说："好，接下来该好好领悟辨证施治了。"

徐长卿却心有疑惑："先生是接骨神手，这些汤头与骨伤并无干系，背它何益？"

凌朴子笑道："既为郎中，当然得学会医治各种疾病，哪有只会接骨不会看病的郎中？"

长卿红着脸说："我能学得来吗？"

"世上无难事，只怕有心人。看病这个事说深那是无止境，说简单也简单，不外乎调节阴阳把握温寒。你现在已熟记汤头数百方，一般的头疼脑热已能应对。"

"你是说我现在能给人看病了？"

"对呀，汤头就是处方，你会汤头就会开方子了，中草药你也识了不少，能识草药能开方子不就是医生了吗？"

"那怎样才能成为会治各种病的医生？"

"简单说，要学会辨证施治，还要熟记善用尽量多的汤头。"

"那究竟有多少方汤头呢？"

"汤头到底有多少，很难说清。这本《汤头歌诀》收集中医常用汤头三百二十方，将每方汤头的名称、组成药物、适应证、随证加减都写入歌中，便于诵读记忆，流传很广。但这里面只是部分常见病的汤头，至于其他怪病偏方和各地传统治病的汤头，那就多了，成千上万的！"

"天哪，这么多！"徐长卿啧啧叹道，"不过，背汤头、认药材，这都不难。难的是给人看病，要是看不准怎么办？"

凌朴子道："说得对，医生看病，关键要会'看'。一个好中医是不需要病人讲话的，通过把脉、观察气色就能做到胸有成竹。不但能查出病人眼下的病况，连以前得过什么病都能一清二楚，这就是所谓诊断。在外人看来，诊断似乎很神秘，其实也不难。诊断无非是究病因，用望、闻、问、切观察病象，然后定疗法。望即观五气之色，有疾于身之人，必五气紊乱。什么是五气呢？就是心（火）、肝（木）、脾（土）、肺（金）、肾（水）。闻即察阴阳，阴长阳孤，阳长阴孤，必有疾；问即追病之因果；切即把脉气之强弱。这些学之不难，一般人有个三五年都能掌握个七七八八，学中医难的是弄懂阴阳五行规律，才能辨证人的生理病理的种种现象。"

对于凌先生的教导，徐长卿虽说只能听个似懂非懂，但他知道，凌先生所言都是中医之精华，遂一一谨记于心。

## 2

从春末到深秋，半年多时光里，徐长卿已初步掌握了药理、病理的基础知识。自初冬始，凌朴子着重把自己诊断方面的经验传授给徐长卿。

庙沟村和附近的乡民渐渐都知道徐家住了个大郎中，便时有生病的村民来找凌先生看病，凌先生来者不拒。为患者诊断时，凌先生有意让长卿坐在一旁仔细观察，一同望闻问切，还让长卿按自己的思路写下处方。求医者有本村的乡邻，也有外村慕名而来的，男女老少皆有。患者有的是外感风寒，有的是内瘀湿热，有的是缠绵多年的老病，有的是磕碰摔跌的外伤，各种病症都有，正是长卿学习临证的好机会。病人一离开，凌先生便让长卿描述病征，检查长卿写下的处方，当即指出谬误，让长卿修正再三，直到满意为止。

徐长卿初涉临证，不懂化裁，凌先生便找出几个同病不同证、处方亦有变化的病案给长卿讲道："中药处方贵在辨证施治，要善于用方，又贵在不拘泥原方，而要随证加减化裁。一方汤头治好多个病人的固然有，但毕竟是少数，因为病人总不会完全照着你的汤头的适应证去生病，往往还有兼证。用活汤头，师古而不泥古，就要在用药加减上下功夫了。比如同属'四物汤'证，如诊出病人是以血热为主，就将熟地改为生地；如果是以血滞为主，就加大当归、川芎的分量；如果是以血虚为主，就宜将熟地、白芍的分量加重。还可将两方汤头合并用，如胃气不舒而又兼哮喘，就可将'平胃散''二陈汤'并用，称'平陈汤'……"

初冬时节，凌先生开始给长卿讲解把脉的要领。在徐长卿看来，把脉是一个中医最要紧也是最难学的本领。求诊者一伸手，医生轻轻搭上三指把脉，看看舌苔，问上几句，就会将患者的病症讲个八九不离十。平时看父亲给村民治病时把脉，徐长卿就觉得很神秘，问父亲，他说只是凭经验，说不出什么道理。在凌先生眼里，把脉是一件很简单的事情，他一边让徐长卿给家人试把脉，一边用简单的方式讲述把脉的基本要领。

"一是感觉脉搏的力度，有力为实脉，无力则为虚脉。二是频率，一呼一吸之间脉搏搏动四次为正常，不足四次为迟脉，若达六七次则为数脉。三是脉搏的紧张度，如果按下去强而硬为弦脉，如感觉松弛缓和则为缓脉。四要看脉搏的均匀度，节律是否均匀，力度是否一致。节律不均匀者为促脉、结脉、代脉，力度不均匀的则有微脉、散脉等。五是脉搏来势的流畅程度，脉来圆滑流利为滑脉，艰涩为涩脉。"

平时有村民来瞧病时，凌朴子便有意让长卿先为之切脉并描述脉象。

然后凌朴子再亲自切脉，肯定其正确部分，纠正其谬误，进而以教其以脉象辨析病机。

　　随着一场雪把庙沟和紫柏山覆盖，冬季来临了。凌朴子觉得上苍眷顾他，多给了他一些时间，家乡的人还没有来，说明他们对他的行踪还不知道。他没有看错，徐长卿秉性仁厚，有些文化底子又颇有慧根，半年多来专注学医，长进不小。徐长卿身上那股钻劲拼劲，常常让凌朴子吃惊。平时晚间徐长卿都是和凌朴子在一起学到很晚才离开，可后来凌朴子发现，他并不是回房休息，而是到灶房里一个人用功，为的是不影响凌朴子和家人休息。他常常捧读到后半夜，有时对照书上标图，把自己前身各大腧穴做上标记，然后一一按揉，感受穴位反应。

　　凌朴子预感到他在庙沟村的时间不多了，便抓紧每一点时间给徐长卿传授辨证施治的经验和知识。凌朴子行医多年，经验丰富，传授方法形式多样，加之徐长卿领悟甚快，这半年多的时间里，徐长卿对于中草药的性能与用途已经基本掌握，初步懂得望闻问切的基本方法，掌握了脉象的基本规律，一般疾病的诊断都已入道，做个小郎中是够格了。

　　入冬以来，凌朴子便抓紧时间给长卿传授接骨续筋、治疗红伤的医术。庙沟村处紫柏山主峰，峰峦叠嶂，地势险要，公路上交通事故时有发生，当地村民砍柴、行路也时有跌落摔伤的。因而，要成为当地一个好郎中，学会医治外伤、骨伤是头等大事。

　　凌先生先给徐长卿教会了清创止血消毒的基本要领，然后着重传授接骨正骨术，用模拟操作法巧妙地把自己多年的经验传授给徐长卿。在他手里，猪腿骨、狗腿骨、竹节都是讲学传经的教具。他把各种腿骨和竹节制成各种形式的断口，有斜口、直口、锯齿口，给徐长卿讲各种接法，让他手拿两截断骨伸于纸箱里，在看不见的情况下凭感觉对准碴口……

徐长卿感觉到了凌先生给他传授医术的急迫，自己也是集中了全部精力，脑子里每时每刻都在琢磨着所学的内容。

这一时期队里的活路是散粪，村民把队里羊圈牛圈沤了一年的粪背到山坡上的麦地里。别人三五结伴一边说笑着一边上山，徐长卿总是背着背篓独自走在人前或人后，闷着头上山下山，一句话也不说，心里头再三温习头天晚上学的内容，或是默诵接骨口诀："接骨一道手中出，须看出臼与折骨，肩骨跌出最易见，上肩骨子自耸出，举手不能上至头，疼痛难熬全无力……"

冬至这天，背着背篓上山的时候，徐长卿脑海里闪过一个念头：这一个多月以来学接骨续骨，都是理论上的概念和模拟操作，总觉得没有切实的感觉，比如说接骨时伤者是什么感受，接骨时每一个细微的动作又如何把握？要是能亲自体验一次多好，能亲自看着凌先生完成一次真正的接骨多好！父亲摔断腿那次，他还没有这样的意识，完全像个局外人。后来凌先生给村民接过两次骨，徐长卿觉得也没看仔细，因为那时还没有学习接骨，完全不懂得观察和体悟。现在，他多么需要这样的一个实践过程啊！

要是让凌先生给自己接一次骨呢？一个大胆的想法涌上脑际，徐长卿被自己的想法吓了一跳，心里骂自己荒唐，简直是入魔了，哪能那个样子呢！他抬头看看其他社员，生怕别人看透了他的想法。

下午快收工的时候，那个想法再次浮上脑海时竟再也挥之不去了。要想真正学得接骨手艺，必须一眼不眨地细细观察一次凌先生接骨全过程，必须切身感受一次凌先生接骨的手法。再说，如果那样，整个冬季就可以不上工了，就能安心听凌先生传授医术。而且，凌先生不止一次地说，他的时间不多了，那个恶魔般的"司令"很快就会找到这里来了。徐长卿暗暗在心里拿定了主意，盘算好了地点和方式，兀自点点头，就这么定了！

徐母做好晚饭时天色已暗，看见收工的乡邻从门前过，却迟迟不见徐长卿回来。过了一会儿，听到一阵急匆匆的凌乱脚步声，只见一个年轻人背着徐长卿，队长何长生跟着，他们急急地冲进徐家院里。徐母惊慌地看着他们把长卿放在炕上，问道："咋了，这是咋的啦？"何队长说："长卿在下工的路上滑到坎底下，怕是把腿摔断了，你们快安顿吧。他是在地里摔的，算工伤，记半劳力工，好好养伤吧。"

人都散去后，徐青山连忙查看徐长卿的伤情。徐长卿疼得龇牙咧嘴，连连摆手："收工的时候跌了一跤，腿摔断了。"

徐青山说："摔断了？咋会摔那么重？"

徐长卿点头道："过沟坎时没注意，不小心摔了。"

徐母一迭声地数落："这么大的人了，咋就这么不小心，走个路都能把腿摔断，往后落个残疾咋得了！"

"不会，咱家有神医哩！"徐长卿不以为意地说。

徐青山怒道："混账话！平白就给凌先生添麻烦，还当是好事吗？"一边说一边打量坐在饭桌旁的凌先生。

自徐长卿被抬进屋，凌朴子只看了他一眼，连他的伤势也没问，照旧吃他的饭，此时才说："到那屋躺下，等我吃完饭再说。"

"哎，晓得了。"长卿的声音里分明透着几分暗喜。

吃完饭，凌朴子把碗一推："你们慢用，不用急，我去给长卿看伤，他很快就会好的。"

徐青山和老伴一连声地道谢。凌朴子走进屋，把门关上，目光灼灼地盯着徐长卿："长卿，你的腿是自己搞断的，对吧？"

徐长卿靠坐在炕角，疼得汗水都沁出来了，脸上却满是得意和期待的神色："不瞒先生，我想早点学得接骨手艺，最好是自己感受一次，先生不会怪我吧？"

凌朴子非但没有生气，反倒笑微微地点头道："有志气，小子可造也！"说罢，端来一些草药放在徐长卿面前："你自己配药。"长卿很快将七八味草药配好。凌朴子看了看，将其中一味拣出几枝："身体强壮者，此药酌减。"然后，又端来热水，剪开徐长卿的外裤，外伤看来只有膝盖以下巴掌大一片，被石头棱角划破皮肤表层，擦净血迹后可看到足三里下一寸之处有一片肤色暗淡发青的暗伤。凌朴子轻轻按了一下，徐长卿大声呼疼。凌朴子将伤处洗净消毒后，便一手托起他的小腿，一手从上方轻轻抚过，笑道："你还挺会摔的嘛！巧巧地从丰隆穴处把胫骨摔断，腓骨未受损伤，用不了一个月工夫，爬山攀崖随你便。"

徐长卿心里一阵轻松，似乎疼痛也减轻了几分。尽管他坚信凭凌先生的医术一定能接好，但怕自己摔坏膝盖或脚踝这些骨节复杂的部位，让凌先生不好医治落下麻达，这下完全没有后顾之忧了，便全神贯注地盯着凌先生的一双手。只见凌先生把夹板、绷带等一应物件放在手边，然后把箩筐里的草药倒进石臼，只一会儿的工夫就将其捣成草泥，说了声"咬紧牙关"，然后托起伤腿，一面像揉面团一样轻轻揉捏，一面侧耳细听，突然双手发力，往相反方向用力牵拉，然后轻轻复合，听到咯嗒一声后，便一手捏紧伤腿，一手抓起草药泥敷在伤处并用绷带迅速扎缠。最后系好夹板，再用绷带缠紧了。这个过程徐长卿眼都不敢眨一下，牢牢地记住凌先生的每一个动作。只见凌先生长出一口气，双手一拍，笑道："老夫几十年来接骨无数，接自己故意摔断的还是头一回！"

徐长卿含泪答道："谢谢先生。"

凌朴子回过头对一直站在门口着急观望的徐母说："现在可以给他端点饭吃啦。放心吧，个把月就能下地。"

星期六下午，地黄和地锦回来了，他们已听到父亲摔伤的消息，一进屋就扑到炕上问父亲的伤势。徐长卿说："没事，过几天就能下地了，你们放心。咱家有神医呢！你们快谢谢凌先生！"

地黄和地锦又扑到凌先生面前一声声道谢。凌先生乐呵呵地拥着两个小家伙，心里温情荡漾。地黄像他父亲徐长卿，国字脸，大刀浓眉，眼睛细长，目光沉稳，脾性也很像，忠厚、诚实、讷言。地锦看起来要灵巧些，皮肤白皙，红唇白齿，目光灼灼，性子好动，反应敏捷，言语流畅。凌朴子很喜欢这两个小家伙，他们俩也和凌朴子很亲近。

"地黄、地锦，你们的名字是谁给取的？"

地锦嘴快："我爷爷。"

"你们知道这个名字的含义吗？"

"知道，我们俩的名字都是中草药的名字。"

"还有呢？"

"还有……"地锦这次答不上，求助地望向哥哥和父亲。

地黄挠着头发说："我也说不好……爷爷说过这两种草药用处大，很好找，是我们山里人离不了的。用草药给我们取名是希望我们将来能像这两种草药一样对山里人有用吧？"

凌先生说："好！你们两个都答得好。地黄和地锦是中医常用的草药，遍地生长，路旁沟边到处都有，很平凡很普通，用处却很大。地黄能治热病伤阴、舌绛烦渴、温毒发斑、津伤便秘、咽喉肿痛等；地锦能调理血虚萎黄、心悸怔忡、肝肾阴虚、腰膝酸软，有祛风止痛、活血通络的功效，治关节疼痛、偏头痛、半身不遂效果尤其明显。"

地黄、地锦入神地望着凌先生。地锦说："这两种草我们屋后就有很多，它们竟能治这么多病？"

"每一种草药都有其特定功效，关键在于用得对。"

地黄和地锦虽然还不能完全听懂这些话，但他们对中医药的好奇心更强烈了，心里也都暗暗神往那个神秘的岐黄世界。


正如徐长卿所想的，他赢得了大把时间，心无旁骛地跟凌先生学医。养伤期间，凌朴子就坐在炕边给徐长卿上课，徐青山也时常一同听讲。到了星期六下午，地黄、地锦一回来，也被吸引来静静坐在一旁聆听。凌朴子看着一家三代中医传人，心中欣慰至极。中医的生命线是传承，依靠一代代仁人志士传承到今天，还要一代代传承下去。

这个隆冬时节成为徐长卿人生中最重要的转折点。

过了一个月的工夫，徐长卿已恢复如初。眼见着就入腊月了，村里邻舍都开始张罗过年的事。徐长卿也不能完全猫在家里学中医了，要去收购站卖药材，去县城给家人买生活用品，有时还要去附近的山上采药。

腊月初十这天下午，徐长卿从山上回来，老远就看见母亲站在村口张望，见了他急切地喊道："快！长卿，快快回家！"

"娘，出什么事了？"

"凌先生出事了！我看他躺在炕上不能动，好像是摔伤了腿！"徐母气喘吁吁地说。

徐长卿急忙拉着母亲往回跑，心中疑惑：凌先生修行甚高，平时和他一同上山总是步履矫健，身子灵活如猿，自己虽年轻力壮却也不及他，今天又没出门，怎么会摔伤腿？

回到家里，只见凌先生躺在床上，神态安详，冲他微微点头。徐长卿看见炕角上放了一笸箩草药。腊月里已采不到青草药，凌先生泡了些他晾干的铁杆蒿，还有新挖的鸡血藤、续断、刺龙苞根茎等。显然，凌先生把接骨外敷药都备好了。他心中已然明白，扑通一声跪了下去。

"先生，你为了我把自己的腿弄断了！"

凌朴子微微一笑："你不亲手接一次骨，怎能学得技艺？"

"先生！"徐长卿放声大哭，说不出话来。

"好了，赶快配药，关上门窗，准备接骨。"

徐长卿依然哭跪在地："先生！先生！你的恩德我如何报答呀！"

凌朴子说："我预感到他们快要来了，我怕今后没有机会，只好出此下策。再说这也是你发明的法子呀！你不必在意，快去快去。"

一刻工夫，徐长卿用一只陶罐装着捣好的草药泥进来。凌朴子一言不发，只看着徐长卿有条不紊地把外裤剪开，清创消毒，准备接骨。凌先生腿上几乎看不到外伤，只有伏兔穴上部有巴掌大一片瘀血，徐长卿轻揉之时仔细辨听，顷刻说道："股骨直断，无锯齿状，筋肌无损。"

"嗯。"凌朴子满意地点点头，"人进入中老年之后，骨头发脆，断口往往呈直线形，这种骨伤医治起来难度较大。"

徐长卿备好各种物件后，就开始他平生的第一次接骨。凌先生伤在大腿骨，接骨难，愈合的难度更大，徐长卿心里一遍遍命令自己：一定要接好凌先生的断骨，不能辜负他的期望。

凌先生强忍疼痛笑言："长卿，你这双蒲扇一样的大手天生就是接骨的，将来肯定比我接得好。"

听了凌先生鼓励，徐长卿不再犹豫，凝心屏气站在炕边，一手紧紧抱住大腿根部，一手抓住膝盖向下牵拉，两只手从伤口两端同时发力，听得轻微的咯的一声，便托起伤腿轻轻捏揉，然后摆放平稳准备敷药。

"慢。"凌朴子摆手让徐长卿暂停。

"怎么了先生，是我接得不对吗？"

凌朴子疼得大汗淋漓，却笑道："不，你接得很好。这药不够，去把剩下的药一并拿来。"

徐长卿到厨房拿药时，听到凌朴子轻微地哼了一声，似是疼痛得难以忍受而发出的。他急忙回到凌朴子身边，却见凌朴子半靠在床头，脸色铁青，额上布满汗珠。

徐长卿惊慌地问："先生，怎么忽然疼痛加剧？"

凌朴子淡淡说道："没啥，你再接一次。"

徐长卿明白了，凌先生是要给他多一次接骨的机会，当下泪如泉涌。凌先生打趣道："要不然断一次腿划不来嘛，你说是不是？"

徐长卿含着泪重新接骨，凌朴子趁这个时间讲起了治愈骨伤的病理和药理。

"中医用的外敷草药很多，可因地制宜，随季节选用。比如冬季没有青草藤蔓类，可以用树皮、根茎类替代。外敷药主要是起到止血消炎止痛和快速生骨痂的作用，有的中草药有激发骨细胞快速生长的功能，比如接骨草等。煎服的中药方子很多，但通常都包括三七、当归、血竭、土鳖虫、自然铜等几种。这些药的作用是能够帮助快速打通骨髓孔，激活已钙化的骨头，使骨细胞快速连接到一起，加快血液循环和骨痂形成，促进伤口愈合。还有几味重要的药如朱砂、麝香等，宜在疗伤中期使用。朱砂有开窍醒神、清热解毒的作用。麝香辛芳走窜十二经，引药力直达病灶，治骨伤效果极好，但要掌握好用时和用量。"

徐青山给凌先生端来一杯茶水，问候了几句。他离开时对徐长卿使了个眼色，徐长卿便随父亲来到堂屋。

"凌先生伤重吗？"

长卿点头道："挺重的，是大腿骨断了，恢复起来要很长时间。"

徐青山眉头沉沉地压下来："凌先生腿脚那么利索，再说今天就没出家门，就在院里转了转，怎么会突然摔伤？莫不是……"

徐长卿眼圈发红，低下头说："他是故意的，为了让我学会接骨术。"

"天哪天哪！"徐青山拍着心窝子顿足长叹，"我们怎么报答凌先生的恩德呀！"

长卿抹泪无言。徐青山又问："你前边摔断腿也是有意为之是吧？都是你胆大妄为连累凌先生！凌先生的伤你能治好吗？"

长卿连连点头说："应该没问题，凌先生说我接骨手法都对着呢，用药也是经凌先生认同的。"

徐青山说："从明天起，我去上工，你在家安心照顾凌先生。"

长卿说："不行吧？你这么大年纪了，天又冷，我找何队长请几天假。"

"有啥不行的，这一向活路又不紧，就是往地里背粪，我少背几趟，少记几分工大家也不会说啥。你去招呼凌先生吧。"


这之后，徐长卿寸步不离地守在凌先生身边，一面精心服侍，一面听凌先生授课。第四天上午换过药之后，凌先生精神很好，靠在炕头翻出《黄帝内经》问徐长卿："这本书你看了些吗？"

"只看了一小半，没看懂几分。"

"你看不懂不奇怪。它与我相伴几十年了，我朝夕捧读至今，其中奥秘也只能领会五六成而已。"

听凌先生这样说，徐长卿不由得吐舌："天哪，这么深奥？像我这么笨的人怕是一辈子也学不懂呀！"

凌先生笑道："不要妄自菲薄，我不会看错人的。这本书是我国最早的医学典籍，起源于轩辕黄帝，成书于秦汉时期，经岐黄子弟代代相传至今。这部书由《素问》和《灵枢》两部分组成，各八十一篇。素问，就是最直接最简单地问最原本的问题，黄帝和岐伯俩老头一问一答间，讲清楚了世间最深奥的哲学问题。灵枢，是对中央枢要的美称，亦含灵巧机变的谋略，包含人体的心智及身体的重要枢纽。《黄帝内经》既是研究生理学、病理学、诊断学、药物学和治疗原则的医学巨著，更是一部博大精深的文化巨著。它以黄帝、岐伯对话的形式从宏观角度论述了天、地、人之间的联系，讨论和分析了医学最基本的命题——生命规律。在阐述病机病理的同时，还创建了相应的理论体系和防治疾病的原则、技法，其间还包含了哲学、政治、天文等多个方面的知识。这部书对一个郎中而言，是一部受用不尽的百科全书。你眼下看不懂不要望而却步，今后从几个层面一点一点地领悟，先熟记一些实用的技法，再日积月累地领悟其中的'阴阳五行学说''经络学说''脉象学说''藏象学说'等理论体系。《黄帝内经》中还有内涵丰富的医德思想，需要在经年累月的行医实践中慢慢领悟。"

徐长卿牢牢记住这些话，心想，此生绝不能辜负凌先生的栽培。

次日晨，徐长卿天不亮就悄悄出门了。他没有告诉父母亲和凌先生，他要秘密攀登紫柏山，采一束接骨草回来。有了那神奇的接骨草，凌先生的腿就能早日痊愈。通常，下雪后是不能再上紫柏山的，山梁上的羊肠小道已被冰雪覆盖，寸步难行。但徐长卿顾不得这些，为了能让凌先生的腿伤早日愈合，冒再大的风险也要攀上二道梁，采回接骨草。

回到家已经小半夜了，徐长卿跺跺脚上的冰雪碴子，轻轻关好院门，看凌先生屋里还亮着灯，便悄悄走进去。

凌先生似乎一直在等他，目光灼灼地打量他一番，问道："你上山了？"

徐长卿笑眯眯地从怀里掏出几枝接骨草枝子，高兴地挥舞了几下，然后放到凌先生手里。虽是经严寒霜雪，接骨草的叶子依然带着几分苍绿，枝头深红色的果实依然鲜活。凌朴子一手拿着接骨草，一手抓着徐长卿冻得通红的大手，心疼地说："你太冒失了，冰雪天里谁还敢上山，一不小心就会摔个粉身碎骨呀！"

"您看这像不像'救兵粮'？我看它就是我的'救师粮'。我现在就去熬药。"

说着，徐长卿麻利地揪下接骨草上的红果，按凌先生教过的配方配好其他各种药材就去熬药。他要连夜给凌先生喝下这神奇的接骨草……

凌先生慈爱地注视着孩子般兴奋地忙进忙出的徐长卿，心中充满温暖。


年关一天天挨近。小年这天，徐长卿一大早就起来了，走出屋子一看，纷纷扬扬的雪花已经铺满了院子。父亲在扫雪，他似乎怕惊醒家人，轻轻地挥动扫帚，一下一下地把积雪扫到两旁的菜畦里。

"爹，我今天要去镇上，还要到县城，你照顾好凌先生。药罐里的药是昨晚熬的，今天再加水热一下就行了，给凌先生喝两次。"

徐青山点点头，看徐长卿背起装满草药的背篓就要出门，说："在外跑一天哩，不吃点东西咋行？"

徐长卿挥挥手里攥的一个馍馍："有了，垫一口就行，再耽搁怕赶不上班车了。"

走上石板街，徐长卿加快脚步赶路。他要先到庙台收购站卖掉药材，然后赶上去县城的班车，在县城给家里置办一些年货。另外，还有一件重要的事情，这件事情要到三十晚上才能让父母亲和凌先生知道。眼下，这件事情还是一个秘密。

前些天，徐长卿在庙台小镇的暗市上遇到一个后山汉子拿着两张羔子皮卖，他细细看了，毛色洁白，摸上去毛绒厚实、柔软细腻，便当即买下，直接搭班车去了县城，找到一家裁缝店给凌先生做了件皮袄。想给凌先生做件衣服的念头在他心头已经盘桓很久了。入冬后，他和凌先生一同上山采药时，每每看到凌先生清瘦的身躯只裹件单薄的布棉衣，就想为凌先生做件厚实暖和的棉衣，如今遂了这个心愿啦！今天就可以到县上取回衣服，凌先生穿上它什么风寒也不怕喽！

可是徐长卿万万没想到，就在这一天，灾难骤然降临。

## 3

从村子到镇上，从镇上到县城，卖药材、置年货、取皮袄，各种事情办得都很顺利，徐长卿赶黄昏时分就回到庙沟了。

当他抱着皮袄兴冲冲地走进村子那条弯曲的石板街时，骤然感到村里布满了不祥的气息，显然是发生了什么事情。路上时不时有三三两两的乡民在议论着什么，一看见徐长卿，一个个欲言又止、神色慌乱。徐长卿心中忧虑重重，该不会是凌先生出事了吧？他便一路疾跑回家，直冲进凌先生住的屋里。只见父亲倚墙而立、老泪纵横，母亲坐在炕边搂着地黄和地锦哀哀哭泣，炕上凌乱不堪，凌先生已不见踪影。

"凌先生呢？出什么事了？"

徐母一见徐长卿回来，当即大哭起来："凌先生被他们抓走了！他的腿还断着，他们硬把他拖走了……"

徐长卿放下背篓拔腿就往外冲，刚出屋门又反身抱起皮袄急往外跑。

徐青山撵到院门口喊道："迟了，已经走了个把钟头了，现在可能已经上班车了。"

徐长卿像没听见父亲的话似的，沿石板街向张良庙方向疾跑而去。三里长的山路，在他脚下飞快地缩短。他一面以最快的速度奔跑，一面大声喊着："凌先生！凌先生！……"

急切的呼喊声顺着山道回荡，在渐渐被夜幕笼罩的山川里传得很远。

跑到国道上时，徐长卿已经精疲力竭。他急切地向公路两头寻望，不停地大声呼喊："凌先生！凌先生！"

没有人影，没有应声，只有山谷间回荡着的自己的呼喊声。白雪茫茫的国道上空无一人，只有偶尔驶过的一辆汽车，卷起一阵风雪。

完了！徐长卿沮丧地瘫坐在雪地上，向天悲号。凌先生真的被抓走了，他再也见不到凌先生了！他懊恼不已，万念俱灰。自己为什么没有早点回来！凌先生预感到这几天要出事，自己为什么还要外出！他悲哀地放声大哭，在雪地上撞击着自己的头颅，问阴云笼罩的苍天，为什么，一个好人却要遭遇这样悲惨的命运？为什么……

忽然，徐长卿脑海里灵光一闪——去张良庙！张良庙门前的小路，那是他和凌先生无数次走过的地方，也许……他仓皇站起，机械地迈动双腿，向张良庙围墙外的小路走去。他密切地注视着路两旁积雪覆盖的灌木丛和树木后的坑穴、沟渠，一步一步地搜寻，一声声地呼唤着凌先生。快到小路尽头时，忽然看见一棵女贞树下有一堆隆起的积雪，徐长卿奔过去拨开积雪。果然，积雪下是一个侧躺着的人，半截身子已埋在雪中，只露出面孔，一只手还紧紧抓着一棵小树的树干。

"凌先生！"徐长卿抱起凌先生已经冻僵的身子，一边呼喊一边揉搓着他满是冰雪的面孔，并把皮袄裹在他身上，紧紧地抱着，用自己的体温温暖着凌先生那冰凉的身体。徐长卿心如刀绞，痛心地哭喊着："凌先生！凌先生！"

许久，凌朴子醒过来了，他转动了一下似乎已经冻结的眼球，久久地望着长卿："好，好。我知道你会来的。"他说话有气无力，脸上却是欣慰喜悦的神色。

凌先生醒过来了！徐长卿悲喜交加地喊道："凌先生，我来了，我来晚了。"他清理掉凌先生脸上带血水的冰坨，仔细一看，凌先生脸上一道道伤痕，两条手臂无力地下垂着。那条伤腿笔直地拖在地上，血水渗透了棉裤，与雪融在一起，结成红色的血冰，糊满了整条腿……

看到凌先生的惨状，徐长卿心如刀绞，痛哭不止。

凌朴子看着徐长卿，说："好了，莫要悲伤。你来了就好，我知道你会来的，留下一口气等你。走，我们回家。"

"嗯，回家。"徐长卿背起凌朴子一步步往石板街走去，雪地上留下深深的足印……


裹着厚实的皮袄，伏在长卿背上，凌朴子感觉已经冻僵的身子渐渐有了知觉。他感觉到，长卿每走一段就要往上耸一下，尽量弯下腰，呼吸急促，走得非常吃力。凌朴子尝试着抱住长卿的脖颈，但两条胳膊无力地垂在长卿胸前，不听使唤，看来胳膊也被打断了。这几里路可是够长卿受的，坚持住啊长卿，今后的路还很长，还会有风雪，还会有这样艰难的路程，都要靠你自己走了……

今天的遭遇凌朴子早已预料到了，是命中注定的。冥冥之中遇到了长卿，就是对他最大的眷顾，凌朴子心中便没有太多的遗憾了。从来到庙沟看见长卿第一眼，他就认定了这个憨厚笃实的年轻人。命运给了他一年的时间，够长的啦，比他预期的还要多。长卿的领悟力比他想象的还要好，而长卿骨子里那种专注和毅力足以支撑其在岐黄世界的漫漫路途上走下去，走下去……


下午，何队长家的大黄狗忽然狂吠不止，紧接着就听到一阵凶狠狂乱的脚步声，凌朴子警觉地坐起身，门外已传来熟悉的乡音。坏了，他们终于还是来了！凌朴子试了几次，还是下不了地，便鼓足劲儿爬到炕边，硬是滚落到地上，然后爬到小桌前拿起包袱，把几样要紧的东西包好，塞进门后一个放干菜的坛子里，用干菜掩好。他刚爬回炕边，三个凶汉子便裹着风雪冲进来了。

为首的那个凌朴子认识，是个造反派小头目，是王永红的忠实爪牙。王永红几次找凌朴子看病都是他来跑腿，大概这一年为找凌朴子，他也没少挨骂。所以，他冲进屋里，一眼看到卧在炕上的凌朴子，眼睛都要出血了。

那个小头目得意地狞笑着："好我的神医嘞，跑到这么个鬼地方，叫我们好找。你当你是张良啊？就是张良在世也逃不出革命的法网！"他狠狠地瞪着凌朴子，咬牙切齿地说道。

另外两个同来的人拿出绳索正要绑凌朴子时，徐青山和老伴冲进屋：

"干什么？你们凭啥子跑进我家来？凭啥子抓人？"

那个小头头掏出一张盖有红戳戳的公函，在徐青山眼前晃了晃："我们是南江县光雾山公社革委会派来抓在逃犯凌朴子的。你们看清楚了，这是革委会公函，快些给老子闪开！不要落个妨碍公务罪哟！"

老两口愣住了，不知说啥好，呆呆地站在那里，眼看他们在屋里胡乱翻了一通，然后架起凌先生走出门。

徐家的动静惊动了村里乡亲，男人女人都走出家门，看光景不对，便都围拢在徐家门前的石板街上，一阵工夫就聚集了好几十人。看到徐家老两口伤心欲绝，又看到几个凶巴巴的外乡人要把凌先生带走，大家都愤愤不平，有的过来扶着两位老人询问情况，有的围着外乡人要问个究竟。那个小头头举着那张盖有红戳戳的公函："我们是南江县光雾山公社革命委员会派来的，凌朴子是在逃反革命，哪个敢妨碍公务！"

村民退却了。在他们眼里，红戳戳代表政府，是最高的权威。他们当下就不敢再说话，眼看那三个人带着凌先生离去。

两个人架着凌朴子往村子尽头的国道走去。小头头断后，恐村民围上来，便一路走一路指着村民威慑谩骂。凌朴子断腿未愈，这下彻底断裂，根本无法迈腿。两个壮汉便架起他的臂膀拖着前行，雪地上硬是留下三里长的拖痕。走上国道等班车时，三人看没有村民跟上来，又挥舞着三角皮带把凌朴子暴打了一番。此时，倒在雪地上的凌朴子已是有出的气没进的气，再也起不来了。

班车终于来了，小头头跳上车与司机交涉，另外两个人架着凌朴子往车上塞。凌朴子死死地抱住路边一棵树坚决不上车，两人拉扯了一阵。车上的乘客和司机都看不过去，纷纷议论谴责起来。小头头只好说："算了，看样子要咽气了，弄个死人在车上咋搞？"三个人气急败坏地对凌朴子踢了几脚才上车离去……

凌朴子感觉血液渐渐凝固，意识也被冻得模糊起来。他屏住一口气，让这口气游走于神阙、气海、关元之间，把一个快要模糊的意识牢牢地拴在脑海里：一定要坚持回到长卿家里，我还有很多话要对长卿说嘞。可身子和大脑不听他的调遣，似乎都要远离他而去。他脑海里闪现出遥远而凌乱的回忆……

那是谁，那个跪在路边动也不动的妇人是谁？太遥远太模糊，二十年岁月的风霜怎么还没有把这些记忆的碎片消除殆尽呢？

是的，二十年了。那天，听到家门外有喧哗声，凌朴子打开家门，只见一个俊俏的妇人跪在他门前。看来跪了些时候了，已经有不少围观的人。人们在说长道短，妇人在哀哀哭泣。

是她，想起来了，凌朴子曾经的妻子。那时，三十来岁的凌朴子志在杏林，每年大半时间奔波在外，云游四方，访友采药，治病救人。等他远游归来，却听说他年轻而俊俏的妻子红杏出墙。他再度远行。两人有一年多没见面了，她这次跪在门前做甚？

记得当时围观的街坊议论纷纷，都等着看凌朴子怎样发落他的妻子。凌朴子反身进屋取了些钱出来交给妇人，妇人不敢接钱也不敢抬头。凌朴子说："去吧，我本身就是不该成家的人，你找个人家好好过日子吧。"

这是凌朴子唯一的一次婚姻。从那时到现在，二十年过去了。他云游名山大川，采集名贵中药，遍访各地名医，为人祛病除症，直至来到庙沟村。现在有了长卿，他了无牵挂，这是他的宿命……

三里长的冰雪之路真是漫长啊！徐长卿苦苦地撑着一步步往前移动。前方已能看见村子人家的灯光，他心里一遍遍对自己说：坚持住，坚持下去，很快就要到家啦！他站定片刻，擦去眼前的冰雪，鼓起最后的气力，迈着已经不能打弯的双腿，往前，一步、两步、三步，终于轰地倒下去了……

　　又是隆冬时节，又是暮色四合时分。算来凌先生来此已近一年了。这一年，成为徐长卿人生中最重要的一年。这一年，凌先生不仅给徐长卿传授了中医祛病除症的学问和技艺，把他带入一个博大深奥的岐黄世界，更重要的是教会他什么才是医道。徐长卿不再是以前那个懵懵懂懂、只知养家糊口的山野村民了。

　　大清早就去镇上、去县城办事，回到家尚未喘口气就奔跑着去寻找凌先生。此刻，即便是体壮力大的徐长卿也精疲力竭了。他趴在雪地上，眼望石板小街两旁的灯火，这些灯火是那么熟悉，那么温馨，甚至能看到自己家里的那一盏灯。但，近在咫尺却难以抵达，他无法站起来了。他能感觉到，肢体渐渐失去知觉，身体渐渐和地上的冰雪冻在一起，头颅也快要被落雪覆盖。

　　不知过了多久，徐长卿感觉到脖颈上传来一阵阵热气，他的意识陡然清醒——那是凌先生微弱的气息，是趴在背上的凌先生在用最后的气力呼唤他！徐长卿猛地意识到：凌先生还活着！凌先生四肢皆断，只好用最后一口热气呼唤徐长卿！呼唤他回家，呼唤他活下去！徐长卿张开嘴啃了一大口地上的雪，用胳膊抹去脸上的冰雪，振作起精神，心里默默地说：爬也要爬回去！一定要回到家！一定要把凌先生医治好！他猛吸一口气，用手指抠着冰雪，用胳膊肘顶着雪地，一寸一寸地往前爬，往前爬……

天色黑定时，徐长卿驮着凌先生终于爬到了家。

尽管寒风呼啸，尽管雪花直往屋里扑，徐青山老两口还是开着院门，站在虚掩的房门口张望，守候着未归的凌先生和徐长卿。看到徐长卿背负着凌先生爬进院里，徐青山惊呼一声，连忙呼唤地黄和地锦，一同把两个满身冰雪的人弄进屋。徐青山把凌先生扶到炕上，擦去他脸上的冰雪，不由得老泪纵横。

徐母为瘫在地上的长卿扑打着身上的冰雪，看到长卿的手掌和胳膊肘血淋淋的，不禁呜呜痛哭。

地黄从灶房端来热水，地锦把炕火烧旺。

徐长卿刚一缓过来，立刻挣扎着站起身，与父亲一起细心地洗净凌先生脸上、身上的血痂。一家人看着奄奄一息的凌先生，泣不成声。

一会儿，身子渐渐回暖的凌朴子醒过来了，平静地望着长卿和他的父母亲，笑微微地向他们点头，朝跪在炕前哭的地黄和地锦说："不哭，男子汉不哭。"

徐青山找来衣服要给凌先生换，凌先生挥手阻止了。他声音嘶哑地说："徐大哥、嫂子，谢谢你们这一年对我的照顾，你们不要悲伤。地黄、地锦，要听爷爷奶奶的话，好好念书，将来学好中医。"

说完这几句话，凌朴子似乎已用完气力，运了运气鼓起劲说："我有话要对长卿讲。"

徐父和徐母带着地黄、地锦离开后，凌朴子指指门后的坛子："把里面的包袱拿出来，青囊、青囊……"

徐长卿伸手在坛子里一摸，掏出凌先生的小包袱。想必是那三人来的时候，凌先生急中生智藏进去的。打开包袱，除了那五六本书和一些钱之外，还有一个颜色发黑、书本一般大小的丝质锦袋，虽经年累月显得很陈旧，但布料很厚，很结实。这就是凌先生说的青囊吧，里面装的不知什么东西，分量不重。

徐长卿拿起青囊放在凌先生手上，凌先生并没有打开青囊，只是把囊口的丝带系紧，然后抓住长卿的手，把青囊塞在他手心里："收好，将来地黄、地锦都大了之后，在最需要的时候再打开。"

徐长卿捧着青囊泣不成声。

"还有，我死后，你要简单草葬，不要立碑，不要让外人知道，要不然会有大麻烦！过几年天下太平之时，再按你的想法立碑砌墓都行。"长卿哭着点头。

凌先生指着《黄帝内经》等书说："这几本书，你以后慢慢领悟。中华医学浩如烟海，一个从医者终其一生所学也只是沧海一粟。能否成为一个好郎中，要紧的是得道与否。道者，仁也，仁人之心珍爱生命，视一草一木、大小禽兽皆为生命，竭自己所能挽救生命，在行医中视病人为己、为亲……"

说到这里，凌朴子气息渐弱，他抓住徐长卿的手用尽最后的力气说道："记住，将来手艺只传得道之人，失道者不传。"说完，凌朴子的手渐渐垂了下去。

"凌先生！凌先生！"

徐长卿撕心裂肺地哭喊着，徐父、徐母以及地黄、地锦闻声冲进屋来，放声悲哭。

大雪纷飞，天地无声。漫漫寒夜，任徐家老小悲伤地哭喊，凌先生也不能有任何回应了。徐青山把凌先生的衣裤整理齐整，给他把皮袄穿好系紧，用一条干净的床单盖上。徐母领着徐长卿和地黄、地锦跪在炕前，向这位命运多舛的巴蜀客做最后的道别。

徐长卿和父亲连夜把凌朴子安葬在村东头的阴阳坡上，虽是不敢起坟也不敢立碑，但徐青山把自己备了好几年的柏木棺材悄悄地给凌朴子用了。墓地就在阴阳坡的谷口，徐长卿每次和凌朴子上山采药都是从这条路入山的。徐青山只叫了两个平时走得最近的邻居帮忙挖墓穴、抬棺木，赶天明前安葬了凌先生。

按凌先生的吩咐，徐长卿没有在墓地上砌坟头，只搬了一块花岗岩作为标记，并在岩石前栽了一棵柏树。一切弄停当，东方已见鱼肚白。徐长卿让父亲和邻居先回家，自己在墓前站了许久。

这是 1968 年的 2 月，凌朴子这个巴蜀客在他生命的最后一个驿站，把华夏中医的薪火传给了徐长卿。

# 第三章　徐长卿

徐长卿，人名也，常以此药治邪病，人遂以名之。

——《本草纲目》

## 1

纵横交错的山峦沟壑簇拥着险峻的紫柏山、柴关岭，一道道山梁绵延交错，时而陡峭时而平缓。和别的山区一样，庙沟、庙台一带也是这样的地貌，一条山溪，两岸山梁，绵延百十里。沟两旁和平缓的山坡上散居着一家家农户，山里人开垦出一片片贫瘠的土地，便这样一代代繁衍生息。

秦岭南麓，秦巴之间的山乡大致都是这样的。

庙沟村地处紫柏山下，峰峦叠嶂行路难，祖祖辈辈求医难。去县医院有一百多里，一天只有一趟班车，要翻柴关岭、酒奠梁，九曲十八弯，极其险峻。去了当天回不来，要坐车，要住店，盘缠不少。不是人命关天的大病，山里人一般是不肯去的。公社倒是有个卫生院，离庙沟村有几十里，去一趟也不易，还看不了啥病。年纪大些的村民们大都有去卫生院看病的经历，遇头疼脑热的，医生给你开几片药；遇红伤皮破的，会给你抹点红药水、紫药水，撒点消炎粉；遇个病情稍重的，医生就说要去县医院，所里没药没设备什么的，病人要再多问几句人家就不爱听了。

自从凌先生来庙沟村这一年，庙沟和邻近乡村的村民都感受到了求医问药的便利，再不用担心因病急求医而走投无路。对于缺医少药的山里人来说，这是个大事，是一种不能忘怀的恩德。凌先生不光是治病医术高，不图钱财，要紧的是他还把治病的法子讲给人听，让村民学会用自家门前屋后就能找到的草药治病，平时有个头疼脑热的用这些草药就能对付。有的村民照他教的法子把陈年老病都治好了。

后来不见凌先生了，村民们四处打问，听庙沟村人讲凌先生遭了难。也有人说他是回自己家乡了，大家心里又怀念又牵挂，聚在一起时总是议论凌先生。不过，凌先生虽离去了，但他把医术传给了徐长卿，这个事情已经在庙沟和邻近几个村子传遍了。

许多年来，徐长卿的爹徐青山就时常用一把草药帮助人，现在他儿子徐长卿又学会了医术，比他爹还有能耐。见过徐长卿的人都知道，这个人厚道善良肯帮人，所以庙沟村和附近村子的人家里有人生病了便来找徐长卿求治。尽管徐长卿一再对乡亲们说自己不是医生，没有处方权，没有资格给人瞧病，但乡亲们哪管这个。他们纷纷认为，徐长卿治好了那么多人的病，医术高方子灵，待人好又厚道，不是医生是啥！难不成非要华佗才叫医生？华佗也没有从医证吧？所以还是经常有病人找上门来，徐长卿也不能拒之门外，只有尽力诊治。但他一直坚持一条规矩：一不开处方，二不收诊金，用自家的中草药亲自配药。但凡常见的头疼脑热、风寒咳嗽、内瘀外伤，按照凌先生所授方法竟都一一解除病症了。

而凌先生传授的接骨续筋术更是灵验，连徐长卿自己都暗暗吃惊：自己真的能给人治病，能给人接骨了！

初夏的一天，村里夏家婶子挑水时绊了一跤，没当回事，自己爬回屋撕块旧布包了一下伤口，准备做晌午饭时，一头倒下去爬不起来，这才着急了，大声喊人救命。邻居汪嫂急忙跑来，拉了夏家婶子两把拉不起来，一看她腿上流血，便冲出门急如星火地喊响了石板街。

队长何长生来找徐长卿，说了夏家婶子腿受伤的情况，要他赶紧去给医治。

徐长卿说："那要赶紧送医院啊，这么大的伤咱们这些土方子哪管用，耽误了人可不得了。"

何队长说："谁说不是哩，可是这个夏家婶子死活不去有啥办法？我刚刚找了几个青壮汉子要送她去县医院，她抱住床脚死活不肯。她老汉出远门了，女子又嫁得远，血还流着，哪个也说不动她。你先去看看吧。才五十来岁的人，莫要丢了命。"

徐长卿只好带上一应家什和药材随何队长一同去了。当时夏家婶子家围了五六个人，有前来劝说的婆娘们，有拿着抬杠绳索的壮汉们。大家这个劝那个说，要抬夏家婶子去医院，偏偏夏家婶子犟牛一样不听劝，屋里吵吵闹闹乱成一团。

徐长卿一进屋，屋里立时安静下来，众人闪到一旁，眼巴巴地望着徐长卿，等着看他怎么医治。

徐长卿放下家什，蹲在夏家婶子面前轻轻说："不去医院就先不去，婶子咱们先看看伤好吧？要是断了就接上，接不好你可莫要怪我。"

从汪嫂进屋，到何队长带着乡邻们来要她去医院，夏家婶子就一直哭丧着脸躺在地上耍赖，抱着床脚，一副雷打不动的样子。这会儿，徐长卿说了几句话之后，夏家婶子一下子满脸都是笑："咋会嘞，你肯定比医院接得好，你来了我放心。"

说话的工夫，徐长卿把夏家婶子摔伤的地方摸了一下，说道："来个人搭把手，把夏家婶子抬到炕上，要注意她的伤在小腿上，不要碰到伤口。"

　　已有人打来热水，徐长卿让汪嫂帮忙剪开裤腿，擦洗了一番。伤在小腿上，夏家婶子是在石台阶上滑倒的，硬生生把小腿骨摔断了，之后又走了一段路，断骨错开，戳破了皮肉。清洗消毒过程中疼痛加剧，夏家婶子不由得呻唤起来。

　　伤得这么重！折断的腿骨一端都从皮肉里翘出来了，徐长卿还能接好吗？满屋子的人都盯着徐长卿，捏着一把汗。

　　只见徐长卿从包袱里翻出接骨用的家什，也就是几个大小不一的竹子做的夹板、一卷绳索和几条包扎用的绷带。他把这些东西平摆在炕上，然后掏出他来时带的一大把草药。那些草药大家也大都认得，就是很平常的铁杆蒿、鸡血藤、田七以及刺龙苞、骨碎补等六七种。他把这些草药飞快地挑拣了一下，交给一个邻居婆娘说："麻烦你洗净、捣烂，装碗里。"他接着把小号的夹板放在手边，搓了搓手，让汪嫂抱住夏家婶子的大腿，自己轻轻托起折断的小腿夹在腋下，一手在下平稳地托着，一手在上轻风落叶般轻轻抚过，对汪嫂说了声："抱紧，站稳喽！"然后用力往后一拉，只听夏婶子疼得大喊一声，徐长卿双手上下合力一寸寸向上推进到伤口处，再轻轻揉捏片刻猛地一合。此时，已有人把药碗端来，徐长卿把那草药泥往伤处敷了，用绷带把整条伤腿扎紧后绑上夹板。

　　这就完了？看了这一幕，在场的人无不惊讶徐长卿的手艺。他长胳膊大手，挥舞起来灵巧自如，就这么一会儿的工夫就把断腿接好了。他接骨、用药，就在大家眼皮子底下，不见什么高深的技艺，没得玄虚，用的药也就是各家门前屋后路边上都有的普通草药。大家心里都在说：乡里人要的就是这样的郎中！

离开时，徐长卿从外衣兜里掏出一把黑黢黢的药材，说："这是炮制好的熟地黄，夏婶子流血不少，用这个煮一碗红糖水喝下去，人就缓过来了，我明天来换药。"

后来他又来换了几次药，过了不到两个月，夏家婶子就能下地干活了。因为当时有六七个人目睹了接骨过程，当庙沟人看见夏家婶子再次出现在田间地头时，都十分震惊并将这次接骨当作一件奇事传播开了。这件奇事是他们亲身经历亲眼看见的，因而都从心底认可徐长卿这个自家门前的郎中了。


事隔不久又发生了一件事，徐长卿再次为受伤村民接骨，在庙沟一带传为美谈。

这天后晌，队长何长生领着一个后生来到徐家。没等徐长卿发问，何长生说："这个小伙子姓吴，鸡爪沟的，他想找你看病救人，不认得你，他便找到我。他爹上山砍竹时滚坡了，摔断了腿和手杆子，去县医院的班车赶不上，他想请你去给医治。"

姓吴的青年满面愁容地说："我爹是中午时被人从山上抬回家的，去县医院没有班车了，去公社卫生院怕人家不收，只好来麻烦徐大夫，请你救救我爹！"

徐长卿一听就明白这是救命的事，容不得耽搁。深山里每天上午只有一趟班车，乡民有急病或是受外伤要去县医院求治，错过这趟就只有等第二天再去。这青年从鸡爪沟来最快也得两个多钟头，等他们再赶回去还得两个多钟头，伤者就那么干等着，还不知止血、包扎了没有。徐长卿没再问啥，麻利地往包里装家什和药材，徐青山包了几样止血的药材给徐长卿装进包里，轻声说道："新鲜草药到那儿再采吧，抓紧赶路！"

前后也就几分钟的工夫，徐长卿已经背起包跨出家门。何长生向徐青山点头致谢，那个吴姓青年一遍一遍地说："麻烦徐大夫了！麻烦徐大夫了！"

赶到鸡爪沟天已经黑了，徐长卿当即为伤者做了清创接骨手术。伤者从很高的崖畔跌下，肩胛骨外挫伤，大腿上部骨折，好在两处创伤肌肉外伤不大，流血很少，也没有感染。他接好骨已是半夜时分，便在吴家住下。第二天一大早徐长卿就去采了外敷用的草药。此后，徐长卿又跑了几趟鸡爪沟，直到伤者痊愈。

两个多月后的一天，那父子俩来到庙沟徐家登门致谢，庙沟人才知道徐长卿又救了一个人。

那一时期，徐长卿给庙沟、庙台一带村民治病的事例很多，村民们口口相传，把徐长卿传成了紫柏山一带的神医。

庙台有个五十来岁的老光棍王国生，夏日里在地里干活口渴，喝了几捧泉水，当晚双腿发胀，第二天越发厉害，双脚麻木疼痛，两腿凹陷性水肿且发绀。乡邻都说男怕穿靴女怕戴帽，这病怕是难治。王国生也觉病来得邪乎，就想躺炕上等死算了。一躺躺了好几天，人没死，影响却是不好得很。大队出面请徐长卿来看病，徐长卿瞧了一袋烟的工夫，说离死还远得很，不过是水湿下注，浸淫肌肤，兼瘀血为患，只消三服五苓散利水消肿、通阳化气、活血化瘀，几日便好。果不其然，第三服药才煮了头遍，王国生水肿全消。

茅坝沟有家人三十得子，视若珍宝。孩子体弱，自小爱哭，到两岁多时已看过好几回医生，却都止不住夜半啼哭。村里人说这娃儿是哭夜郎附身，请了神驱邪，闹腾一阵子没有任何改善，被大队的人知道了训斥了一番，让徐长卿前去给瞧病。徐长卿问了问娃儿情况，等到夜半娃儿啼哭时又望闻问切一番，笑道："晓得你家娃儿的病了，只不过是肚子疼，一疼就哭。这是脾胃功能不足，肺肠燥热，每到夜半便疼，疼则哭。这病好治，几服药便好。但要忌嘴，每天要定时定量吃东西，不能给孩子吃得太多。"所开处方无非白芍、生地、百合、生山楂、甘草等普通草药。五六天过去，孩子夜间再不哭闹。

　　这样的事情很多，有人说县上、市上大医院都没治好的病让徐长卿只用几样家常草药就治好了……这些传说传遍了三沟四村，把徐长卿说成了神医。还有见过凌先生的人便说起凌先生的风采，说徐长卿是得世外高人指点，一夜成医。还有些老人就传得更神了，说是张良仙气附在徐长卿身上，为百姓造福。一时，张良庙的香火都旺了几分。

　　徐长卿从不敢以"神医"自居，还是老老实实下地干活挣工分，给人看病也不收诊费，一再给村民讲，自己不是医生，收诊费是不合法的。乡民厚道，总是回赠以鸡蛋、腊肉、粮食之类的表达心意。就这样，自凌先生去世后，徐长卿给人治病仅一年的工夫，医名便传到公社，传到县里，传遍了连云古道，大家都知道庙沟村出了个神郎中。

　　就在这年腊月里，听说公社要在大队庙台镇建立合作医疗站，庙台三沟四村的村民都讲那自然是让徐长卿当医生喽，就看大队是咋个安排的。

　　这个话也传进徐长卿耳朵里，虽然他和徐青山心里都盼着这个事，但父子俩谁也没有开口问过。正式当个医生光明正大地给人看病，这是徐长卿的梦想啊！但他知道自己命运不济，梦想成真的事想都不敢想，也不方便打听。所以，直到正月初八罗文书到他们家传达大队的通知，徐长卿才确信这一回真的迎来了命运的曙光。

罗林甫在大队当了好多年的文书，在庙台一带算是个名人，教书几十年，写一手好字，讲一通好古今。罗林甫人正派，心地好，每到除夕前家家都要请他写对子，庙台、庙沟、茅坝沟、鸡爪沟几百户人家排着队等他。他有时年三十都走不开，就在别人家吃团圆饭，一碗苞谷酒下肚，就开始摆三国、水浒龙门阵，大人娃儿都喜欢听，笑声满山沟。罗林甫倒也是乐不思归，反正他是一人吃饱全家不饿。

当看见罗林甫顶着一头白发摇摇晃晃地走进自家院门时，徐青山心里一喜：莫不是有消息了？果然，罗林甫人还没进屋，笑声先响起："恭喜恭喜！青山啊，你们徐家有喜事了！"

徐青山急忙出门迎客，把罗林甫拉到堂屋大椅子上坐下，他素来喜欢这个"老秀才"。罗林甫五十六七，比徐青山长几岁，两个人平时就很说得来，现在又喊着有喜事，徐青山一脸的核桃纹都绽开了，一边让座递烟，一边喊老伴快倒茶水。

罗林甫这个人有些人来疯，平时喜欢喝碗苞谷酒，总是一副酒没醒的样子，又是个老鳏夫，胡子拉碴，不修边幅，看着有点邋遢。可是一旦说起公事，马上就是一本正经的样子。此刻，罗林甫是代表大队来宣布重大事体的，自然是要把文章做足。

徐母端来茶水，徐长卿给点上烟，罗林甫摆摆手满面严肃地说："莫乱，都来坐下，先传达大队的会议精神。"

徐母笑微微坐在一旁的凳子上，徐青山喊徐长卿："快坐下听你罗伯讲。"

"是这个样子，"罗林甫拿出开会的腔调说道，"陈支书忙得抽不出身，派我来宣布大队决定。根据公社的要求，为加强医疗卫生工作，公社批准我们庙台大队建立一个合作医疗站，参会的大队和各村生产队队长一致提议让你家长卿当医疗站的医生。当然，也有人说长卿不是医生，没有处方权。陈支书说，大队找公社给他下个赤脚医生公文不就是了，咱们这一带哪个不说长卿是个好郎中？公社也有好多人知道长卿学会了看病，所以大队一说，人家便给下了个赤脚医生文书。"

说着，罗林甫又掏出一纸公文递给徐青山："看看，白纸黑字盖红章，你家长卿从今往后就是医生喽！"

徐青山捧着公文忙不迭地点头："谢谢谢谢，多谢罗队委！"

罗林甫接着讲道："长卿你这两天就准备上任，职务是医疗站大夫，现在上头时兴叫赤脚医生，那就赤脚医生吧，鞋子还是让穿的。"说着，罗林甫还瞅瞅徐长卿的脚，徐父和徐母都笑了起来。

罗林甫严肃地挥挥手接着讲："待遇是半工半农，每月有十二元补贴，工分记满分。医疗站还要配两个年轻人做你的助手，一个是北京知青于文丽，另一个是庙台的返乡青年罗有贵。医疗站就设在大队部旁边，腾出两间屋子给你们用。"

徐长卿心里怦怦跳起来，自己真的能做医生了！医疗站也是医院，自己就是名正言顺的医生，还有补贴，今后要按凌先生讲的道理治病救人，做一个济世良医。他正满怀憧憬地想着，只听父亲喊道："还不快谢你罗伯！"

徐长卿一迭声地说："多谢罗伯！多谢罗伯！"

罗林甫说："要谢人家陈支书，一说让你来当医生，人家陈支书头一个赞成。"

徐长卿憨憨地笑："多谢陈支书，多谢罗伯。"

大事宣布完毕，满屋喜盈盈的。徐青山给老伴使个眼色，老伴会意，她给罗林甫添了一遍茶水便去了灶房，还好，还留有过十五的肉，再炒几个鸡蛋，蔬菜也还有几样，便手脚麻利地忙开了。

徐青山擂了罗林甫一拳："你等着。"转身捧出一个帆布包对罗林甫喊道，"走，院坝里亮堂。"

罗林甫一边起身一边哈哈笑道："你个手下败将还敢叫阵？"

"去年那时让你是客，今天你就晓得马王爷几只眼喽！"

徐长卿给他们摆好桌椅，添好茶水，看着父亲开心的笑颜，心里如沐春风。命运之门终于向他开启了一道透着光亮的缝隙，让他看到了希望。今后，他将做一个好医生，让庙台的村民们觉得没有看错人，让父母亲常有笑颜。


全新的生活开始了。

初十刚过，徐长卿就带着地黄、地锦来到庙台。庙台是大队革委会办公所在地，是一个小镇子，有学校，有合作社，还有个小集市，生活上比庙沟要方便多了。从前年起，地黄和地锦就在庙台上学。地黄这孩子自小能吃苦，心眼实诚，到入学年龄没条件上学，当然也不是没法子，更远一些的公社早就有寄读学校，但实在是顾不过来，很多时候还要靠地黄带比他小两岁的弟弟地锦呢。耽误了上学的地黄从不埋怨，前年大队办起了寄读学校，地锦刚好满七岁了，两兄弟才一起进入校门。庙台离庙沟二十里，每周才能回一次家，星期六下午学校提前放学，十多个孩子结伴同行，走两三个钟头，赶吃晚饭前就能回到家了。每到这个时候，长卿母亲总是摆好了饭菜站在院门口张望石板街的尽头，听到一阵孩童的呼喊声喧笑声，长卿母亲就喜滋滋地反身进屋，一边喊着："长卿啊，拢了拢了！"一边赶紧舀饭。吃饭的时候，长卿母亲总是目不转睛地盯着两个孙子吃饭，心里那个乐呀，脸上漾着一波一波的笑容。收拾完锅台，长卿母亲烧一大锅热水，给孙子洗头洗澡，把他们的外衣放在门外，第二天太阳出来捉了虱子拍打拍打再给他们穿。紧接着就要开始忙晌午饭了，因为吃了晌午饭他们就该返回学校啦。这顿饭长卿母亲下功夫比较大，好一点的东西都留在这一顿，要让两个孙子吃一顿饱饭，再多蒸些馍馍、炒一些腌菜给他们带上。正是长身体的时候，她总怕他们吃不饱。到两三点的时候，他们就走出院门和别的孩子会合，一路说笑打闹着往学校去。这个时候，长卿母亲要靠在院门上看着他们的背影渐渐远去。徐长卿总会让母亲多看一会儿，才去扶她回屋，说一些宽慰的话。他知道，母亲最不放心的就是两个孙子，怕他们惹祸，怕他们摔着病着，没娘的孩子经不起事情了。

如今好了，徐长卿不仅可以做自己想做的事，还能守在孩子身边。医疗站就在学校跟前，父子三人天天都能在一个锅里搅勺把子了。

前两年大队给知青盖了一排砖基土坯房，现今腾出两间给医疗站用，正好一间诊室一间药房，门外就是麦场，晒药也方便得很。大队在麦场另一头给徐长卿腾了一间房子，有炕有灶台，他们父子三人吃住便有着落了。

徐长卿没顾上收拾自己的临时小家就先去了医疗站，远远就看见罗林甫讲的那两个助手正在拾掇房间呢，便径直走进屋子。

两个年轻人看见身材高大的徐长卿进来，都停下手里的活上来热情地打招呼。

"徐老师，你来啦！"罗有贵面带笑容恭敬地同徐长卿握手，并向站在身边的女知青介绍道，"这就是咱们医疗站的主治医生，徐大夫徐老师。"

女知青大方热情地向徐长卿伸出手来，脆嘣嘣地说："徐老师您好，我叫于文丽，今后跟您学医，做好您的助手。"徐长卿红着脸跟她握了下手，唔唔了几声就赶紧和他们一起布置诊室。

　　小伙子罗有贵徐长卿认识，他是大队少有的几个高中生之一，还是大队革委会的宣传委员；那个漂亮的女知青却是头一回见，漂亮得让人不敢多看。他们都去公社接受了培训，见了徐长卿都很尊敬地喊徐老师，大概这也是培训学到的新名词吧，听起来很受用。房间里外都用石灰水刷了一遍，看起来四壁白净，两张桌子几把椅子都已摆放好，两个人正在往墙上张贴从卫生院带回来的医疗卫生制度什么的。徐长卿一边搭手干活，一边说道："我算不上什么医生，也才学中医不久，你们就叫我长卿吧。"

　　"那怎么行？虽然今天才第一次见，可我早就听乡亲们讲您医术高明，治好了许多人的疾病，能跟您学医是我们的荣幸呢！"于文丽笑吟吟地说。

　　罗有贵说："大队就是因为有了徐医生才申请建立这个医疗站，要不然我们想学医也没这个机会。徐医生你放心，今后我们一定当好你的助手，把医疗站办好，改变咱们缺医少药的现状。"

　　徐长卿还能说什么呢？他心怀感激地点点头，便和两个年轻人一起精心地布置起这个新生的寄托着庙台大队三沟四村近千人希望的医疗站。

　　医疗站是以中医为主，徐长卿自己采药配药，所以几乎没有什么器械，公社只给配一部分简单的日常用药，如红药水、紫药水、消炎粉、感冒退烧拉肚子药，还有小娃儿打蛔虫等方面的西药。经过两个多月的培训，于文丽学会了打针消毒方面的操作，罗有贵学会了炮制中草药的一些简单方法。他俩一个当护士一个做药管，徐长卿自然是坐堂大夫了，这样一来，大夫、护士、药管各个岗位都齐全了。外屋从中一隔，一半是药房，另一半摆几把椅子供病人坐，墙角还支了张床，有重症病人时可以当手术台用。里屋主要是徐长卿坐堂的诊室，也是注射室，两个从公社要来的中药柜也已经靠墙而立。他们摆放好桌椅家什，把药品器具搁到位，外屋正墙上还贴上了一张毛主席像。细心的于文丽还剪了两个大大的红十字贴在大门两边，让门楣上那块"庙台大队合作医疗站"的方形木牌更加显眼。医疗站看起来像模像样了。

他们一口气干到吃晌午饭的时候，医疗站的主体架子大致布置好了。徐长卿穿过麦场回到自己的新居。他来时带了些粮食和中草药，还有被褥和两个儿子的换洗衣服，那么，就不缺啥了。屋子分里外间，里间一盘大炕，足够父子三人睡；外间有桌椅有灶台，灶火在墙外烧。大队还让人给弄来了一堆柴火，懂事的地黄已经点上火煮苞谷糁子了。徐长卿一进屋，地黄、地锦都欢呼起来："我们在庙台有自己的家喽!"

是啊，新的地方新的生活，一切都充满着新鲜感。刚才，于文丽把一件叠得整整齐齐的白大褂给徐长卿时，他心里吃了一惊。白大褂和于文丽都很耀眼。雪白的大褂一尘不染，是那么圣洁，那么神气，那是医生的象征，以往只在梦中出现过。他和女知青说话也是第一次，听何队长讲过，北京女知青说话像唱歌一样好听，比紫柏山上的百灵叫还好听，今天一听于文丽说话，他心中真是暗暗称奇，首都人说话咋就这么动听？而且，于文丽还那么漂亮。

医疗站的场地安顿好以后，徐长卿带着两个助手又用了十来天工夫炮制各种中草药。很多常用药材都要靠他们自己炮制。徐长卿回了一次庙沟，把父亲炮制收藏的各种中草药都带来了，甚至有些很难得的名贵中药，父亲也给了他。罗有贵一一注册登记，按公社卫生院的定价收购给医疗站。

到惊蛰前一两天，医疗站的一切都安排停当了，里外一新，一派生机勃勃的景象，尤其是那一排中药柜一百多个小抽屉装满了各种中草药，特别有医疗站的样子。

惊蛰这天，是医疗站开张的日子，徐长卿和于文丽、罗有贵早早就来到诊所，三人都穿上白大褂，把里外的卫生打扫干净，等着举行开张仪式。

过了一会儿，便看到陈山和罗林甫向医疗站走来。这个陈山在庙台大队当了十几年党支部书记，眼下是庙台大队革委会主任，但大家还是习惯地称他陈支书。陈山背着手，嘴里叼着根烟。罗林甫提着一挂红红的鞭炮，龇着大黄牙笑眯眯地对陈山说着什么。在门外扫地的罗有贵先看到他们，喊了声："陈支书他们来啦！"徐长卿和于文丽也来到大门口迎接他们两位。

看着三个穿白大褂的年轻人，陈山乐呵呵地说："开张志喜，我们两个老家伙撺来放个鞭炮行吧？"

罗有贵笑容满面地说："欢迎大队领导给医疗站揭牌。"

陈山一愣："揭牌？哪里还有牌子揭嘞？"

罗有贵回身指了指门楣上的方牌，上面裹了一层红纸。陈山扑哧一笑："这个花点子要得。"

罗林甫拉着陈山把医疗站里里外外看了一遍，最后目光落在三个年轻人身上，喜滋滋地说："你看看这阵仗，啊，医生像医生，护士像护士。咱们医疗站啊，把公社卫生院都比下去喽！"

陈山推了罗林甫一把："去去去，头上戴个刺玫花，人家不夸自己夸!"徐长卿、于文丽和罗有贵都笑了起来。

这工夫，罗林甫已经跳到麦场上扯起嗓子喊了起来："庙台大队医疗站开张啦！开张啦！"两遍喊过，回声还没消散，就有人陆陆续续往麦场上来。先是爱凑热闹的婆娘们抱着崽娃儿步子飞快地过来，后面跟着挂杖倚拐的老人，最后才是壮汉后生们。

一会儿的工夫，麦场上已经围了上百号人了。大家看着布置一新的医疗站和几个穿白大褂的年轻人，兴奋地议论起来。

"安静！安静！下来听陈主任讲话。"罗林甫维持好秩序后把陈山往前一推。

陈山说："说啥？没打算开会的，不过这个事情值得庆祝一下。我们庙台有了自己的医疗站，有了自己的大夫，今后看病不用再求人下话，不用再攒班车往县上跑了，大家说是不是好事？"

"好事！"大家一片应和声。

有人问："看病要钱不要？"这话一出口，引起一阵哄笑。

陈山指着那些发笑的人："你看看，你看看，啥叫人心不足蛇吞象？一天天喊没地方看病，给你们办起医疗站又怕花钱。吃饭不要钱、看病不要钱，那是共产主义，我也想得很嘞，可惜我们还没实现。"

人群里又是一阵哄笑声。陈山接着讲："不过嘞，公社是要给医疗站补贴的，社员看病只花个五分一角的挂号钱不算多吧？"

"不多！"看热闹的人齐声喊道。陈山笑眯眯地把徐长卿、于文丽和罗有贵都叫到身边来一字儿排开，指着徐长卿问大家："认得他吧？他给你们看病信不信得过？"

"信得过！徐大夫是好人嘞。"

"徐大夫给我看过病，水平没得说。"

"徐大夫对人实在，心眼好！"

徐长卿腼腆地冲父老乡亲一笑，然后深深地鞠了一躬。

陈山又把罗有贵和于文丽给大家做了介绍，然后说："大家没意见我可就揭牌啦！这牌一揭可就正式开张喽！"说罢手一扬揭去牌匾上的红纸，罗林甫点燃了鞭炮，麦场上欢声一片。

这一天是 1969 年惊蛰，徐长卿正式走上从医之路，庙台医疗站的历史也就从这一天开始了。


一些简单的用品和针剂都是由公社卫生院配给，其他药材都是自己采撷、晾晒、炮制。不管啥病，看一个病人收费一角，各种药材都由公社卫生院定价，一般的中药一包就是一两角钱，所收诊费、药费全部由罗有贵记账后交大队会计。徐长卿除有十二元补贴外，出勤记满工分，每看一个病人再加半份工分。罗有贵和于文丽记满工分，没有补贴。自此，徐长卿专职做起了医生，公社叫赤脚医生，来看病的村民把徐长卿叫郎中，两个助理口中都是喊老师。

医疗站的站长由陈山兼着，罗有贵担任副站长。

在当地返乡青年中，罗有贵算是尖子哩！他在县上念完高中回乡两年多，年轻，成分好，政治热情高，思想先进，担任了大队宣传委员。人长得也还算精神，五官端正，中等个头，不高也不低，没长山里人常见的瘦瓜瓜，也没有长成罗圈腿。虽说一口四环素牙黄得发黑，但这无伤大雅，要紧的时候尽量合着嘴唇就是了。罗有贵有一件四个兜的干部服，还是毛料的呢，下地出工时舍不得穿，遇上参加大队会议、村上搞活动什么的才穿上。此外，他还有一双白色的回力鞋。这一身行头使他更加充满活力。在医疗站，虽说徐长卿是深受村民信赖的医生，是站里的主角，但罗有贵是副站长，是实际上的领导。这一点让罗有贵很开心，工作上很卖力，他管着药房和财务，空闲时采药晒药切药，踏实肯干。刚开始，罗有贵觉得自己年纪轻轻握了站里大权，怕徐长卿心里不痛快，几次找徐长卿谈心，说出了自己的想法。徐长卿说，我只会看病，你帮着站里做这些事情不是正好吗？

于文丽这个来自北京的知识青年，不仅人长得漂亮，做事也精干利落。她皮肤细腻白皙，鼻梁高挺，嘴唇轮廓分明，抿着嘴的时候嘴角上总带着一缕笑意。白大褂衬托着她乌黑的头发和白嫩的脸庞。她的神情庄重亲和，好像天使降临一般。她在培训班上学会了注射和常规药物的使用，在打针、处理小创面以及医疗用具的消毒，还有抓药、护理病人等方面，都做得很好。

头几个月，来医疗站的人不多。一是还有好多人不知道；二是有些人不太了解，担心要钱多，不敢来。有时一天来那么三五个人，通常都是孩子发烧打个针，跑肚拉稀要个药什么的。没有病人的时候，徐长卿就带着于文丽和罗有贵上山采药或炮制中药材，正好利用这个机会给他们讲一些中草药的常识。

徐长卿到医疗站当了医生后，徐家着实畅快了一阵子。在他们看来，这是徐家的大事，更是长卿人生中的大事。徐青山几次三番对长卿说，要去陈支书家里酬谢一下，人要有恩必报。徐长卿便瞅了一个晚上买了几样礼往陈山家去。

陈山这个人呀，让人有点看不透。他五十出头，脸膛黑红发亮，穿一件发白的蓝卡其布制服，戴一顶灰颜色干部帽子，花白的头发从油渍渍的帽檐下支棱出来，脚上总穿一双八成新的军用解放鞋——人家儿子在部队哩。平时下队进村，陈山对老人、婆娘、娃儿们脾气好得像菩萨，喜眉笑眼的，但遇上那些偷奸耍滑欺老霸小的，他发起威来比老虎还凶。山里人形容动物凶猛，常说"一猪二熊三老虎"，庙台人说的是"一猪二熊三陈山"。这个人是好是坏，还真让人摸不着深浅。在大队当干部他一当十几年，每次选举村民都愿意选他。徐长卿高中刚毕业那年曾去过几次陈山家，那是父亲硬拉着自己去的，为的是求陈山帮忙推荐自己到公社当文书。陈山一副不待见的样子，礼品死活不收，求他的事情也不给个话。等过了半年传来消息，到公社做文书的人定下了，是陈山的二女子，人家推荐自己女子去公社上班了。徐长卿只恨自己不该听父亲的话跑人家屋去丢人现眼，从那以后徐长卿对前途彻底死心了。这一回来医疗站陈山没有阻拦，也真是该谢他手下留情了。

徐长卿到陈山家里没待多大一会儿，他本来就不会应酬，闷着头说了几声谢便要走。陈山板着脸说："把东西拿走，给你那两个娃儿吃吧，我不能收你的东西。"长卿脸上不好看，头越发低了，从陈山手里接过东西就要出门，却听陈山说："长卿啊，你只要不恨我就行了。前些年公社选文书，你也是人选，我家英子也是，按理说你比她能力强，但我是有私心的，当别人说把这个机会给我家女子时我也就顺水推舟了。没办法，咱农民祖祖辈辈出不了山，娃能奔个前程，我不能不私心一把。"

听了这话，徐长卿感到心头那一团冰坨子化了，对这位比自己老爹小不了几岁的老领导有了几分敬重。他说："我没记恨过你，是我自己出身不好，怨不了谁。"

陈山说："长卿，我明白你，你就做个好郎中吧，这个，别人谁也顶不了，这是你的本事。"

徐长卿深深地鞠了一躬，离开了陈山家。

## 2

到了四五月间，医疗站人气渐渐旺起来。不光是庙台、庙沟，远一些的鸡爪沟、茅坝沟的村民也都知道了，自己大队的医疗站看病方便、花钱少，来瞧病的人便一天天多起来，徐长卿也就一天比一天忙了。无论是坐堂还是出诊，徐长卿对每一个病人都是那么从容温和、彬彬有礼。诊断的时候，他面带笑容和病人聊聊家常，开完处方总要细心地叮嘱一番。通常都是下午来的病人多，因为外村的赶到诊所要走一上午哩，有时三五个病人赶到一起忙不过来时，罗有贵也放下手里活儿，到药柜前帮于文丽抓药。病人坐在椅子上静静地等候，徐大夫有条不紊地一个个切脉诊断，两个穿白大褂的年轻人拿着小戥子一样一样配药，医疗站井井有条，跟医院一个样嘞。

穿上白大褂的于文丽更显漂亮。白皙的皮肤，挺拔的鼻梁，细细的长眉毛稍稍向上扬起，长而微卷的睫毛下，一双杏核般的眼睛像一潭清澈纯净的泉水没有一丝杂质，脸上总是洋溢着诚挚的笑容。于文丽自插队以来，在村民中印象特别好。她不像别的女知青，或娇气或傲气，让人不敢接近，于文丽在村里的男女老少面前就像城里来的亲戚一样，亲切随和，还能吃苦，下地干活从不偷懒。当然，让大家都喜欢的重要原因是她的漂亮。她都插队近一年了却怎么也晒不黑，脸蛋还是那么光洁白皙，一双手还是那么精巧玲珑。说实在的，漂亮又有亲和力的人谁都喜欢，做农活时，男人们都有意无意地护着她，妇女们尤其是年轻姑娘们都围着她。姑娘们偷偷学她的发式，学她的穿衣，想学她说话却不敢，因为她说话的声音太好听了。到医疗站后，一些年轻姑娘媳妇还三三两两地跑来，只为看看于文丽穿白大褂的样子，瞅空叽叽喳喳说两句便嘻嘻哈哈地跑了。同样，在日常工作中，徐长卿和罗有贵也都有意无意地护着于文丽。

在于文丽面前，罗有贵特别注意自己的形象，说话时尽量小心地抿着嘴，常常把瓦片头梳得溜光。以前，罗有贵最苦恼的是他那多得像雪花一样总也抖不净的头皮屑，那件唯一的干部服肩膀上总是落一层，天天扫，头皮屑没扫净，衣服上却渍了一层油，远看像是衣裳肩膀那一片戴了个围脖子。没法子，就这么一件好衣服，没得换。现在好了，穿上白大褂，罗有贵整个人都精神了，再也不用担心头皮屑。多数时候，罗有贵都是在外间做账、切药材，时不时眼光扫向里屋，看着于文丽忙碌的身影，听她和徐长卿脆脆的说话声。和于文丽站在一起抓中药时，罗有贵心里甜甜的，有时偷偷望一眼于文丽。她干活的时候很专注，神情严肃，有一股逼人的英气，乌黑的头发披散在白大褂上，映衬得她的脸庞愈发白嫩，眼睛愈发清澈明亮，尤其是她把扎好的药包递给村民时嫣然一笑，令人心驰神往。

医疗站真好，每个人心里都充满美好的愿景。

徐长卿除了在站里给病人瞧病，还时常要到住得很偏远的村民家去送医上门，这叫出诊。出诊一次病人要再加三角钱出诊费，因为三角钱基本是一天工分的价值。往往来求医上门的都是病情严重不能行走或是外伤急症一类，病人家属才急急火火地找到医疗站来。因此，不管早晚，不管远近，只要有求诊的找来，徐长卿都是拔腿就走。

于文丽特别喜欢和徐长卿一起出诊，在她看来，这是最好的学医的机会。随着在医疗站的时光一天天过去，她越来越认识到中医的奥妙，越来越钦佩徐长卿高明的医术。

夏初的一天，大队带话来说，茅坝沟有一个因痛风双腿不能行走的孤寡老人，要求徐长卿上门送医。于文丽便随徐长卿一起出诊。

茅坝沟是离庙台大队最远的一个村子，尽管他们大清早就赶路，给老人看完病要返回时也已经后晌了。走到半路时，于文丽到路边一个村民家里讨水喝，一个八九岁的小姑娘给他们端来一瓢水。小姑娘穿一身脏兮兮的粗布衣衫，光着脚，头发乱糟糟的。于文丽心中怜惜，不由得问道："你家大人呢？"

小姑娘说："爹娘都出了远门，只有我婆在炕上躺着起不来。"

于文丽问："你婆咋了？"

小姑娘说："喘不上气，她说快要死了。"

于文丽大吃一惊，连忙和徐长卿走进里屋，只见一个五十多岁的妇人靠在炕上正声嘶力竭地咳嗽，喘不过气来，脸憋得紫红。于文丽心里一紧，这个婶子病情挺重的，屋里又没个大人，这可怎么办？徐长卿打量了一阵，翻起她眼皮看了看，然后切了一下脉，转身走出屋子，看了下天色说："我们已经没有任何药了，咱们先去采点草药让她今晚先对付着，回头我们再来给她医治。"言毕，几步奔到屋对面的沟沿上采草药。

跟随徐长卿几个月了，于文丽已经认下好些草药。看到徐长卿采的是蒲公英、鱼腥草、地丁、车前草等，自己也加紧揪下一丛丛草药。田边百草萋萋，蒲公英、地丁、小蓟等油绿可爱，一会儿的工夫，两人都采了一大把。

徐长卿讲起这个婶子的病情："这是个哮喘缠绵多年的老病号，刚才看她全身浮肿，嘴唇发绀，有轻度黄疸，瘀血性脾肿大，应该是一名心脏病患者。"

"心脏病？"于文丽一惊，"老病号怎么没到我们站上来看过病？"

徐长卿说："农村人命贱，这种慢性病一般都不去医院治疗。这几样草药能让她暂时缓解，一会儿我们得告诉她再不治要丢命的，让她过几天来站上好好地看看。"

徐长卿在路边小溪里洗了草药，于文丽和小姑娘一起烧水煎了一碗绿色的浓汁给婶子喂下。徐长卿担心妇人不能很快来看病，便把剩下的草药一样一样教给她们辨认："这个认识吧？"

小女孩说："认识，蒲公英。"

"对了，这个叫地丁，这个叫车前草……"

徐长卿把六七种草药都教给妇人和小女孩认清记住了，然后对小女孩说："很简单，你把这几种草药每一种采十棵，洗净煮汤给你婆喝，每天喝两次，记住了吗？"

小女孩又念了一遍草药名，认真地点头："记住了。"

徐长卿说："你能做一个好医生，治好你婆的病吗？"

小女孩愈发郑重地答应："能！"

妇人虽喘气艰难口不能言，但心中明白，不停地点头向他们致谢。细心的于文丽给小姑娘交代："还有一碗药汁，明早上热一下让你婆喝了，过两天一定要让你婆到医疗站来治病啊！"二人回到庙台都小半夜了。

这几天于文丽心里一直记挂着那位婶子，过了几天也没见来看病，她心想，过几天徐大夫能抽出空的时候一定要去看看。没想到，过了七八天，那婶子自己带着小孙女到诊所来了，不过不是来看病的，而是来道谢的。

这婶子一走进诊所，于文丽和徐长卿都吃了一惊：只见她浮肿全消，面色有光，呼吸顺畅，言语流利，一遍一遍感谢徐大夫救命之恩，说她这一个礼拜以来用徐长卿教的法子天天采药煎服，一天好似一天。

小女孩偎在她婆身边，满脸带笑地望着徐长卿。徐长卿把小女孩叫到他的诊台边，笑问："是你把你婆的病治好了吗?"

小女孩自豪地回答："是啊，我把那些药都记住了，每天采每天采，每天煮给我婆喝，她就好啦!"

徐长卿做出好佩服的样子："嗯，你真不简单! 将来一定能当个好医生!"

"嗯，我要当医生，像你和这个漂亮阿姨一样的医生。"小女孩一脸郑重地说。

妇人把小女孩拉到自己身边："不懂事! 还不快谢谢徐大夫，谢谢这位漂亮阿姨!"

于文丽看到婶子的变化，心里既惊又喜，这是她第一次亲眼看见用草药治病救人的神奇过程。她对中医药，对徐长卿的敬慕又增长了几分。

徐长卿说："你来一趟不容易，快坐下我给你好好看看。"

为妇人瞧过，徐长卿为之开了药方，叮嘱了一番，这祖孙俩高高兴兴地走了。过后不久，这件事就在庙台三沟四村传开了。村民们说，徐大夫一把野草治好了鸡爪沟吴家婶子半辈子治不好的病，吴家婶子一分钱没花，捡了一条命。


端午过后这天，下午五六点的光景，几个来瞧病抓药的人都陆续离开，这个时候一般不会再有人来了。徐长卿清理一下案头，打开《黄帝内经》，这是他每日都要做的功课，有空时便读几页。罗有贵在医疗站门口的麦场上一边切中药，一边翻动十几个晒药的筲箕。于文丽正在整理西药柜，清洗针头针管什么的。

这个时候，一个壮年汉子一路小跑地向诊所而来，一迭声喊道："徐大夫，快救救我家娃儿！"

于文丽把汉子领进诊室，徐长卿说："老哥不要急，快说啥急病？"

那汉子说："不是病，比病要命！"

徐长卿让他坐下慢慢讲，汉子摆手道："再坐就没命啦！我家娃儿叫蛇咬了！"徐长卿一听也急了，问："咋没抬来？"汉子说："村里人都说不能往这儿抬，一动弹，毒就攻心了。"

徐长卿心想，也是，若是毒蛇咬了，无论是抬是背都会加速毒素传入血液随之流动，更加危险。当即起身准备走："那我们赶紧去你家救你娃儿。你住哪里？"

"老槐坡，三里多地，半个多钟头就到了。"

徐长卿急忙背起药箱随壮年汉子往外走，于文丽一把夺过药箱："徐大夫，我跟你去！"

"路远，走得急，你怕是跟不上。"

"徐大夫，我一定要去！和你一起出诊我才能学会为贫下中农治病。"

徐长卿不再多说，于文丽背起药箱跟着上路。走上石板街，壮年汉子勾着头走在前，徐长卿紧赶几步问壮年汉子是啥蛇咬的，伤口啥样子，听壮年汉子讲那样子好像是"烙铁头"，不由得马上想到药的问题。药箱子里只有几片蛇药片，对付一般蛇咬能消个炎什么的，要是"烙铁头"或"五步倒"咬的，那根本就不管用，必须采一些草药备用。但此时天色渐暗，走到老槐村可能天就黑了，想采草药也看不见了。徐长卿留意着路两旁，经过一处沟岔时，看到坎下石缝里长了一丛半边莲，枝叶旺盛，花开正艳。徐长卿喊了声："等我一下。"便跳下坎把那一大丛带着花朵的半边莲尽数采下，于文丽接过，二人又快步追赶壮年汉子。于文丽赶不上他们的步子，也没时间问徐长卿采的什么药，便一路注意徐长卿，看到他采草药时也跟着采。后来徐长卿采的几种草药于文丽是认得的，有鸡血藤、大蓟什么的，自己看到也揪了一些。

三人一路疾奔，赶到壮年汉子家里果然天已擦黑，徐长卿急忙观察病人的情况。土炕上躺着一个二十多岁的壮小伙，脸色红黑，全身滚烫。徐长卿把灯挪近一看，伤口在脚踝内侧，整条小腿肿胀，已蔓延至膝关节处。肿胀核心处晶亮的一片，有三个牙印，上一下二，伤口外翻，是带回钩的毒牙，果然是"烙铁头"咬的！徐长卿心头一惊：好险！幸好那汉子跑得快，他们来得也快，再晚半个钟头，肿胀一过大腿，蛇毒蹿进任督二脉就没命啦！

徐长卿用橡胶管把病人大腿根扎紧，然后用刀把牙印处剖开，把那个带花的草药抓起一把塞进嘴里咀嚼。于文丽看了心里一惊，心想是不是想嚼碎后抹到伤口处，却见徐长卿满嘴流着绿色的泡沫，低下头对着伤口使劲吮吸起来，过了片刻吐出一大口黑色血液，然后又往口里塞进一团草咀嚼一阵子，又一次吮吸。如此三次过后，徐长卿才长出一口气，一边擦着满嘴的绿沫子，一边看着伤口往外渗血水。渐渐地，渗出的血水不再发黑，变得鲜红鲜红了。

于文丽没见过这阵仗，惊心动魄的，也不好张嘴问，只在心里担忧，徐长卿把蛇毒吸进嘴里，就不怕把自己毒死？

徐长卿把路上采的草药挑拣好交给壮年汉子："快洗净捣烂给我。"

"徐大夫，你刚才那样多危险啊！蛇毒也会要了你的命。"

看壮年汉子去灶屋了，于文丽才说出心中的担忧。徐长卿漱了口以后举起那一束正开花的草药说："这叫半边莲，专门解蛇毒的。这下你就明白为啥我要先吃草了吧?"

敷好药后,徐长卿看病人红肿消退些,火烫的身子也渐渐降温,试试鼻息也沉稳有力了,心里放松下来:好险,今天若不是跑得快,这个大小伙子就要把命丢啦!

"我娃儿还有没得救?"那汉子问。

徐长卿说:"没事了。幸亏你跑得快,毒已排出,过两天就能下地了。"

壮年汉子俯下身子看儿子,摸了摸他的额头,感觉不是那么烫手了,一直绷紧的神经松弛下来,一迭声地说:"谢天谢地,谢谢你们!难怪都说徐大夫是神医,真是手到病除哇。"

徐长卿说:"没有啥神的,用的药你也看到了,就是刚才赶路时在路边现采的。对了,明天你照这几种药采一些,按刚才的法子再敷两次就好了。"

壮年汉子细细打量剩下的几种草药:"这都是田间地头天天见的草呀,这就把人的命救了?"

徐长卿又给他讲了这几种草药的名字,配的时候各占几成,然后让于文丽留下止痛片和消炎粉,给壮年汉子交代了用法就起身往回赶了。壮年汉子面有难色地说:"徐大夫,我手头过几天才有钱,到时给你送去。"

徐长卿说:"不急不急,你看又没用啥药,到时给站里交几角钱出诊费就行了,明天要是有啥变化你要赶紧来找我。"

才走出几丈远,那汉子追上来把一挂黑黢黢的腊肉塞在徐长卿手里,一迭声地说:"站里的钱过两天我去交。这个是给你的,一定要收下,要不然我心里不好过。"徐长卿推辞不过,只好谢过,和于文丽继续赶路。

于文丽还沉浸在刚刚成功救治那个年轻人的兴奋中，这是她又一次亲眼看见中草药治病救人的神奇过程，尤其是徐长卿大口咀嚼半边莲口吸蛇毒的情形，让她难以忘怀。她不由得问道："徐老师，一把草药真的有那么大的作用吗？那要是让大家都学会用草药，都能治好自己的病多好啊！"

徐长卿说："哪有那么简单！今天这是蛇咬伤的急症，只要吸出蛇毒自然就好了，本身就不是什么疾病。半边莲渗水利湿，有清热解毒的功效，外敷的几种草药主要是起到消炎止血的作用。如果遇到慢性病和疑难杂症患者，就不是几种草药能起作用的了。"

"那上次鸡爪沟那个婶子不也是几种草药治好的吗？"

"那个婶子当时因重感冒加剧哮喘、心脏病症状，我们在没药的情况下用蒲公英、地丁、车前草等几种草药能暂时起到祛风热、利水的作用。至于过了一个礼拜她能自己来看病，主要是因为感冒好了，症状自然就减轻了。但要治好她的病可就不容易了，要用经方慢慢调治。"

于文丽似懂非懂，崇敬地望着徐长卿："哦，我什么时候能成为一名像你一样的医生呢？"

"能！你这么勤奋、这么用心，一定能。快走吧，等回到家都半夜啦！"

虽然已是夜晚，但月光洒满了山间，田坎、庄稼、小路都闪耀着清辉。于文丽背着药箱提着腊肉兴致勃勃地走在前面，徐长卿说："这挂腊肉就给你们知青组打牙祭啦！明天你煮给大家吃。"

"好嘞！我还是在陈支书家里吃过一次，这种腊肉特别特别香！"于文丽回转身莞尔一笑，又迈开轻快的步子，在青草丛生的小路上蹦跳着前行。她太高兴了，到医疗站这段时间是她下乡以来最愉快的日子。今天又参与了一场救人性命的急诊，她觉得中医太神秘、太伟大了，徐大夫医术太棒了！一想到那个转危为安的小伙子，她心里充满了自豪感、喜悦感。在这清风徐徐月色朗朗的夜晚，于文丽开心极了，她回过头说："我唱首歌行吗？"

看着于文丽洋溢着喜悦的美丽容颜，看着她眸子里闪动着的月光，徐长卿也被深深地感染了，他紧赶两步兴奋地喊道："欢迎！这夜空，这月亮，这山冈河流，还有这满山的中草药，都是你的听众！我们一起欢迎歌唱家于文丽为大家演唱！"

于文丽已经笑弯了腰，回过身指着徐长卿说："徐老师你太好玩了，中草药也是听众！"她喘了好一会儿才缓过气来，然后望着满天星斗，迈开步子，夜空里响起了豪迈的歌声。

> 听吧，战斗的号角发出警报，
> 穿好军装，拿起武器，
> 共青团员们集合起来踏上征途，
> 万众一心保卫国家。

这是苏联歌曲《共青团员之歌》，徐长卿在县中时就喜欢这首歌，和同学们一起唱过。于文丽本身嗓音清亮，但没想到她唱得这么豪迈有力，非常动听。在这月色溶溶的夜晚，他看着前面穿着军装一蹦一跳的婀娜身影，感受着豪迈铿锵的节奏，怎能不为所动，怎能不心潮澎湃？徐长卿挥舞着长长的手臂也跟着唱了起来。

> 我们再见吧，亲爱的妈妈，
> 请你吻别你的儿子吧！

再见吧，妈妈！

别难过，莫悲伤，

祝福我们一路平安吧！

再见吧，亲爱的故乡。


于文丽吃惊地回过头："徐医生，你也会唱？唱得这么好！"

徐长卿脸上烧乎乎的："我哪里会唱歌，多少年都没有唱过了，听到你的歌声这么好听，我也忍不住跟着起个哄。"

"不！你嗓音浑厚，非常适合唱苏联歌曲，尤其是这首歌。我们两个再来一回，从头好好唱一遍。"

天上星光闪烁，月色朦胧，小路、溪流也跟着欢唱起来，它们从没有听过这么美妙的歌声。


## 3


深秋的一个早晨，难得没有人来看病，又是个阳光明媚的好天气。徐长卿说："文丽，今天咱们去采药。"

罗有贵这几天去公社卫生院进购药材，只剩两个人就显得要忙一些。有病人来时，徐长卿应诊，于文丽打针抓药，没病人时她就晒药切药。徐长卿出诊时于文丽跟着他学习中草药知识。这会儿听到徐长卿说去采药，于文丽高兴得欢呼起来，忙去准备换衣服拿工具。徐长卿说："不用，我搬木梯，你拿竹筐和剪刀。"

"竹筐和剪刀？"于文丽不解地看着徐长卿。

"就在门前的国道旁。"徐长卿说完便往麦场下的国道走去。

只见徐长卿把木梯支在一棵女贞树下，从于文丽手中接过剪刀，就攀上梯子剪树上的女贞子。

　　女贞子也是药吗？于文丽十分惊奇，她一向喜欢这些女贞树，刚从北京来到这里就被国道边的女贞树吸引了。它们在公路两旁排列得整整齐齐，并没有人修剪，却长得一溜齐整，每一棵树都顶着一个华盖一样的树冠，浓密而葱绿的叶子显得那么清新可爱，那么蓬勃而富有生机。五六月的时候，枝梢的顶端悄悄长出一片片白色的细碎小花，开始于文丽没有注意，直到有一天从树下经过时被扑鼻的浓香吸引，抬头观望时，才发现那一簇簇一团团密密匝匝的素雅的小花是那么美丽，有的是玉白色的，有的呈现出淡淡的黄色。蜜蜂在花间嗡嗡飞舞着忙碌着，花落之后长出一串串繁硕的果实。眼下已是深秋，女贞树依然是满树苍翠，只不过那绿色不是春夏时那么鲜嫩翠绿、那么亮丽，现在看起来是一种成熟的深绿。而果实也已经熟透了，由绿色变成乌色、黑色，像一串串熟透的葡萄。可是，于文丽从没想到，这些果实居然还是药材！

　　徐长卿一边把一串串的女贞子剪下来递于文丽，一边讲道："这是大叶女贞，成熟的女贞子是上好的中药材，有活血祛斑、补肝益肾、增强免疫力的功效，它还是一味治疗妇科炎症的良药。"

　　"有这么多的功效？我以前只是觉得它们好看，没想到还有这么多的用处，女贞树真是了不起。"

　　徐长卿："是啊，女贞树很像山里人，种在哪里都能生长，耐寒耐热不娇气，种下四五年就能成材。"

　　于文丽把一串串紫黑色的女贞子轻轻地摆在筐里，像是摆弄一筐散发着香甜气息的成熟的葡萄，心情特别愉快。她望着站在梯子上的身材高大的徐长卿，调皮地问道："听说你的名字'徐长卿'这三个字也是一味中药?"

"是啊,是一味用处很广泛的药材,徐长卿这个药名还是经李时珍命名而传下来的呢。"

"真的吗?"于文丽觉得太神奇了,徐长卿这个名字竟然是李时珍取的!

徐长卿用念汤头的腔调念道:"徐长卿,多年生草本。气香,味微辛凉,归肝、胃经。广泛用于风湿痹痛、腰痛、跌打损伤疼痛、脘腹痛、牙痛以及风湿、寒凝、气滞、血瘀所致的各种痛症,有较好的祛风止痛作用。李时珍曰:'徐长卿,人名也,常以此药治邪病,人遂以名之。'"

于文丽好奇地问:"李时珍是说,古代就有一个叫徐长卿的医生?"

徐长卿笑道:"是的,这里还有一个有趣的故事。据传唐代贞观年间,李世民外出打猎时被毒蛇咬伤,伤情十分严重。御医用遍了名贵药材都不见效,只得张榜招贤,有个叫徐长卿的民间医生觉得自己能治好皇上的病,便采了一背篓蛇痢草进宫。他只单用三两'蛇痢草'煎好让皇上服下,并用此药液外洗伤口,皇上三日痊愈。皇上高兴地询问这种草药的名字,徐长卿支吾不言。原来,李世民被蛇咬伤后,下旨禁说'蛇'字。丞相魏徵急中生智为徐长卿解围,说:'徐先生,这草药是不是还没有名字?'徐长卿会意,忙说:'这草药生于山野,尚无名字,请皇上赐名。'李世民不假思索地说:'是徐先生用这草药治好了朕的病,就叫徐长卿吧。'中草药'徐长卿'的名字也因此传开了。"

于文丽听得入迷:"原来还是皇上金口命名的,真有意思。"

徐长卿说:"这都是民间传说。我更愿意相信李时珍讲的,说那时候有个叫徐长卿的民间郎中用这种草药治好了很多人的疾病,这种草药又好找又便宜,老百姓喜欢徐长卿,也喜欢这种草药,便把这种草药叫作徐长卿了。"

于文丽惊奇地叹道:"真是这样啊?太有趣了,这就叫作人如其名、名如其人,徐长卿这个名字太好了,难怪你是这样一个好大夫。"

徐长卿说:"不过,我这个徐长卿的名字是我爹给取的,他也喜欢用徐长卿这种草药。"

于文丽捂着嘴笑了起来:"那地黄和地锦呢?你给孩子起名可真大胆,地黄、地锦,两味中药,你家可真是开药铺的呀!"

徐长卿说:"是他爷爷给取的。不过要是我取的话,怕也是在中药名上打转转。没法子,我们一家人这辈子和中草药是撕扯不开了。"

"是啊,你们一家人就是为中医而生的,是为庙台人的健康而生的。"于文丽感慨地说。

徐长卿说:"好啦,这些都够用一年了。"

"不行!我要上去剪几串,像摘葡萄一样,感觉多好啊!"

于文丽从徐长卿手里接过剪刀,轻捷地登上梯子,徐长卿急忙为她扶着木梯。女贞树并没多高,上两三梯就够着了。此时,站在木梯上的于文丽比徐长卿高出半头,和徐长卿挨得很近。于文丽兴致盎然,仰起头剪女贞果,徐长卿感到她的长发拂到自己脸上,一股浓郁的发香浸满了鼻孔,他惊慌地把头转向一边。他曾听村民们在地头聊过,有的女知青用一种首都才有的油膏洗头发,奇香无比,男人闻了都会着迷。后来他知道了,那叫海鸥洗头膏,县城也有卖的,只是深山里的乡民从没用过罢了。于文丽一边剪女贞果,一边兴奋地问这问那,头发迎风飞舞,时不时扫到徐长卿脸颊。徐长卿不由得心慌脸红,喊道:"好了好了,这些用不完了,咱们快回去晾上。"

时光飞逝，医疗站每天人来人往，求医问药的总不间断，眼见得就经历了春夏秋三个季节。

立冬这天，雾气久久不散，把庙台罩得严严实实。于文丽和罗有贵想把几箩筐药材抬到麦场晒，徐长卿挡住他们："今天这日头怕是出不来了，先在窗下晾起吧。"

到中午时，山风从谷口刮过来，飘起苞谷糁子样的雪粒子。徐长卿把几个看病的送出诊所，正准备回家做饭吃，忽见几个乡民用门板抬着一个病人呼哧呼哧一路疾奔而来。

徐长卿喊道："文丽，有贵，先不要走，有病人。"

于文丽和罗有贵急忙跑出来，一群人已经来到诊所门前把病人放到地上，取下抬杠呼哧呼哧大喘气，紧跟着又有一些围观的人拥来，有人大声喊道："徐大夫，徐大夫，快救命！这个人怕是不行了！"

徐长卿走近一看，不由得大吃一惊：抬来的是个年轻妇女，面无血色，双目紧闭，昏迷不醒。她身上盖了床棉被，看不见伤在何处，但门板上浸了一层血痂，流淌的血水在门板边缘处结了一层暗红色的冰凌。

徐长卿向几个抬人来的汉子问道："谁家婆娘？这么重的伤，咋整的？"

围观的人闪开一条道，一个青年汉子扑通一声跪在徐长卿面前："徐大夫，是我家婆娘，求你救她一命！"

"做啥事伤成这样？"

那汉子摇头哭泣说不出话。

"你是哪里人？"

"茅坝沟。"

"茅坝沟离公社近，为啥不送公社卫生院？"

"去了，去了。公社卫生院说没得救、没法救，我们才又来了这里。"

徐长卿一听他们从茅坝沟抬到这儿来，跑了十几里山路，不由得更加担心。弯下腰在病人鼻口处一试，又按了一下脉搏，对于文丽和罗有贵说："你们先把她抬到病床上，火盆里多加些炭，把火烧旺，文丽你先给她清理创口。"然后对病人的男人说，"你跟我来。"

由于女人伤处特别，罗有贵不便插手，清创消毒的工作就完全交给于文丽一个人做了。她备好温水、棉纱、生理盐水等相关物品，关上隔离门，揭开妇人盖的棉被，用剪刀剪开挂得烂糟糟的裤子，眼前的景象使她大惊失色，不由得"啊"的一声惊叫着从里屋跑了出来。

"咋了？人死了？"

罗有贵看于文丽惊慌失措的样子，一边问一边要进屋去看，于文丽拦住他，摇头道："她的那个地方全烂了，一个大洞，让血糊满了。"

罗有贵明白她说的那个地方，更是不便进去，没法帮助于文丽了，便安慰道："不要怕，伤那么重，又流了那么多血，怕是活不成了。你给她洗净，让徐医生来就行了，莫怕，我去多打些热水。"

于文丽回到病人身旁，用纱布小心翼翼地擦洗已经结痂的血污，女人的整个下身和大腿都被血糊满了，用了很多纱布擦洗了几遍才显出皮肉的本色。随之，巨大的伤口也渐渐显现，浓重的血腥味弥漫开来，于文丽不由得再次战栗起来。这个女人整个大腿内侧和裆部全都被什么尖锐的东西剐烂了，皮肉翻起，有的地方连腿骨都露出来了。更可怕的是，她的会阴部从外到里受到严重的创伤，像是被什么物体穿透了似的，盆膈以下的所有软组织都被撕裂，前股沟和股部前后两个三角区都遭到破坏，尿生殖区和后部肛区血肉模糊，连阴道里的软组织都被剐烂翻在外边。虽然病人已经没有知觉，但于文丽自己却感到钻心般疼痛，心脏狂跳，双手发抖。她有一阵子只好用一只手捂着自己的嘴抑制呕吐的冲动，一只手操作清洗。

好不容易清洗完毕盖上棉被，于文丽几步冲出门外，蹲在门槛上大口大口喘气。罗有贵看她一下子变得面无血色，要呕吐的样子，自己又帮不上忙，只好蹲在一旁安慰道："不怕不怕，你已经完成任务了，下来我帮徐大夫。"

徐长卿在诊室里听那个男人讲了他婆娘受伤的经过。

这个村妇叫吴月莲，年方三十，是砍柴时摔伤的。当地人都是在冬天农闲时上山砍柴，不过这号活路一般都是男人的事，这个冬季因队里青壮劳力都集中到修大寨田的工地上，女人们便自己上山砍柴火。吴月莲大清早上山砍柴时，脚下踩着一块冰溜子滑倒，顺坡滑下去，伸手想抓树枝稳住身子却没抓住，身子越滑越快，直往山下滑去，滑出好几丈远后，一截胳膊粗半尺多高的树桩拦住了她，树桩直插进她的那个地方。飞快往下滑的身子与尖锐的树桩形成了猛烈的撞击，树桩一插到底，好似把人钉住了一般。另外一个一同去砍柴的婆娘扑到跟前，喊喊不应，拔拔不下来，便一路哭叫着跑到工地上叫男人，吴月莲的男人和几个汉子一路飞跑到出事地，几个人下力气才把吴月莲从树桩上拔下来……

听汉子讲了女人受伤的过程，徐长卿一抬头看到于文丽"失魂落魄"地蹲在门槛上，对病人的情况心里已经有底了。他望着面前这个老实巴交的汉子，沉吟一会儿说："你婆娘的命还有得救，不过今后可能做不得女人了。"

"能保住命就行啊，啥女人不女人的。徐大夫，求你救救她！"汉子说着就要跪下，徐长卿扯住他说："莫要莫要。我们尽力给她治，不过，你要在这儿守几天，每次上药时你要和我们一起做。"

"一起做？为啥子，我能做啥？"

"你在旁边看着就行了。"

"看着？"

"这是一次特殊的治疗。你要做个见证。"

汉子以为是怕人死了医疗站担责任，点头道："放心，这是死马权当活马医，啥后果我都不会找麻缠。"

徐长卿看他并没听明白意思，也不再多说，对罗有贵讲："把门窗关严，你在外守着门，谁都不许进来。"

徐长卿的镇定感染了于文丽，她不再惊慌，提起精神问："徐老师，是要做手术吗？我去准备器具。"

徐长卿摇头道："不要什么器具，你去找一根细点的擀面杖来就行了。"

"擀面杖？"于文丽不敢相信自己的耳朵，但是看到徐长卿已经埋头在精心配药，便不再问，转身去找擀面杖。

徐长卿把一根二尺余长的擀面杖在手里掂了掂，洗净消毒后在一头绑上纱布，把他配制的药膏涂抹在上面，然后对吴月莲的男人说："来，我们一起给她上药。"

汉子慌乱地摆手："徐大夫，你……你该咋治咋治。"

徐长卿把药棒缓缓地探进吴月莲的阴道，轻轻地转动。说是阴道，其实那不过是阴道所在的位置而已，因为现在完全是个血糊糊的窟窿，那情状确实很可怕。昏迷不醒的吴月莲脸上全无血色，下半身裸露，大腿根部内侧和外阴那一片血肉模糊，长棍塞入她体内也完全没有知觉。由于身子暖和过来，血痂洗净，伤处开始渗血，殷红的血液不停地往外渗，在场的人个个心惊胆战，吴月莲却像个死人一样毫无知觉。

这时，吴月莲的男人才明白为何要他一同看着上药。他惊得目瞪口呆，连连喊道："这还能活命吗？怕是没得救了！"

徐长卿轻轻说："这是唯一救命的法子。"

于文丽惊慌地问："徐大夫，这样行吗？"

徐长卿没有回答，只是专注地轻轻转动药棒，动作轻如烟云，才一刻多钟的工夫，竟已是满额头的汗。

上完药，徐长卿写下处方，对于文丽说："按这个方子煎药，一日三次。还有，病人现在缺血缺水，醒后，用熟地黄、红枣加红糖熬水给她喝，咱们没条件输血，只有以此法补血。"

只听扑通一声，吴月莲的男人跪在徐长卿面前，泣不成声地说："徐大夫，多谢你救我家婆娘，大恩大德我记下了。"

徐长卿连忙扶起："莫要，眼下还说不来结果，我也只能是尽力。"

吴月莲男人面有难色，尴尬地说："今天一早从山上下来的，也没带看病的钱，我明天送来。"

徐长卿说："不急不急，咱们这是大队的合作医疗站，都是有规定的，花不了几块钱，回头你找有贵算账。"

吴月莲的男人走后，徐长卿回家匆忙做了简单的晚饭。中午他没顾上回来弄饭，地黄和地锦啃个馍了事，晚饭还是没时间好好弄，心里蛮歉疚的。他煮好苞谷糁，炒了雪里蕻，又额外炒了几个鸡蛋，地黄和地锦吧唧吧唧吃得香。看着他们坐在桌子两头开始写作业后，徐长卿又连忙赶回医疗站。

于文丽还守在吴月莲跟前，徐长卿心中一热，这大城市的漂亮姑娘倒有这样一副热心肠，真是难得。

"文丽，到现在还没吃晚饭，饿坏了吧？"说着，他掏出一个金裹银馍馍："先垫一口吧，还是温的。"

于文丽接过馍馍："徐大夫，这个病人你要是救活过来，那就太神奇啦，简直就是神医呀！"

徐长卿苦笑道："哪里就神医了，山里人缺医少药，只能用这些土办法。人们不是常说嘛，救人一命胜造七级浮屠，咱们乡下行医的人没那么多条条框框，只要能救命，啥办法都得用。"

"刚给她喂了红糖水，她身子动过一次，脸色好多了，看起来有希望。"

徐长卿为吴月莲切脉之后，神色轻松下来："命是保住了，但是需要补充水分和营养。文丽呀，这怕是要守几个晚上哩，我和有贵都不方便，你一个人行不行？"

于文丽爽快地说："没问题！我们知青组的傅国英晚上来陪我，就更不怕啦！"

徐长卿说："那好，我回去熬点米汤，一会儿送来。"

"她这么虚弱，米汤行吗？要不，弄只鸡给她熬汤？"

徐长卿说："这几天还喝不得鸡汤。人在极度虚弱的时候，高营养的东西反而不吸收。知道吗？米汤是最好的营养品，我们乡下有的人家的月娃子没奶吃，就靠米汤都能养大成人。"

第二天，徐长卿还是如法布药。看到他为难的样子，于文丽说："徐医生，让我来吧？"

徐长卿说："好，你试试。要像云彩飘动那样轻，还要注意角度和深浅，这些都要靠用心，心到手动。"

于文丽一边手持药棒小心翼翼地划动，一边问道："徐大夫，这样施药要施多久才能好？"

"只能三天，三天过后就不能这样施药了。"

于文丽不明就里，心想："明天再施一次就不这样施药了，可病人伤情这么重，怎么能好呢？"

徐长卿说："说实在的，咱们这个办法是医书上没有的，恐怕大医院也不会这么做。由于伤在特殊部位，这个法子实际是给伤口直接外敷药剂，消炎杀毒止血，促进伤口愈合并带出污染物、凝血和坏死软组织。接下来要以内服药为主，收口、拔毒、生肌，还要注意延缓伤口愈合速度，防止病菌产生毒素、埋下隐患。"

于文丽施药完毕后，给吴月莲盖好，满怀敬意地望着徐长卿："徐老师，你没上过医科大学，怎么能懂这么多？"

徐长卿微笑着说："这些都是一些基本常识，不算什么。其实，一个大夫能不能治病救人，我看关键是用心重不重。就像这个病人，公社卫生院不接治，县医院恐怕也不会接治的，因为谁也没见过这样的伤情，随时都可能死亡，谁敢担这样的风险呢？可是到咱们这儿来了，你说能眼看着一个人要死了而不想法子救吗？"

于文丽像是悟到点什么，点头应道："是了，难怪你医术这么高，我看到的就是你对每一个病人都这么用心，这就是人们说的'医者仁心'吧。"

说话间，于文丽又给吴月莲喂了些红糖水，忽然，于文丽惊喜地大叫起来："她醒了，醒了！她真的活过来了！"

徐长卿放下手里的药罐，扭转身和于文丽一同看着吴月莲。只见吴月莲转动着眼珠诧然地瞅着他们，像是从一个长梦里才醒过来。

"大姐，你醒了？你能想起自己发生什么事了吗？"

听着脆嘣嘣的话语声，看着一张漂亮的脸蛋，吴月莲想，自己怕是到了天上，是一个仙女在和自己说话哩，便应道："我记得是绊了一跤，怕是绊坏了？"

"是摔得挺重，不过你不用怕，徐大夫会给你治好的。是徐大夫救了你的命，徐大夫给了你第二次生命啊！"于文丽高兴地转过脸对徐长卿说，"徐大夫，她神志清醒，没有其他内伤。"

徐长卿点点头："明天起我们要更方了。有一种药我们站里没有，因为这药我们当地不产，我和有贵说一下，让他明天去公社卫生院买，要是公社卫生院没有，就要到县上去买一下，这味药一定要有。"

听到这药如此重要，于文丽忙掏出本子准备记："这味药叫什么？"

"裸花紫珠。另外，再补充点小蓟，记住，是小蓟，因为这种药有大蓟和小蓟之分，它们的性能功效不同。"

"是很贵重的药吗？"

徐长卿摇头："是很普通的草药，村民们哪用得起贵重药材。还有一种药材在后山坡上就能采到，我一会儿就去。再敷药时要把整个创面用生理盐水洗净，防止感染溃烂。外伤好控制，里面的伤情就依靠口服汤剂，你要细致观察，一旦发现她有发烧的迹象立即告诉我。"

正说着，大门哐当一响，吴月莲的男人带着一股冷风闯进来。他径直走进里屋，看到吴月莲靠在床上，于文丽正在给她喂米汤。这个莽汉惊诧地瞪大眼睛，慢下脚步，勾下头仔细盯着靠在床上的吴月莲，又看看徐长卿和于文丽，然后一下子扑到吴月莲跟前，不错眼珠地盯着看了许久。

吴月莲刚喝了粥，脸上有了血色，人显得白白净净的，抬起头一看，这个呼哧呼哧喘气的家伙是自己男人，便咧嘴笑了。

那个满身冰血坨子的半死人活过来了，自己的婆娘真的捡回了一条命！他扑通一声跪在徐长卿面前，嘴巴颤了一阵子才说出话来："多谢救命恩人！多谢徐大夫哇！"

　　徐长卿说："好了好了，接下来你在这儿守几天，让我们小于歇歇。人家一个北京姑娘，在这儿没明没黑地守了两天两夜了。"

　　汉子又转向于文丽一迭声地喊："让你们受累了！我是到城远县她娘家借钱去了，这两天都在路上跑。"说着掏出一卷子钱，"钱借来了，徐大夫你收下，不能让你们再受连累。"

　　徐长卿推开他的手："过一阵你找罗有贵结账。没花几个钱，咱们是合作医疗站，只收个诊费和药费，你借的钱回头还是还给人家。"

　　不善表达的汉子只好对着徐长卿和于文丽一遍遍地道谢。

　　过了半个来月，吴月莲的伤处基本愈合，可以回家慢慢调养了。徐长卿和于文丽反复检查了几遍，确定没有发炎和化脓的迹象，给她配了几服药，叮嘱了注意事项便让他家人来接她回家养伤。

　　吴月莲离开这天，徐长卿和于文丽送她到麦场上，周围邻居和知情的人也都来了。他们看到吴月莲秀气挺拔的身子、羞答答的神情，心里哪能不吃惊？想想那个躺在门板上冻僵的烂了身子快要咽气的人，十多天的工夫竟然像转世一样活了过来，他们心里都不平静。当吴月莲两口子跪在徐长卿面前再三感谢救命之恩时，村民们心里也一同在感谢徐长卿，这个神医，这个徐长卿呀，怕真的是张良转世来造福庙台百姓的……


　　快进腊月了，天气一天天见冷。这天中午，陈山带着一股寒风走进医疗站，没头没脑地说道："长卿呀，你来医疗站才不到一年光景，名气可是越来越大哟!"

徐长卿面带笑容让陈山坐下,等他的下文。陈山摆手不坐,接着说道:"公社打来电话,说县上让你去红光医院参加会诊。"

徐长卿看陈山不像是说笑话的样子,便问道:"红光医院?你没有听错吧?"

红光医院是近几年才建起来的国防系统基地医院,虽然是建在山沟里,名声却比市医院甚至省医院还要大,集中了北京、上海的专家教授,安装了国内最先进的设备,极其神秘,怎么可能让一个赤脚医生去会诊?

见徐长卿疑惑的样子,陈山又说:"莫瞪我,我也跟你一样,问了几遍是不是搞错了。没有,没有搞错,是县医院推荐你代表中医去参加会诊。你这次可要给咱们争气哟,莫要吓趴到那儿了!快早点吃午饭吧,一会儿人家来车接。"

于文丽被陈山的样子逗笑了,捂着嘴笑了一气,直起腰说:"陈支书,我也要去!"

陈山又开始"猫洗脸"了,搓了一会儿老脸,说:"人家只说让长卿去,我不好讲噻。"

"不用你讲,陈支书,我自己和他们讲,再说徐医生也需要助手呀!"

陈山笑笑,摇着脑壳走了。徐长卿和于文丽吃完饭就穿好白大褂等着,果然过了不久就有人来喊,红光医院的车子已到国道上,两人小跑着到车子前。一个年轻医生下车来,把于文丽当医生,倒把徐长卿拦住。于文丽介绍了之后,没费多少口舌,人家让两个人都上车了。

徐长卿没到过红光医院,只是有一次路过红光沟时从外面看到红光医院的高墙白屋,印象中气派威严。这回小车直接开到门诊大楼,下车后他们两人在年轻医生的带领下走进楼里，目之所及，处处神秘，浓重的来苏水味使人不敢呼吸。走廊、过道里到处都是忙碌的医护人员，男的白净斯文，女的个个都像于文丽一样文静漂亮。

走进一间宽敞的急诊室，年轻医生示意徐长卿和于文丽换上拖鞋在门口等候，自己进入里间禀报。徐长卿往屋里打量，看到一个戴金丝眼镜温文儒雅的中年人正在向一位仪表威严的老者讲着什么，而另一个年轻些的医生拿着一沓资料似在汇报患者病情，带他们来的年轻医生走到老者面前等了几分钟才插上话："县上介绍的徐医生来了。"

那位中年医生和老者这才注意到徐长卿和于文丽的到来。老者抬起头打量徐长卿和于文丽一番，然后目光落在徐长卿身上："你是徐医生？"

于文丽忙给大家介绍："他是庙台医疗站医生徐长卿，我是他的助手小于。"

于文丽的京腔使老者与两人的距离近了一点，老者脸上严肃的神情淡了几分，点点头说道："好，请外科主任、主任医师王主任给你们介绍一下情况。"

王主任指了指躺在木椅上的人："这是我们基地许工程师，他在重要岗位上，因连续加班太过劳累，在试验基地摔倒，肩胛骨封闭性骨折，腰椎第三节、第五节脱出并错位，拍片显示有轻度损伤。从昨晚到现在，许工站立不起，因影响到中枢神经，不敢轻动。县上领导说你在骨科方面经验丰富，所以请你来看看从中医疗法上有没有什么办法。专家组意见是用直升机运送到北京医治，但是又担心路途远，移动身体对病人不利，正在商量办法，最晚天黑前要做出决定。"

徐长卿顺着王主任的目光，看到屋角长木椅上躺着一个四十岁左右的知识分子模样的人，想必这就是受伤者许工。

徐长卿没有回答王主任说的一大堆问题，而是走到许工面前说："你能侧一下身子让我摸摸吗？"许工点头，于文丽帮徐长卿一起轻轻扶着许工呈侧卧状，然后徐长卿从颈椎到尾骨细细摸了一遍。

王主任担心地喊道："病人现在不能动，你这样子会使病人中枢神经受损，会有危险！"

徐长卿没有理会，轻声对许工说："下来咱们要一起活动一下，你信我吗？"许工看他一眼，点点头。徐长卿对于文丽说："把他扶起来，站直。"

那位仪态威严的老者站起身大声斥问："你要干什么？这可太冒险了！"

王主任直接冲过来要阻挡徐长卿："这责任你负得起吗？"

徐长卿并不看他们，和于文丽一同扶着许工站起来后，自己蹲下身子微微弯腰与许工背靠着背，然后双手反挽许工的胳膊。许工身材也很高大，和徐长卿差不多高。徐长卿和他胳膊相挽脊背相靠，调整了一下位置让两个人的身子紧贴着，然后背起许工在屋里迈步而行，一边走一边还抖着身子。

"胡闹！"王主任大吼一声，急得直跺脚，其他医护人员都紧张万分地僵在原地，不敢上前阻止。因为，老者——他们的院长此时有力地举起一只手示意他们不能有任何动作。院长神情紧张，目不转睛地盯着徐长卿，不知这个乡下土医生会惹出啥乱子来。但他清楚地知道，这个时候不能去阻止徐长卿，任何一个错误的动作都会导致许工瘫痪。

徐长卿谁也不看，谁的话也不听，专注地背负一个同他一般高大的汉子旁若无人地走着，一边走一边轻轻抖动。这场面很奇特，所有人都看着一个身材高大的人反背着另一个大个子，背靠着背，走一步，抖一下，一步一抖向前迈动……

就这样在诊室里走了两圈，大概有个三四分钟的样子，却似乎很久很久。当徐长卿在于文丽的帮助下把许工扶到椅子上坐下，人们全都扑过去围住许工，担心地问这问那，却见许工自己在椅子上坐直了身子。这时徐长卿额头上已是汗水涔涔，他对于文丽说："现在你扶着他慢慢走几步。"

王主任刚才的愤怒已变成惊愕，但听说要让许工走路，还是担心地说："这可是太危险了，咱们谁都担不起这个责任！"

徐长卿坚持说："不要紧，慢慢试几步。"说着自己也上去扶着许工，让他慢慢迈开步子。走了十多步，徐长卿放开手，对于文丽说："你也放开，让许工自己走走看。"

许工迈动几步后难以置信地摇了摇身子，喊了起来："我能站起来了！我能走路啦！"

全场惊呆！几个一直在门口、走廊上观望的医护人员也进来看着这一幕。王主任满脸惊讶，上前把许工扶到椅子上坐下，说："你抬一下手臂，提一下腿，握一下拳……"许工一一照做后，王主任惊喜地喊道："许工的腰椎复位了！"

鬓发斑白的老院长站起身细细打量了一阵许工，嘴里喃喃说道："不可思议，这简直不可思议！"然后一把握住徐长卿的手："徐医生，谢谢你！你创造了奇迹，你创造了医学史上的奇迹！"

徐长卿用另一只手擦着脸上的汗水，拘谨地说："言重了。许工现在只是腰椎复位，肩胛骨伤和软组织创伤还需要好好调理。"他说着，让于文丽把带来的中草药膏取出来，"这是我们自己炮制的康复膏，疏通经络、活血化瘀，对脱位软伤有效果。"

王主任一遍又一遍地向徐长卿道谢，并询问下一步治疗的建议。徐长卿说："坐飞机去北京不是个好主意，眼下许工应尽量减少肢体活动，静养三五日定可好转。"

王主任说："眼下当然不用再考虑去北京的事，你刚才把他的腰椎复位了，这三个主要负重骨节复位，其他的就好治了。"

徐长卿说："那好，我们可以回去了吧?"

院长和王主任一同把徐长卿、于文丽送出医院，院长亲自给司机交代把他们送回庙台。

回到庙台一下车，于文丽把憋了半天的话全倒了出来："徐大夫你太厉害啦! 这下把红光医院的大院长、大专家都给镇住了! 你看他们对你有多佩服!"

徐长卿笑道："哪像你说得那么夸张，理疗复位是中医常用的法子。"

"可是你怎么能想出反着背人的法子? 这法子怎么就能管用呢?"

"人体的脊梁是 S 形的，我稍微蹲下身子和他反背，低他一个臀位，错开 S 的突出位置，让脊柱弯曲的弧度吻合，许工的脊柱是紧实地靠在我身上，对他的脊柱不会造成伤害，这个时候再加以身体的抖动，让许工的骨节松弛，使错位的椎骨复位。"

"太神奇了! 这种法子不要说小地方的人和普通医生没见过，就是大医院的专家教授也没听说过呀，你是跟谁学的呢?"

"这是民间传下来的土办法，全靠经验，讲不出什么道理。我看凌先生医治一个椎间盘脱落的人这样做过，我还是头一次。"

# 4

深山野沟里怪事多，常有一些惊心动魄的事情发生，徐长卿行医时间不长就遇到好几起奇怪的病例。

夏天时，老槐坡一个青壮汉子进野岭猎麝时被狗熊一掌抓掉脸皮。鸡爪梁上一个姓董的壮汉踩上捕兽夹把腿差点夹断，抬来时都已是气息奄奄死半截了。他们经徐长卿调理医治，都活了下来。在当地百姓眼里，徐长卿成了神医，尤其那些经徐长卿治好的人现身说法，不由得你不信。这些事沿着蜀道传向邻乡邻县，越传越神。他们说，那些病哪是药能治好的？那些药咱们谁家门前屋后没有，可是谁用它们治过病？徐医生就用那几样草药变来变去，就把人治好了。

那个被狗熊抓掉脸皮的人虽说脸上还有疤痕，但最爱给人讲他治伤的经历，一板一眼地说："那不在药，在徐医生，徐医生是神，随手揪一把草就能治好人的病。他配药时从不让人看，在一个暗屋里，等他出来上药时，已经不是他，是张良。我看得清，那分明是张良……"

徐长卿治病，用不完的土办法，总能巧妙地解决问题。一个青壮小伙子，肩骨脱臼错位，不停地喊疼。徐长卿给他复位，他总是一会儿盯着胳膊，一会儿盯着徐长卿。徐长卿一用力他就本能地跟着用反力，徐长卿用多大力他用多大力，连续几次也复位不了，跟他说几遍也没用。徐长卿不再说话，照常给他牵引，突然一脚踩在他脚面上。小伙大喊一声脚疼，去看脚的工夫，徐长卿已放下他的胳膊，说："好了，自己活动下试试。"小伙子抬举一下胳膊，喊道："好了好了，我的胳膊好啦！"醒过神又不解地问，"刚才你踩我脚，怎么胳膊就给治好了？"

徐长卿笑道："你的力气比牛大，不踩你一脚胳膊哪里过得来！"

在场的村民哄堂大笑起来。

这一时期，徐长卿医治的病人中只有一个例外的，就是庙沟生产队队长何长生，何长生的腿疾没有治好，而且永远成了残疾。

何长生是在学大寨移山填河工地上挖土方时被落石砸断了右腿。这对徐长卿来说算不得什么不好治的病，更何况何长生四十出头正值壮年，按说一两个月就该好了，没想到最后送到县医院锯掉一条腿抬了回来，成了个残疾人。在徐长卿的行医史上，很少有这样大的失手。庙台人都百思不解，私下里议论，何长生是庙沟生产队队长，和徐长卿家又是邻居，平时走得挺近，徐长卿把那么多怪病难病都治好了，怎么就单单没治好何队长呢？

这个中缘由只有徐长卿和何长生两个人知道。

起初，何长生的治病过程和常人无二，经徐长卿接骨续筋后敷药疗伤，恢复良好。大队在医疗站隔壁腾了一间房，何长生老婆过来陪护，像住院一样方便治疗养伤。过了有一个多月的工夫，何长生已经能下地了。有一天，徐长卿悄悄对何长生说："你的伤再养个一二十天就能回家了，现在自己能下地，就不要让老婆在这儿陪你了。"

过了五六天，徐长卿发现何长生的老婆还在这儿守护，就把何长生叫到一边正颜厉色地说："叫你老婆回去，我的意思你不明白吗？这个时期你要是行了房事，伤口就麻烦了。"

何长生说："晓得晓得。我也快好了，怕啥！"

过了几天，徐长卿给何长生换药时，一看伤口不由得大惊失色："坏了！坏了！"

何长生惊问："咋的了？徐大夫？"

徐长卿没有回答他，怒气冲冲地训斥道："你是种猪种羊？就忍不得这一时？这下完了！"

何长生明白这话的意思，吓得脸都白了："没有哇，我没有嘛！"

"还说没有！"徐长卿眼睛冒火。

"就几回，哪里就……"

"几回就把你毁了！"

何长生这下才知道事情的严重性，哀声求道："徐医生，你救救我啊，我上有二老下有妻小，我要是落个残疾可咋得了！"

"神仙也救不了你啦！骨髓炎，知道吗？轻则截肢去腿，重则全身瘫痪。"

徐长卿说完扭身便走，何长生从病床上扑下来抱住徐长卿的腿："徐医生，你可一定要救我呀！"

何长生本该回家的时候却转到县医院去了，从县医院回来时少了一条腿，拄拐的何长生自然也当不了队长喽。


坐诊瞧病，出诊救人，采药制药，时光一天天过去，眼看到年关了。医疗站建立刚一年的工夫，徐长卿的医名便沿着连云栈道传开了。诊所虽小，男女老少都来，各种疑难杂症都有。有时遇到自己从没经见过的沉疴顽疾，徐长卿依凌先生所授方法，根据患者体征病况按经方变化裁减，绝大多数都是几服药喝过必定见效，尤其是外感风寒者、烧热不退者以及肠胃疾病患者等，中药治疗效果奇好。有时徐长卿心里都暗暗吃惊，凌先生教给他的方法竟然这么灵！自得凌先生传授以来，经徐长卿医好的患者竟也有好几百人。深山里祖祖辈辈缺医少药，受悬壶之惠的山民感恩徐长卿，口口相传，一传十、十传百，十里八乡无人不知医术高超的郎中徐长卿。

但徐长卿心里明白，在杏林之途上自己才刚刚起步。他一面刻苦研读凌先生留下的中医典籍，一面用心辨证施治，对每一个病人都认真观察分析，每晚记下诊疗心得。对于重症病人，徐长卿认真记下从初诊到二诊、三诊的病理变化，适时调整用药，细细感悟，同时，用心钻研药理，细心采药制药。

于文丽记得，徐长卿来诊所不久，就在家门前种了几株葫芦，在两棵树之间搭了几根竹竿，葫芦蔓便沿着竹竿缠过去。初秋时就见一些大大小小的葫芦挂在枝蔓上，从青到黄，却从不见徐长卿摘了做菜吃。每每从徐长卿门前过时，于文丽总要好奇地打量着竹架上几十个大大小小的葫芦，大的还可以做水瓢，小的呢？还有长得不成形的啥也做不了的能干啥？入冬后，葫芦蔓渐渐干枯，葫芦也呈现金黄的颜色，迎风飘荡。

这天，于文丽来见过徐长卿之后，在门前把玩着两个小如红枣的袖珍葫芦，喜欢得不得了。徐长卿说："摘下来吧，已经熟透了，送给你玩。"于文丽攥在手里细细打量，爱不释手，问道："这些葫芦能干什么？你种一年了，好像并没有当菜吃过。"

徐长卿说："本来就不是当菜吃的，这是一味中药材，老熟陈旧的葫芦皮是治肝硬化、鼓胀等病的重要药材，这大大小小几十个足够用一年了。"

"原来葫芦也是药材啊！真是天下万物皆中药。"于文丽惊叹不已。徐长卿说："古代郎中就以此为药，李时珍曾在书里记录一个案例，说有一个老太婆，右腋下生一瘤，最后长得快有一尺长，到处求医治不好，渐渐溃烂，眼看要危及生命。幸有一游医路过，从老太婆家门前取下一个干葫芦烧焦研末外敷患处，仅几天工夫便瘤消痊愈。"

于文丽越发惊奇地打量手中的葫芦："一个小小葫芦有这么神奇的作用？太不可思议了！"

徐长卿一边摘葫芦一边讲起葫芦的传说："更有趣的是，葫芦不仅是一味中药，还是传统中医的象征。自古以来，凡医家开业都要在门前悬壶以志，百姓把医家治病救人称为'悬壶济世'，这里所说的'壶'实际指的就是葫芦。"

于文丽听得高兴，指着最大的一个葫芦说："把那个大的也给我好吧？我把它挂在咱们医疗站门前，你就是那'悬壶济世'的大郎中！"

第二天，于文丽把这个金黄色的大葫芦挂在门楣上，还系了一段红绸子，医疗站更多了几分传统中医的韵味。


一个难得的没有病人来看病的上午，徐长卿正迎着窗户透进来的阳光看《黄帝内经》，忽见于文丽领着一个中年汉子走进诊所。徐长卿正要发问，于文丽说："他不是来看病的，说是专程来看你的。"徐长卿抬头看到一个憨厚朴实的中年汉子笑吟吟地望着他，有点面善，但一时想不起在哪里见过。

那汉子说："我是鸡爪沟的，我叫董长林。"

徐长卿拍着脑门道："是了，是了，前年被兽夹子夹伤腿的那个。哎呀，你好你好！"徐长卿忙站起身拉着董长林坐下，"文丽快给泡茶水。他从鸡爪沟来可是不近哩，今天就在我这儿吃晌午饭。"

董长林憨憨地笑道："那要不得要不得。喝口茶歇个脚，吃饭要不得。"

"你那伤口咋样？阴天下雨疼不疼？"

董长林摇着头回答："不疼不疼！一年多了，从来没疼过。徐大夫好手艺，我心里一直念着徐大夫嘞。"说着挽起裤腿，"你看，连个红伤白印都看不到了。"

徐长卿说："这是你身板子壮实，底子厚，挺过了那一灾。"

那是前年初夏的一天，那时还没有建立医疗站，徐长卿还在庙沟务农哩。那天下工回到家里时天都擦黑了，忽见几个人一边用床板抬着一个人来到徐家院里，一边喊着徐大夫救命。徐青山和徐长卿连忙查看，只见床板上躺着一个中年汉子，牙关紧闭，面无血色，右腿上套着一个野猪夹，腿上、床板上满是血迹。徐长卿说："伤这么重！要赶紧送县医院输血抢救，怎么抬到这里来了？"

一个村民说："天都快黑了，哪里还有班车嘞？听说你们屋里头有个外地来的大郎中，就跑来了，求你们让大郎中救救他！"

他们哪里晓得凌先生已经不在了。徐长卿一想，等明天有班车再送县医院的话，怕是只有血流光人断气的份了，我不救治的话，这个人就没得救了！徐长卿看父亲眼里也是同样的神色，当下就让抬进屋里开始救治。

徐青山打来热水，徐长卿剪开伤者裤腿，只见沉重的野猪夹子深深地咬在腿上，满腿都是血。村民们发现董长林时见腿上肉烂血流，不敢硬取，便连夹子抬来了。徐长卿知道这个野猪夹的厉害，生钢铸就，六七斤重，两扇夹刀有锯齿形钢牙，一旦踩上咔地回弹，狗熊、野猪腿都能夹断，不要说人腿了。徐长卿让两个人按着腿，一个力气大的人掰开夹子，小心地取下。好在夹在小腿肚子上，伤口虽深，腿骨未断，但外层生生被夹碎一圈，只有中间部分还连着。徐长卿为之清创接骨续筋后，让他留在家里精心调治，按凌先生所授之法，熬汤药、敷草药，过了一个多星期才由他家人接回去养伤。徐长卿给他配了几服药，叮嘱了养伤期间注意事项，便让他回去了。

徐长卿当时心中还有几分担心，直到一个多月后带话的来说好利索了才放下心来。今天看到这汉子完全恢复了生猛男子汉的精神头，心中很是欢喜。

董长林喝了两杯水就站起身，说道："多谢徐大夫，不打扰了。"

徐长卿问："董兄弟是来办啥事情的?"

"没得事没得事，就是来看看你。"董长林说着从怀里掏出一个小油纸包放在徐长卿面前，"春上我打了个麝包子，已经晾好了，我思量着放你这里用场大，就给你送来了。"

徐长卿打开油纸包，一股浓烈的麝香味立刻散发开来。徐长卿一惊：这是一个完整的麝包，这还了得！他连忙拦住董长林："这要不得，给我可以，你要收点钱。"当即在抽屉里取出三十块钱塞到董长林手里，"这个不够，你先拿着，以后有了再补。"

董长林脸红得像关公，好像钱把他的手烫着了，扔到桌子上急巴巴地说："这是做啥? 徐大夫，我咋能要你的钱? 这东西吃不得喝不得，在你手里治病救人才能派上用场，我咋能要你的钱嘞!"

徐长卿和于文丽都上去拉，董长林力大如牛，一把就挣脱了，闯出门外再没回头。

徐长卿看着董长林身影远了才反身回来，心里过意不去，嘴上还念叨着："这不行，下次得让人把钱带给他。"

于文丽捂着鼻子问："这是什么东西，怎么这么大的气味?"

徐长卿再次打开油纸包，细细打量。这是一坨鸽子蛋大小、深褐近乎黑色的东西，由蚂蚁大小的黑色颗粒组成，色沉味烈，是极好的麝香。徐长卿第一次见到这么好的麝香，如获至宝，细细打量了一番，才给于文丽讲起麝香的来历：

"这叫麝香，是比黄金还要贵重的奇药。这一包足可治愈很多人的病。"

于文丽更加好奇："这是怎么采的，也长在紫柏山上吗？"

"是紫柏山里一种动物身上长的。你在动物园里见过袋鼠吧？这种动物就有点像袋鼠，比袋鼠小一些，样子很可爱，叫林麝，雄性林麝的身上会长出这种麝香。但也只有极少的林麝才会长，而且取香非常不易。林麝灵巧异常，能在悬崖峭壁上行走，能登上倾斜的树干，还善于跳跃，极不好抓，取麝香更是难上加难。猎人如果用猎枪打它，它受伤后会猛烈地奔跑，追到它时已经死了，麝包也不见了。它通常都会在临死前把麝包毁掉，被下套诱捕的也会先把麝包抓烂，不让人得到它。所以，尽管紫柏山上林麝很多，但要得到一个完整的麝包却很难。"

"是吗？太奇怪啦！林麝知道人要获取它的麝香就千方百计破坏它，宁可死也不让人获取它吗？"

"我想是动物的自我保护本能吧，如果能轻易获得麝香，就会有更多的林麝被猎杀。"

"麝香的主要功效是开窍醒神、活血散结、止痛消肿、催生下胎等。主治热病神昏、中风痰厥、血瘀经闭、风湿痹痛、跌打损伤等，非常灵验。麝香自古以来就是珍贵的药材，《神农本草经》和《本草纲目》都将其列为诸香之冠、药材中的珍品。"

"太奇怪了！动物身上为什么会长出药来？"

"咱们这一带林麝很多，麝香生长在雄麝腹部下，外形是椭圆形的袋状物，由香腺部和香囊部的皮脂腺分泌形成，林麝要在特定的时期和特定的季节才能长出好的麝香。董长林取的这个就是最好的'蚂蚁香'，药性足，非常难得啊。而且，听说林麝要被列为保护动物，以后再想找到麝香就更难了！"

中医药这个神奇博大的世界越来越强烈地吸引着于文丽，徐长卿就是那个世界的使者，就是那个世界的象征，跟着他能看到那里许多奇妙的风景。他的医术、他的学问，以及他对病人的那份赤诚之心，时时让于文丽心动。他的有关中医药的传奇故事总也讲不完，于文丽感觉自己彻底被中医药、被徐长卿迷住了。

徐长卿有一个小药柜，平时从不打开，只有遇医治重大疾病时才在里面找出某种神奇药物加入配方。有一次徐长卿从一个密闭的木盒子里取出一种黄色石头一样的东西，小心地刮下一点点配入药中。于文丽看到便问那是什么，徐长卿说是牛黄，贵如黄金的牛黄。她当时正忙着不及打问，这会儿乘机恳求道："给我讲讲牛黄的故事呗？"

徐长卿点头道："好吧，就给你讲讲牛黄。我先问问你，知道牛黄是什么吗？"

于文丽摇头道："不知道，是不是和牛有关？牛皮上长的东西？牛皮那么黄。"

"牛皮上只能长牛皮癣，长不了牛黄。"徐长卿哈哈大笑。

"你笑话我！"于文丽圆睁杏眼瞪着徐长卿，却掩饰不住脸上的笑容。

徐长卿忙说："对不起对不起，开个玩笑。牛黄其实就是得了胆囊病的牛的胆结石，说起来不中听却非常难得。古人云：千金易得，牛黄难求。在庙台一带十年八年遇不上一回。因为几百头黄牛中只有两三头会患胆结石病，而患上胆结石病的通常都会死去，只有极少数活下来的病牛经过十多年才有可能长成牛黄，所以非常珍稀。经常有山里人遇到又瘦又弱的老黄牛，都以为会有牛黄，但杀过之后一般都没有。《神农本草经》把牛黄列为上品。牛黄的清心、豁痰、开窍、解毒等功效特别强大，遇热病神昏、中风痰迷、咽喉肿痛、口舌生疮等急症，医生手中若有牛黄便有十足的信心祛病除症。所以，每一个做郎中的都希望能得到真正的牛黄。"

"牛黄这么珍贵呀！你的牛黄是怎么得来的？"

"那还是来医疗站的头一年，我去鸡爪沟给一个哮喘严重不能下地的老人看病，看完病要走时，一个姓张的老农来找我，让我看看他家的老黄牛，说老黄牛不吃不喝躺倒了。我讲我不是兽医，不会给牲口瞧病，但张老汉一再恳求，说你把人都能医好，给牲口看肯定没问题！我只好答应去瞧瞧。张老汉就一个姑娘且早嫁出去了，家里只有他和老伴过日子，都是快六十的人啦，地里的力气活全靠这头黄牛。可不知怎么，这两年来老黄牛一天比一天瘦，不好好吃草，干活也没劲。我随他走了几里山路到他家，我一看，躺在院里的老黄牛瘦得皮包骨，再仔细一瞧，眼睛红得像柿子，流泪不止。老黄牛弓着背夹着尾，也不反刍，没精打采的，皮松毛竖，颈部一直抖动。我去一摸，发觉它耳朵和四肢冰凉。我心里一惊：长牛黄的牛就是这个样子，难道说让我遇上有牛黄的牛了？"

于文丽听得入迷，忍不住插嘴："长牛黄的牛能看出来？那这头牛有吗？"

徐长卿依然不疾不徐地讲道："我问老人牛牙口多少了，他说有十二三了，显然不是要老死的样子，因为牛活二十多年很常见。我对老人说：这头牛得病时间很长了，很可能是长了牛黄，救是救不活了，现在杀了还能少些损失。如果有牛黄我就买下，能给你半头牛的钱，牛皮牛肉再卖点钱，你重买一头吧。老人一听依了我，当即去找来前沟的屠夫，立时就把牛杀了。"

于文丽担心地问："你也不确定有牛黄呀，杀了以后要是没有呢？"

"是的，我也不敢确定。我看各种体征很像是有牛黄的样子，再说不杀的话它几天内也就死了，死牛没用，老人啥都落不下。当时我和老人都盼着有牛黄，周边的村民也来看热闹，大家都眼巴巴地瞅着屠夫下刀。剥开皮以后刚一开膛我就看见牛黄了，肝子前面坠了一个比拳头还大的油亮亮的胆包，颜色发黑，那是包在外层的'乌金衣'。剥去'乌金衣'，一坨黄澄澄的牛黄出现在眼前，是药用价值最好的'胆黄'。"

"天哪，太神奇啦！"于文丽惊喜不已，看到罗有贵从外面回来，就喊道，"快来，罗有贵，听徐老师讲故事，讲神秘药材的故事！"

罗有贵知道一些山里的事情，也兴致勃勃地说："牛黄的来历我知道。除了牛黄，徐老师还有一个熊胆也低价卖给咱们医疗站了。让徐老师给我们讲讲猎熊取胆的故事，那个更惊险、更传奇。"

徐长卿把家里珍藏的一些珍贵药材都带到医疗站来了，罗有贵报给大队后按公社卫生院的定价付钱给徐长卿。虽说定价很低，但徐长卿已经很满意了，因为就是不给作价他也会拿到站上来用。一个医生怎么可能把好药藏起来不给病人用呢？说到这里，他还要感谢罗有贵呢。这会儿没有病人，两个年轻人的兴致也感染了徐长卿，他便绘声绘色地讲起了猎熊的故事。

"这个熊胆是前些年一个深山里的猎手送给我父亲的。因我父亲常为山里人瞧病送药，他们听说熊胆是珍贵药材后，就说猎到狗熊便把熊胆给我父亲送来，我要求他们猎熊时一定要叫上我。有贵知道，每到秋季，觅食的狗熊便跑到庄稼地里吃苞谷，祸害庄稼很厉害。为保收成，山里人便组织起来猎熊。狗熊毛皮厚实，一般的猎枪打不透，一旦负伤会变得异常凶猛。山里人说一猪二熊三老虎，就是说狗熊发起威来比老虎还要厉害，常有人猎熊不成反被熊伤，鸡爪沟和茅坝沟就有好几个人被狗熊抓破脸、咬断腿的。所以每次猎熊都要进行精密的筹划，要有大家认可的'熊把式'牵头行动，才能猎到熊，这种'熊把式'咱们全大队也就那么一两个。那年秋天，后山那个猎人带话来说他们准备要猎熊了，让我赶紧去。

"我天不亮就往后沟赶，走了几个小时山路赶到那儿，正赶上他们做准备呢。一共有四个人，真正的猎手只有'熊把式'一个，其他两个和我一样只打过野鸡兔子什么的，从没打过大的野物，我们都听'熊把式'的安排。'熊把式'让两个人在坡下等着，等狗熊出现后从坡下往上赶，而我藏在坡顶上，等狗熊出现后远远地吆喝并对天放枪，而那个'熊把式'则守伏在狗熊必定经过的路上。我们在草丛中潜藏了一个多钟头，直等到一头黑熊窜进苞谷地吃饱了离开时才开始追击。果然，狗熊看到人、听到枪声便夺路而逃，后面的人鸣枪追赶，狗熊往坡顶上跑了一段，我放了两枪，狗熊便扭回头往那条指定的路上逃奔而去。

"下来就看那位'熊把式'的啦，但迟迟不见他出现，我们远远看着心里着急。'熊把式'出现早了或晚了都不行，早了打不到要害上，晚了来不及开枪还会有生命危险。我心里怦怦跳着盯着狗熊，眼看狗熊与那'熊把式'只有几步远的距离了，突然间，'熊把式'猛然站起身，和狗熊面对面。惊慌的狗熊发现面前有人时也猛然站起来，此时，它的致命弱点——'月亮'，就是心脏部位暴露在枪口下，'熊把式'就在此时扣动了扳机。"

于文丽捂着胸口说："好惊险呀！那一枪要是开不好，狗熊不就把他撕碎了？"

"是，猎熊是要冒很大风险的。击中'月亮'后，狗熊几乎没怎么挣扎就毙命了，这个时候要赶快先剖腹取胆，要不然熊的胆液会倒流尽失。"

"那就是说当时就要剖开熊腹把熊胆摘下来？"

"对。'熊把式'用锋利的小刀在肝脏部位剖一小口掏出熊胆，先将胆口扎紧，然后才小心地割下来。我带回家后剥去胆囊外的油脂，用木板夹成扁形，悬挂在通风处慢慢阴干，然后还要放在石灰缸中彻底脱去水分。你们现在看到的是已经去净皮膜干透的成品熊胆，用时按量切下研成细末入药。它的主要功效是清心凉肝、豁痰开窍、清热解毒。遇到热病神昏、中风窍闭、惊痫抽搐、痈疽疔毒等症就要用它了。"

徐长卿讲了一通麝包牛黄熊胆，已是黄昏时分了，三个人换下白大褂准备下班。徐长卿说："快过年了，文丽你该回北京了，早点走，腊月里除了急诊，一般也没人来看病，我和有贵再守几天也准备回家过年了。"

于文丽说："好，我问下傅国英她们，我们约好了一起走。徐老师，下次打狗熊时要带上我啊！"

徐长卿笑答："好呀好呀，等我当上'熊把式'了一定带上你。"

# 第四章　川黄连

黄连，味苦，寒，无毒，入心经。

——《医宗必读》

## 1

正月十五快到了，秦岭南山寒风料峭。

下了班车，于文丽一手拎着自己的挎包，一手帮傅国英抬着她的大包。傅国英家里条件好，每年从家里来都要带很多吃的用的，一个大挎包总是塞得满满的，沉得要死。傅国英看着个子和于文丽差不多，却没一点力气，抬着挎包直不起腰，一边吃力地往前挪动，一边埋怨："都是你，这么早急着要回来，你看庙台哪里有人？人家都还在家过年呢，就你惦记着你的医疗站，惦记着你的徐医生。"

于文丽瞪一眼傅国英："说什么呢！我看你是思想有问题吧？都回家二十多天了，还不想回到广阔天地接受改造，当心我打你的小报告！"

"你敢不敢打小报告我不知道，但我可不敢保证自己能不能守住秘密。"

"什么秘密？"

"有人爱上了一个人。"傅国英停下脚步扶扶眼镜说，"那么多知青

127

追你你都不答应，却爱上了一个有两个孩子的二茬子农民！"

"不许胡说！傅国英，你再胡说看我怎么收拾你！"

傅国英得意地笑着："得，让我说着了吧！你一路上给我讲了多少他的事？在你心中，他简直就是华佗再世。"

于文丽嗔怒道："国英，以后可不许乱说。他真的是好人，是好医生，但是我……"

"我可不希望你一辈子在这儿当个农民婆娘，你可要想好啊。"

于文丽若有所思地望着麦场上的白房子，医疗站门上的红十字十分醒目，喜悦的神色在她脸上荡漾开去，她急切地说："国英快点，回去我给咱们煮饭吃，你妈又给你带烤鸭了是吧？饿坏啦！"

傅国英笑着回道："你想得美！"


医疗站还没有开始上班，徐长卿也不在他的宿舍里，他是还在庙沟没回来吗？于文丽还没顾上打问，罗有贵却到知青组来找她了。

"听说你回来了，年过得好吧？"

看到罗有贵站在门口，于文丽赶紧让他进屋，问："咱们医疗站什么时候上班？徐老师来了吗？"

"快了，十五一过就开门。徐医生前天来过又回庙沟了。"

"他来干什么？是有病人了吗？"

罗有贵摇摇头说："不是，是工作组来了，找徐医生谈话，也要找你谈话。"

"谈什么话？"于文丽惊讶地问。

"是这样，县上派工作组来到咱们大队，开展'清理阶级队伍'运动动员工作。高组长在大队部等着呢，让我来叫你，主要就是谈医疗站，了解徐医生的情况。"

"了解徐医生什么情况？徐医生的情况谁不清楚呢?"

"谈心、了解、动员，这是人家工作组正常工作嘛。文丽呀，这次是县上和公社要在咱们大队深入开展'清理阶级队伍'运动，咱们都要冲在运动的前头哇。"

说罢，罗有贵扭转身往大队部走，于文丽心神不宁地跟在后边。她无法想象这山乡里搞起运动是什么样，总不会像前两年北京那些戴着红袖章的红卫兵们，冲进别人屋里抄家，在街头点一堆火，烧"封资修"的书、画和衣服吧？那是多么可怕呀。这罗有贵一个月没见怎么就变样了呢？不是说他穿得多么可笑，大冷的天穿一双白回力鞋，那件头油渗透的干部服也不能抵挡寒冷啊。让于文丽惊奇不安的是他的眼神，他的眼神里有一种亢奋、一种期待，好像火苗在燃烧，好像有什么东西让他变得膨胀了起来。


正月十五过了不久，庙沟村的石板街上又出现了两个外乡人。像三年前凌朴子出现在石板街上一样，何家大黄狗又吠了起来。

这是 1970 年二月末，医疗站成立的第二年。

几天之后，村民们都知道了，他们是县上派来指导开展"清理阶级队伍"运动的干部，一个是工作组组长高明强，他是县革委会政治部副部长，大家叫他高部长；另一个是军人出身的干部老胡，大家叫他胡干部。他们从大队深入到庙沟，要与村民们同吃同住，长期在庙台开展工作。

何长生家的住房算是村里比较宽敞的了，高部长和胡干部就在他家落脚。不过，何长生早已不是队长了，因为他已经是个残疾人，只有一条腿。一个残疾人家里怎么好招待工作组的领导呢？所以，他们便住在何家，吃在孙家，两家是隔壁。孙家两个儿媳干净体面又能干，陈山的安排可以说很周到了。再说，人家工作组吃饭都是要交饭钱的，大队还要给点补贴，两家子都很乐意。

工作组到大队只待了几天，召集大队干部开了个碰头会，找一些人谈了谈话便下到小队里了。高部长决定先对三沟四村的村民家进行走访，趁着正月里农闲时间抓紧开展工作。计划从庙沟开始，然后去鸡爪沟、茅坝沟，对每户村民进行家访，最后再回到庙台进行下一步工作。

高部长这人工作扎实，到庙沟头一天就和胡干部分头走访村民，马不停蹄地跑了三四家，直到天黑定才回到孙家。

胡干部和他前后脚拢屋，看到孙家媳妇正把饭往桌上端，老远就抽着鼻子说："好香啊！我闻到了菜豆腐的味道！"

孙家媳妇满脸笑容地说："听说你们来，夜儿个就磨豆腐来着。"说着又端来一笸箩香喷喷的核桃馍。胡干部越发兴奋："天哪，今天一下子吃到两样美食，这两样子在凤县也是最招人喜欢的。不过，凤县的水不好，做出来的菜豆腐没有这边好吃。"

两人坐下来后，胡干部继续给高部长介绍菜豆腐的吃法："你看这葱花、香菜、姜末、蒜泥、青椒、香油、芝麻、核桃仁末、咸菜，料配得真齐，真香。高部长，咱们在凤县吃不到这么正的味道。这饭吃起来急不得，要有章法：先呷一口热滚滚的汤，吸气品味，清香自然；再用筷子夹上一撮配菜抹在豆腐上，细嚼慢咽，浓香悠长。豆腐绵甜，汤粥酸香，小菜麻辣，吃一回一辈子都忘不掉。"

高部长不大有谈兴，望了胡干部一眼，低下头自顾吃着。胡干部知道，这道饭虽只是小吃一类的，却是极费功夫，这家村民不辞劳苦为他们做这样的"功夫饭"，总觉得不拉拉家常话对不起人家一番辛劳。他夸赞了孙家媳妇的手艺后，只听孙家媳妇说："在庙沟，菜豆腐那要数徐家婶子做得好，徐家是城远县来的，做菜豆腐正宗，点水点得好。"

胡干部说："天哪，你做的这就够好了，还能再好？"

高部长这时来了兴致："你说的徐家是徐长卿他们家？他们是从城远县迁来的？"

孙家媳妇说："是呀，咱庙沟就他们一家姓徐的。"孙家媳妇得到胡干部夸奖，心里高兴，心想，县上来的干部倒是亲和，没架子。

长生媳妇人贤惠，给他们灌了暖壶，还烧好了洗脚水。吃完饭回到住处，高部长端起一杯水咕咚咕咚喝下去，冷着脸说："老胡啊，你白天走访跟人家都说些啥？该不都是吃喝拉撒柴米油盐的闲话吧？"

"走访走访，不就是要了解他们生活上的事嘛，咋能叫闲话呢！"

高部长想想也不便再责怪，说："其实晚上还可以再走一两家的。"

胡干部说："山里人习惯早睡，我们上门打扰怕是不方便。"

"也好，我们两个谈谈心吧。"

胡干部笑道："我们两个得在一盘炕上滚，怎么谈都行。"

高部长望望老胡，心中很是不快。从县上出发前他才知道和自己一组的是这个老胡，心里凉了半截。老胡在部队上是当营长的，一副好身板，能吃苦，肯下力，转业后到县人武部当后勤主任，自己与他虽没太多的交往，但知道一些。这个人四肢发达，头脑简单，一副没心没肝的样子，啥时都是笑眯眯的。他们从县上碰头到公社交底再到今天来到庙沟，相处已经半个多月了。高部长很担心，心里也有几分愁，遇这么个帮手，只怕工作不好搞啊。老胡比高部长还长几岁，可脑瓜子咋就那么简单，没思想没觉悟，政治上一点也不成熟。从公社到大队到村民家里，他闭口不谈上级精神和当前的革命形势，只晓得问村民日子过得咋样、柴米油盐够不够。碰头会上，他讲的全是各家平均口粮、当地种什么产量高、谁家养猪养得好，这咋行？半个多月过去了，工作还没个抓手，运动没个响动。很多事情上老胡跟自己还不一致，不但不能帮自己，有时还处处受到他掣肘。

"老胡呀，咱们的工作要抓紧了，任务重哩。"

"咱们不是一天也没停嘛，天天都在抓紧呀。"

"我是说我们要抓大事，要方向一致，要尽快把革命运动开展起来。"

"我们的任务不是抓革命促生产吗？你抓革命，我促生产，能帮村民做一点事情，把上面交的任务完成好不就行了吗？"

见胡干部一副点不醒的样子，高部长便掏出本本说："你记一下我们的工作计划。"

看了看高部长严肃的神态，胡干部赶紧掏出日记本，坐在不太亮堂的灯泡下认真地记下高部长的讲话。

"县上工作会议批评的四个落后公社，头一个就是子房公社，而子房公社最落后的就是庙台大队，庙台大队一共四个自然村，庙台、庙沟、茅坝沟、鸡爪沟，三百多户人家。山外的运动搞得轰轰烈烈，这里却是死水一潭！之前两次派工作组来也没有揭开盖子，你说这怎么能行？我们两个的任务就是要尽快揭开庙台阶级斗争的盖子。庙台这个地方不是没有阶级斗争，而是复杂隐蔽，阶级敌人深藏不露，要靠我们发动群众把他们揪出来！"

胡干部吃惊地看着高部长，然后摇着头说："高部长，哪有那么严重！这山沟沟里都是本本分分的当地村民，祖祖辈辈种地吃饭，哪来的阶级敌人？"

"子房公社为啥叫子房公社？因为这里是张良庙所在地，'封资修'的势力强，我们要大力'兴无灭资'。下一步，要抓村民中的典型，揪出'封资修'的典型人物，进行批判斗争，把清理阶级队伍运动轰轰烈烈地搞起来！"

"大队陈主任不是说了嘛，这几个村子只有几家地主富农成分的，家里老的老小的小，没有做啥事，也没有反坏，哪里去找典型嘞？"

"你呀，政治觉悟太低！陈主任要是能搞清楚也不用我们来了。还有，来这些天了，你注意徐长卿这个人没有？"

胡干部说："徐长卿？在庙台时就见过了，在县上也听说过他，是个医术好的郎中啊！这几天庙台、庙沟的老百姓也是这样说的嘛。"

高部长敲着桌子说："这就是阶级斗争的复杂性，这个徐长卿听起来是个神医，实际上问题肯定不小。"

"徐长卿有问题？"胡干部吃惊不小，"我们这些天听村民讲的不都说他是个好医生吗？怎么会有问题？"

"你调查不深了解不细，表面上徐长卿是个好大夫，深入一了解就不一样了。徐长卿父亲是富农，从城远县迁这儿来，十几年来深藏不露。还有，徐长卿是跟一个来历不明的人学的中医，这些你都不知道吧？"

"那也没啥呀，他们也没做啥不好的事，为啥要查他们？"

高部长伸出一根手指指着胡干部："你呀你呀！等他们做坏事就晚啦！明天我自己去徐家走访，你到别的人家也问问徐家的情况。"

高部长气冲冲地躺下了，胡干部看着笔记本上满满一页充满火药味的文字，心里沉甸甸的。这是要干啥哩？农民日子过得本来就不容易，为啥还要他们不得安生呢？

第二天上午，高部长早早便往徐长卿父母家去了。

徐青山已经知道了，何长生给他打过招呼了，说是县上工作组的领导要来家里走访，要好好配合上级的工作。老两口天不亮就开始收拾屋子，把几个平时舍不得用的细瓷杯子洗干净，屋里院里都清扫了。才要坐下歇口气，猛然想起柴房地上晾的半干草药，又是一阵紧忙活。等把药材装进麻袋放到不显眼的地方，日头都出来了。徐青山站在自家院门口再一次打量，唉地叹了一声。屋檐上挂的一串串天麻、何首乌什么的，还有柴房里一捆捆干艾蒿，哪里藏得住呢？徐青山心一横，管他哩！卖给国家收购站，又不是投机倒把，有个啥了不得的！不想那么多，稳稳神坐下等那让人心里不踏实的敲门声。

高部长是一个人来的，这很让徐青山意外。没有公社、大队的干部陪同，没有带秘书，一个人带着一张笑脸，握着徐青山的手半天不放。可是他越亲热徐青山心里越毛，他的谈话越深入越让人心里不安。

高部长问了老两口生活上有啥不方便，儿子不在身边老两口自己生活能不能料理，有啥需要向大队反映的问题，等等。寒暄了一阵家常话后，他突然话锋一转："听说你儿子徐长卿干中医挺厉害，治病水平很高哩，是跟哪个学的手艺？"

徐青山摇头道："没有跟哪个学。我们自己平时爱用点中草药，他跟我认了些草药，后来是大队送他去公社学习中医，才会看个头疼脑热的，谈不上啥子手艺。"

"村里人讲，有个四川来的大郎中在你们家住了年把日子，把手艺传给了长卿，有这回事吧？"

徐青山看高部长目光炯炯地盯着他，心知此人来者不善，镇定下来板着脸答道："大前年是有个四川客来紫柏山采药，刚好那一阵子我把腿摔折了，他给我医治，在我屋里住了一阵。"

"后来呢？这个人去了哪里？"

"后来跟他家乡来的人一起回去了。"

"哦。"高部长意味深长地哦了一声，话题一转，又问起徐青山因为啥从城远县迁到这里来。徐青山说："都十几年了，那一年城远县大旱，好多人都逃荒到留坝、凤县这一带，我就是那年在这搭落脚的。"

接着，高部长又让徐青山领着他把房前屋后的菜地、猪圈、鸡窝、果树都一一看了一遍。他对徐青山的中草药很感兴趣，屋檐上挂的杜仲、艾蒿，筐篮里晾的天麻，地里盖在草席下的当归苗子都还能认个七七八八。

"好呀，你们徐家真是个中医世家哩！"

徐青山听那口气阴阳怪气的，嘴里应道："哪有哪有，山里人靠山吃山，这些药药草草的备一点，有个头疼脑热的能对付一下就是了。"

回到屋里，高部长端起茶杯灌了几口，对徐母说："打扰你们了。没啥要紧事，按上级要求我们到各家看看，了解下情况。"

徐母说："吃了晌午饭再走嘛。"

"不了不了，再见了。"高部长满脸笑容地走出屋子。

送走高部长，徐青山关上院门靠在门上，心里一阵悸慌，身子就软下来倚门坐地上了。徐母撵出来要搀他起来，徐青山挥手阻挡。

"这个人有麻达？"

徐青山摇头不语。徐母脸上惊恐未散："这个人鹰钩鼻子狼眼窝，好怕人哩！"

徐青山缓过劲慢慢站起身，说："吃了晌午饭我去庙台。"

徐母明白去庙台的意思，但不知事体有多大，忧心忡忡地赶紧做晌午饭。徐青山吃完饭没停就往庙台奔去。

下午时分，正在给人瞧病的徐长卿看到父亲急急忙忙赶来，颇为意外，让于文丽先把老人领到他宿舍，自己给病人瞧完病送走后急忙赶回宿舍看老爹。

自从到医疗站以后，徐长卿带着两个儿子来到庙台，只剩父母亲留在庙沟，二十里地算不得远，每隔十来天就能回去看望二老。逢星期天时带着地黄、地锦，时间紧了他就自己回，也就是送点吃用，劈点柴火，地里的活路帮着做一些就赶紧往回返了。二十里山路紧赶慢赶也得两个多钟头嘞。好在二老身体都还好，母亲房前屋后地总在忙，喂猪喂鸡晒药材，一天到晚停不下。父亲勤劳惯了，出工回来还要抽时间采撷中草药，有时背到大队收购站来卖，还可以与儿孙团圆一回。可今天一没什么要紧事，二没背药材，父亲有啥事要跑这么远的路呢？

徐长卿倒杯热茶递给父亲，看父亲心神不宁的样子，拉着父亲坐下。还没张嘴问话，父亲站起身抢先问道："你们在大队开过会了没有？"

"开啥会？"徐长卿莫名其妙地望着神色慌乱的父亲。

"高部长，你总该见过了吧？"

"见过，前些天到我们医疗站来指导工作，还讲了话。怎么了？"

徐青山站起身把门掩好，看了看窗外没有人影，压低声音说："还记得凌先生讲过的那个'文化大革命'吗？我看这次高部长是来者不善。"

看父亲六神无主的惊慌样子，徐长卿心口一痛，急忙搂着父亲问道："咋的，你听说啥了？"

"高部长去了咱们村，挨家挨户搞动员，上午来了我们屋头，一双眼睛滴溜转，专问一些陈年老事，明摆着是黄鼠狼给鸡拜年嘛！"

徐长卿说："哦，这个事情我晓得，上头派了工作组，有在公社蹲点的，高部长和胡干部是到咱大队蹲点的。高部长是县革委会政治部副部长，胡干部是转业军人，他们两个是县里派来搞调查开展运动的。再说人家咋搞是人家的事，我们好好做活路，有啥子慌的？"

徐青山摇头："哪像你说得那么轻松。运动，是要运动人哩。这个高部长脑瓜子活，一双眼睛滴溜转，盯人时像要挖出人脑壳里的东西。看见他我就想起凌先生说的那个'文化大革命'运动，这回，庙台和庙沟怕是再不得安宁喽。你可要小心，做这个给人治病的差事是非多，搞不好我们徐家要倒大霉啦！"

徐长卿宽慰道："我只要认真给人瞧病，不错诊不误人，不多收一分钱，能有啥事？你放心吧。"

徐青山抱起茶缸咕咚咚灌几口便说要走，徐长卿看看外头天色，说道："要不明天一早再回庙沟吧？地黄和地锦一会儿就放学了，一起在这儿吃晚饭，再说这会儿走有些晚了，搞不好要摸黑哩。"

说话间徐青山已走出门外，甩甩手说："脚底放快些，天擦黑就拢屋了。"


从初春到初夏也就是一眨眼的工夫。

高部长和胡干部马不停蹄地走乡串户，经历了整整一个春才把散落在三条沟的四个村近三百户人家走完。高部长工作细致，每到一个村对村民阶级成分都要详细了解、检查指导，对阶级斗争动向非常敏感。尽管各村小队长都说不出啥，一口一个没有阶级敌人，他还是对各生产队的地富家庭进行了详细了解。回到大队后，高部长决定立即组建工作组，尽快把运动搞起来。他清楚，整个庙台大队就像一潭死水，不下点力气搅不活！村民对阶级斗争一点认识也没有，老婆孩子热炕头，小农思想根深蒂固。近半年来，他越来越感到肩头的担子很重。这个庙台，不是什么运动落后，是压根就没有动！要把运动搞起来，基本是从零起步。必须先把大队贫下中农的力量发动起来，对每一户、每一个村民深入动员，让其提高认识。

回到大队第二天，高部长就紧锣密鼓地着手推进工作。

"老胡啊，立即成立工作组，你对工作组人选有啥想法没有？"

胡干部说："成立工作组？咱们不就是工作组吗？"

"光凭咱们两个能干啥？这个大队这么落后，必须让贫下中农都动起来，才能把运动开展起来。你通知陈山，今晚大队革委会委员都来开会。"

晚饭后陈山带着一个比他还老的罗林甫来了。高部长把工作组的重要性强调了一大堆，陈山咬定只有他自己和这个叫罗林甫的能参加。高部长急得发脾气："这咋行？这咋能把运动搞起来？"可是陈山依旧是那么个蔫巴巴的样子，掰起手指给他一个个算："会计是个哑巴。还有个队委没文化，不懂政治，张嘴就说错话，上不得台面。再没哪个了。"

高部长没了脾气，尽管他预想到来大队这一级开展工作会有很多困难，但没料到会这么难！不管有多难也得先搞起来，国庆之前县革委会要检查子房公社，不能因庙台大队拖了后腿。

立夏这天晚上，庙台由高部长组织的工作组会议召开了。

大队办公室只有几把破椅子、一张摇摇晃晃的桌子、一盘能睡三四个人的大炕。高部长和胡干部坐椅子，陈山和罗林甫就盘腿坐炕上。高部长做形势报告讲了一个多钟头，等他讲工作组的重要任务时，屋里已经被陈山和罗林甫两个人抽的烟叶子气罩满了，呛得人喘不过气来。高部长瞪了几回不管用，冷起脸训道："这是开会，你们把屋子熏成这个样还咋个开？"

陈山这个时候没有抽，罗林甫刚续上一根"土中华"正吧嗒吧嗒抽得香，喷出一股一股的浓烟。陈山乘机卖乖："叫你莫抽了莫抽了，你看看，搞得跟熏獾娃子似的。"

高部长一边扇着烟雾一边念讲稿，十五瓦的电灯泡脏兮兮的，只能发出微弱的光线。讲完县上、公社对庙台大队的批评和落后的原因，又讲了调查现状后，高部长放下讲稿拍拍桌子提高嗓门说道："毛主席说，没有调查就没有发言权。我们经过深入的调查，掌握了阶级斗争新动向，工作组决定，要尽快召开一次全大队社员动员大会，把'清理阶级队伍'运动开展起来，同时对庙台大队的'地富反坏'进行批斗。"

高部长端起茶杯，眼睛亮闪闪地把胡干部、陈山和罗林甫扫视了一遍："胡干部你讲讲。"

一直在埋头记录的胡干部头也没抬，说："高部长讲得很全面，我就不讲了。"

高部长盯着陈山："你讲呢？"

陈山像猫洗脸一样把脸搓了一遍，嗯了几声想好了措辞："听了高部长的讲话很受教育，我们要认真落实'清理阶级队伍'这么重要的政治……噢，政治运动，我们要按上级的要求开展好，对吧？以前我们没搞好，这次不开展好哪得行嘞？不过我们整个大队社员群众出身都比较好，只有两三家地主富农，没有反坏。两三家地主富农屋里都是老弱病残，没得啥事情，这个批斗会以后慢慢搞，咱们先学好上级文件，领会好精神……"

高部长手一挥，打断陈山的讲话："你这个思想要不得！什么叫慢慢搞？庙台已经是全公社最落后的单位，才要我们工作组来帮助把运动搞起来、赶上去，不能再等了！庙台真的没有阶级斗争吗？有，是你们政治嗅觉不灵敏，对身边的坏人坏思想熟视无睹！我给你们讲，经过工作组半年的调查，你们大队医疗站的医生徐长卿的问题就不小，庙台'清理阶级队伍'运动，我看就从徐长卿这个医霸身上揭开盖子。"

一直闷头抽烟的罗林甫睁开眼睛瞪着高部长："你说哪样？徐长卿是医霸？他霸哪个了？徐长卿当郎中，救死扶伤医好了多少人你晓得吧？咱们这一带三沟四村哪个不说他是个好医生？"

高部长说："你们呀，都被他的假象迷惑了。他表面上为贫下中农治病疗伤，实际上利用大队给他的处方权多吃多占，勒索贫下中农。"

罗林甫越发搞不懂，高声问道："高部长，咱们红口白牙地这么讲怕要不得呀。徐长卿迷惑谁了？他能把庙台几个村子上千号人都迷惑了？"

这会哪里还开得下去，高部长十分气恼地瞅着陈山，陈山把罗林甫吼了两句："少说话，好好听高部长讲！"

会是开不下去了。高部长挥手道："散会！"罗林甫气冲冲地往外走，胡干部说："我去劝劝他。"也不管高部长答应没答应，紧随着溜出去了。

高部长拦下陈山，问道："这个罗林甫在大队担任什么职务？"

陈山说："他有文化，兼着大队文书，现在虽说年纪大了，可这些年又没改选，所以还是参加大队的工作。"

高部长说："这个人思想落后，政治觉悟太低，看他年纪大了，不追究他的责任，但不能留在工作组；也不能再担任大队里的职务了。"

陈山在小本本上认真地记下。

高部长说："工作组成员取消罗林甫，增加罗有贵。对了，罗有贵是在医疗站是吧？你觉得有贵这个小伙子咋样？"

陈山说："贵娃子嘛出身好，返乡知识青年，也积极上进，就是……就是……有时候有点二迷眼。"

"啥叫二迷眼？"

"就是有些时候有些洋厮。"

"啥叫洋厮？你一个大队干部，满嘴怪话咋要得？"

陈山咧嘴一笑："乡里人嘛。洋厮就是做事没高低，不踏实。"

高部长表情温和下来，说："这个不怕，年轻人要多锻炼，你也要多帮他嘛。我在医疗站见过这个罗有贵，印象蛮好的，让罗有贵来工作组担任宣传委员。"

"罗有贵是医疗站的保管员兼会计，他的工作哪个搞？"

"医疗站工作的事情先克服一下，临时抽调罗有贵同志到工作组，明天早上就来报到。"

望着远去的陈山，高部长心事重重地盘算着下一步的工作。这个大队政治运动落后，关键是组织力量不强。大队革委会主任陈山是个和事佬，但上级的指示他还不敢马虎。但大队里竟然还有罗林甫这样不讲政治的老糊涂，怎么能好呢！今天果断地换上罗有贵，工作局面会有好的转机。前些天在诊所走访时见过罗有贵，这个年轻人看着灵活有热情，年轻有文化，积极求上进，是个好苗子。


第二天一大早，陈山走进诊所时，于文丽先看到，热情地同他打招呼。陈山摆了摆手，示意于文丽不要声张，因为他看到徐长卿正抱着《黄帝内经》看得入迷，便轻步来到徐长卿面前坐下，罗有贵也轻轻来到陈山身边。徐长卿一抬头看到陈山，忙站起来打招呼。陈山笑呵呵地说:"会看病的郎中是不是都从这个书上学的?这个'黄帝'好啊,还管人看病的事,肯定是个好皇上。"

徐长卿三人都笑起来。徐长卿说:"基本也就是这么个事,只不过这本书是把好多好多医生看病的经验收到一起了。"

陈山对着于文丽和罗有贵说:"你们不要笑我没文化,我说对了噻。"

于文丽银铃般的笑声更加响亮,陈山板下脸说:"我来通知个事情,高部长要抽罗有贵到工作组工作,所里的事情徐大夫和小于要先克服一下,有贵现在就去高部长那儿报到。"

罗有贵心里怦怦地跳起来,一下子气血上涌,脸膛红了起来,机会来了!他知道抽到工作组意味着什么,知道这个机会对他有多么重要,到工作组就等于是到大队工作,不,比大队工作更权威。罗有贵知道,高部长是县上政治部的副部长,来头可不小。罗有贵尽量克制着内心的亢奋,目光在陈山、徐长卿和于文丽脸上扫来扫去。

徐长卿还是面带笑容平平淡淡地望着陈山。于文丽把脸转向窗外,免得看到罗有贵受宠若惊的样子。

陈山说:"有贵你快去吧,高部长等着呢。"看着罗有贵喜颠颠地走过麦场,陈山问徐长卿,"剩你们两个忙得过来不?"

徐长卿说:"医疗工作没深浅,日常应诊采药这些工作没问题。"

陈山背起手离开时突然又回头问:"站里账务手续都齐全吧?"

徐长卿不解地回答:"没问题呀,有贵管账很细的。"

"那就好,那就好。这一向你们工作上那个,细致一些,不要出差错啊!"陈山又交代几句才背着手一摇一摆地走了。

罗有贵往大队去的路上想了想又先拐回自己家里,心想,上一回高部长来站里只简单和大家见了个面说了几句话,现在去是自己第一次正式与他会面，一定要给高部长留个好印象！罗有贵于是小跑着回到家里，对着镜子照了一番，用手指捋了捋头发，扑打一下肩上的头皮屑，换上才洗过的用粉笔上了白的回力鞋，然后快步向大队部走去。

走进高部长的办公室，罗有贵有些拘谨，木呆呆地站在门口眼含敬意地望着高部长。高部长中等身材，神态既和蔼又威严，灰色干部服上别着两支钢笔，三七开的分头既显出知识分子的做派，又有领导的那种老辣。陈支书正式通知自己来高部长这里报到，说明大队已经上会让自己进工作组，以后和高部长一起工作。他知道这件事情的重要性，刚才特意整理了自己的仪表，但站在高部长面前立刻感到了自己的渺小和窘迫，一双手不由自主地在裤腿上搓着。

高部长满面笑容地把他按在椅子上坐下，又亲自把一杯茶水端到他面前。罗有贵诚惶诚恐地接过茶杯，手一颤被漾出来的热水烫着了。

"你不要紧张。有贵呀，你回乡几年了？"

"三年了，我上学晚，高中毕业时都二十岁了。"

"很好，高中毕业你也没有跳出农门，而是一心一意回乡在广阔天地炼红心，觉悟高嘛！"

罗有贵低头不语，哪个是觉悟高，是没本事出去。

高部长兴致很高："我听说你积极要求进步，工作很积极。"

"多谢领导。"罗有贵低下头不知说啥好。

高部长又把"文化大革命"的大好形势和庙台大队的落后局面以及工作组的重要任务简要讲了一遍，并郑重宣布，从现在起罗有贵就是庙台"清理阶级队伍"运动工作组的宣传委员。罗有贵目光闪闪地望着高部长："我一定跟着高部长好好学习，把工作组的工作搞好。"

高部长笑容满面地说："你认为庙台的政治局面为啥落后？'清理阶

级队伍'运动为啥在这里迟迟开展不起来?"

罗有贵略一思考,说道:"客观原因是地方偏僻封闭,主观原因是思想落后。"

"讲得好!重要原因在主观,要提高当地群众思想觉悟,要靠我们工作组宣传好党的路线方针,贯彻好党的政策,揭开庙台阶级斗争路线斗争的盖子,把'清理阶级队伍'运动轰轰烈烈地开展起来!"

罗有贵感觉身上发烫,发红的脸上油光光的,亮闪闪的眼睛直直地望着高部长。他隐隐觉得自己期待已久的一种改变人生的重大机遇突然来到面前,不由得伸手捋捋头发,可紧接着就看到那万恶的头皮屑雪花般纷纷落下,以致走了神,连高部长问他对徐长卿印象如何也没听清楚。

"高部长是说徐长卿这个人有没有问题?"

"对呀,你到医疗站一年多了,你们在一起工作你应该很了解他,你认为他主要有哪几个方面的问题?"

"这个……"罗有贵小心地组织着话语,"他医术是不错,而且只埋头于治病和制药,别的事情也不过问。可能我们在一起工作,离得太近了反而看不到真面目吧?"罗有贵为自己后半句话的巧妙小小地得意了一把。

"对了,你以前是没有认真想这个问题。我问你,徐长卿家是什么成分?徐长卿有没有利用治病处方权勒索贫下中农要钱要物?徐长卿是跟什么人学的中医?"

罗有贵愣住了。是呀,高部长点的这几个问题都有哇,以前咋就从来没认真想过呢?徐长卿家是从外地迁来的,只是隐约听说过他爹是富农成分。徐长卿来医疗站以前看过的病人往往都要给他送鸡蛋猪肉粮食什么的。还有,听说给徐长卿传授中医的那个四川客是个破坏"文化大革命"的"反革命"分子，这几件事加起来问题可不小喽！

看着沉思中的罗有贵，高部长知道，这次谈话的目的已经达到了，而且，效果很好，可以布置具体任务了。他便把一个文件袋交给罗有贵，郑重地说："这是县上发的'清理阶级队伍'运动开展得好的地区的先进经验材料，你好好学习，注意保密，不能让别人看到。从明天起，你先把宣传工作抓起来，把大队部附近、街道上、各个公家单位包括你们医疗站门前都贴上标语，同时注意调查搜集阶级斗争新动向，过一段时间我们要召开全体社员动员大会。"

罗有贵离开时，高部长说他给大队领导讲了，明天先到会计那儿领二十块钱买纸买笔。罗有贵心里佩服得很，高部长工作真是细致又高效，和这样的领导一起工作，进步一定快。

这个晚上罗有贵几乎整晚没睡，高部长给他的是县上转发的动态通报，主要是介绍其他几个公社和大队开展'清理阶级队伍'运动的经验。罗有贵越看越激动，原来运动可以这样触及灵魂，可以这么声势浩大，甚至要和无产阶级专政结合起来。联想到下一步庙台的运动开展起来的样子，罗有贵眼前浮现出一个个激动人心的场面。当然，罗有贵知道，自己只是一个小小的角色，大事情不是自己该考虑的，眼下首要的是把宣传工作尽快搞起来。聪明的罗有贵一边看一边把文件中的一些最新的革命口号抄下来，准备明天一早买来纸墨立刻开始书写、张贴革命标语，先把运动的声势造起来。

第二天下午，高部长从公社回来，看到庙台镇街道上平整的墙上、粮仓的墙壁上和学校的院墙上都贴上了红红绿绿的标语，上书"兴无灭资""农业学大寨""革命加拼命，拼命干革命""学大寨赶大寨"等内容，既简明又通俗，尤其是大队部门前贴的红色大幅标语："把无产阶级文化大革命进行到底!""无产阶级文化大革命万岁!"极其醒目,使整个村子一下子有了革命的气氛。推开工作组办公室,看到罗有贵还在奋笔疾书,高部长高兴得连连夸奖:"有贵,干得好!动作快,选的内容也好,工作组有了你这样的革命小将,庙台大队的政治工作一定会迎头赶上!"

得到高部长的"隆重"夸奖,罗有贵兴奋得脸膛发红,激动地说:"请高部长指导,我是从文件上选的内容,你看还缺哪方面的?"

罗有贵还能写标语,而且动作快干劲足,虽然字是差了点,横不平竖不直的,但选的标语内容十分恰当,高部长非常满意。陈山说罗林甫写得一手好字,但他那个思想要不得,字再好,政治上不可靠哪里要得?高部长又把罗有贵夸奖了一通,说:"明天我和你一起去贴标语,接下来我们还要到庙沟和其他几个村子把宣传工作搞起来。有贵啊,今后忙的时候你就住在队部,胡干部在茅坝沟蹲点不太回来,以后你工作上有什么需要就直接告诉我。"

这个晚上,高部长和罗有贵长谈至深夜,这更加激发了罗有贵的工作热情。

第二天,庙台人都看到了,高部长和罗有贵在村子小街上、大路上贴标语,高部长亲自给罗有贵打下手呢!这个贵娃子怕是要提拔喽!罗有贵热情高涨,随着高部长奔波于各小队和公社,传达文件,整理资料,忙得不亦乐乎。他看到大家与以往不同的眼光,感觉到改变命运的机会已经来到。同时,他也强烈地感觉到,心底深处那个滋生已久的念头跳了出来,跳到心坎上像要往外蹦!

这个念头在心里盘桓很久了,在工作忙的时候,对前途充满热望的时刻,尤其是眼下面临人生重大转折的时候,这个念头就更加清晰更加强烈。

罗有贵到医疗站一年多了，和于文丽朝夕相处，藏在心灵深处的那一缕爱慕之情越来越按捺不住了，对爱情的渴望越来越强烈。在罗有贵心里，这个念头既缥缈又清晰，时而觉得遥不可及，时而又觉得近在咫尺，随着对自己信心的增强，这个念头越来越强烈地揪扯着他的心。他喜欢于文丽，他想于文丽，但他不敢对于文丽说。于文丽虽然平时看起来并不高傲，对自己很随和，但她对谁都随和，对谁都是那么热情。在医疗站一年多的日子里，她有没有对自己反感过呢？好像没有，有时对自己还很热情、很亲近，但是她对徐长卿显然更热情、更亲近，那么在她心里，对我罗有贵到底有没有一点点好感呢？

离开医疗站没几天，可怜的罗有贵就被单相思折磨得魂不守舍，常常回想和于文丽一起在医疗站的日子，她那美好的身材，她的一颦一笑，她的一个眼神、一句问候的话，甚至她身上那种洁净芳香的气味，现在都成了罗有贵天天在心头过电影的资料。

自己回乡的时候，插队的北京知青几乎同时来到庙台，相处的时间不少，一起下地做活路，一起开会搞活动。一开始罗有贵就注意到了这个叫于文丽的女知青，长得细白细白，一双滴溜溜转的大眼睛，说话声音脆嘣嘣的，比广播匣子里播音员的声音都好听。起初，罗有贵只是远远地望望于文丽的背影，没敢和她说过话，没敢仔细看过她，后来几次活动时才和于文丽近距离说过几次话。他发现，于文丽并不是想象的那么高傲、那么嫌弃乡下人，谈话时她非常热情，对队里的工作也很热心。自从进了医疗站，他天天和于文丽在一起之后，对她的印象就更加深刻、更加美好了。每天都可以听到她百灵鸟般的说话声，看着她秀美灵逸的身子在眼前走来走去，甚至可以闻到她身上的雪花膏香气，罗有贵感到心里既舒坦又百爪挠心。他痴迷于文丽的一切，他喜欢她！于文丽在诊所忙的时候他总是跟在她后边殷勤地帮忙。于文丽似乎并不生气、并不反感，只是瞪他一眼，笑着说："你老跟着我干吗呀？快去干你的活吧！"

有一次，于文丽给几个病人打针走不开，让罗有贵去她宿舍帮忙把棉衣拿来。罗有贵觉得这是对他极大的信任，急忙跑去于文丽的宿舍，取上棉衣要离开时忽然回望着于文丽的床铺，于文丽的床上放着一床叠得整整齐齐的碎花铺盖，枕头上盖着一条粉色的枕巾。罗有贵的心忽然扑腾扑腾跳起来，他望了下门外，其他知青都还没回来，门外也没有人。他反身扑到于文丽的床上紧紧地抱着铺盖和枕头深深地嗅着，那是她身上的香气，是她头发上的香气，多么温馨迷人的异性的气味，那是美丽的于文丽身上特有的气味，是那种北京姑娘才有的令人神往的奇特而陌生的女性气味！罗有贵像醉了一样，深深地呼吸着，心里一遍遍喊着：文丽！文丽！直到听见外边有脚步声，才匆忙离开。回到诊所，脸还红着，心还狂跳着……

想来想去，罗有贵决定先找陈山谈一谈，让陈山帮忙牵个线。陈山这个人别看平时总是个瘟脑壳样子，做啥四平八稳的，心里的定盘星子准着嘞！远近四个村子几百户人家，谁家底子薄厚吃啥用啥，哪个勤哪个懒，他心里门儿清，别想蒙他。要说行事也算公道，公道是公道，自己的事情也不含糊。看着这个人不抢风头、不摆样子，一副蔫头巴脑的样子，但自家的事情一样不耽搁。前几年公社要选文书的时候，几个人争嘞，陈山不急不慌不争不抢地，最后却是他女子后来先得，儿子也当了兵留部队了。就这样，每一回大队换届，村民还都愿意选他。陈山在知青面前威信也很高，日常对知青总是关照有加，知青中也有一两个淘气惹事的，陈山一开口都老实了。有时某个村民与知青拌个嘴，陈山总是向着知青，说人家城里娃娃离开爹娘来咱山沟里容易吗？还和人家争高低。自己喜欢于文丽这件事情求求陈山，要是陈山肯帮自己说几句话，兴许还有一线希望，至少能知道于文丽的态度。

这天黄昏时分，高部长去公社没回来，估计陈山该吃过晚饭了，罗有贵悄悄来到陈山家，隔着院墙喊了几声。陈山打开门说："进来嘛。"罗有贵说："不了，陈支书哇，在院坝里讲几句话吧。"

"你个贵娃子有啥要紧事？"陈山出门来顺手提起门口放的两个小板凳，一个递给罗有贵，另一个自己坐下来，掏出烟荷包卷他的"土中华"。罗有贵忙拿出备下的一盒"大雁塔"给陈山取烟，陈山挥手挡了："那个，没劲，大雁塔哪比得上中华。哎，你个不抽烟的娃拿烟干啥？怕是没得好事吧？"

罗有贵满脸都是笑："看你讲的，陈支书把我选进医疗站，又让我进了工作组，对我的帮助很大哟，抽根烟算啥，我还要好好谢你哩！"说着把烟放在陈山的膝盖上。

"到了医疗站就要好好学本事，治病救人才是正事。工作组可不是我要你来的，我看你还是踏实做点正事好，你有啥屁快放。"

罗有贵瞅了下四周，没有外人，壮起胆子说："这个事情只有你能帮我，关系到我的终身大事。"

"哦？啥事体？你要是想去当公社革委会主任我可没那个本事。"

罗有贵说："我看上一个人，你帮我讲一讲。"

陈山脸色正下来："好嘛，原来是二八月猫闹春！这个事情陈伯帮你，讲，看上谁家女子了？"

罗有贵捋了捋头发，红着脸说："我讲了你不准笑话！我喜欢我们医疗站的知青，于文丽。”

“你说啥？”陈山眼睛瞪得圆圆的，“北京知青于文丽？”

“是哩。”罗有贵低下头，一只脚使劲在地上摩擦。

陈山跺着脚说：“贵娃子呀贵娃子，青天白日的，你咋红口白牙说胡话？咱们泥腿子再没文化，‘癞蛤蟆吃不上天鹅肉’总晓得吧？”

罗有贵急赤白脸地说：“陈支书，你咋这样讲？”

陈山提起板凳就往屋里走，走几步又扭过头说：“贵娃子，你有心劲求上进，陈伯不挡你，可要记住一点，咱们乡下人可不要忘了本分，不要忘了自己姓啥！”说完径自走回屋里，一边摇着头一边自言自语：“哎，疯子疯子，吃锅麻烟子。”然后哐当一声把门关了。

罗有贵傻傻地愣在院里，像被人撕破了脸皮，脸上火辣辣地疼，双腿也木了，挪了半天才走出陈山家石块垒的院子。让陈山这一顿狗血喷头地骂，刚刚鼓起信心的罗有贵像被放了气的皮球，一下子蔫了。

话虽难听，事虽伤人，但罗有贵心里并不恨陈山，他知道，如果跟自己爹说这事，肯定也是同样一番臭骂。陈山的话捅到了他心灵深处，那里藏着一个不敢触及却又时时泛起的怪物，有时大有时小，有时被他压住变小，有时会变得很大，自己会被这个怪物死死地压住。后来，他渐渐地明白了，这个怪物叫自卑！深深的沉重的自卑！在县城读中学时，这个东西就被唤醒了。一旦苏醒，它就不断膨胀，不断缠绕着自己。读书时在同学面前，回乡后在知青面前，他常常自惭形秽，为自己的寒碜、为自己的贫困、为自己的肮脏而难过。凭什么？农村人就该这样吗？山里泥腿子就永无出头之日吗？

渐渐地，罗有贵懂了，只有改变自己，让自己强大起来，才能打败那个怪物。回乡以后，他处处留心、处处努力，就是为了改变自己。到工作组以后，他看到了一线希望，增强了自信，这才鼓起勇气向陈山讲了自己的心事，没想到他罗有贵是这么不堪一击！也许，自己的想法是不大适当吧，可是平时看于文丽在他面前并不自恃高贵，似乎一点也不嫌弃他，而且，她对徐长卿的态度那么亲密，怎么，自己难道不比徐长卿强吗？徐长卿出身不好，是个二茬子男人，还拖着两个油瓶子；自己是医疗站副站长，大队和公社都有要培养的意思，现在又进了工作组，将来，哪点不比徐长卿强一百倍？

于文丽会是什么态度呢？也许，人家北京知青早晚是要回北京的，自己不要再想这癞蛤蟆吃天鹅肉的事情啦！


罗有贵受打击不小，接连几个晚上都睡不着觉，人也没精打采的。

高部长这人确实城府深，从公社回来后一眼就看出罗有贵有心事，几句话就解开了罗有贵的心锁。

高部长取出自己带的好茶叶给罗有贵泡上，亲切地说："今天不谈工作，咱们先聊会儿家常话。上次就想问你，占下媳妇了没有？"想想有贵是高中生，不兴这么说，改口道，"谈恋爱了没有？"

罗有贵摇头。

"那你心里有喜欢的人？跟我讲讲。"

罗有贵脸腾地红了。

"看来是有，告诉我是哪村姑娘，我现在可是对全大队的人都熟悉了哦，说不定还能帮你嘛。"

罗有贵脸更红了，局促不安地望着高部长："是我自己有点那个，人家不可能看上我。"

"谁说的？罗有贵条件可是不差呀，有文化，又是医疗站副站长，还是公社培养的干部，将来前途远大嘞！告诉我，看上哪个？"

罗有贵心一横，说吧！说不定高部长还能帮到自己，若是也像陈山那样狠狠地嘲笑打击自己一番也行，今后就不做这大头美梦了！

"高部长，我说了，你可不要笑话我，不要说我癞蛤蟆想吃天鹅肉啊——我在医疗站工作期间，喜欢上了知识青年于文丽。"

半晌不见高部长回答，罗有贵抬起头望他。只见高部长站起来背着手踱步，在屋里走了一圈才说："返乡知识青年爱上插队知识青年，这是很正常的呀！在黄沟公社、瓦梁公社等地，都有这样的先例，有的已经组成了革命家庭。这怎么能是癞蛤蟆想吃天鹅肉呢？你不能自卑，要对自己有信心。"

太意外了！罗有贵缓缓站起身，高部长的话使他窘迫顿消、情绪高昂，希望的火苗子在心底燃起来。

"你给我讲讲，于文丽对这个事情什么态度？平时她对你怎么样？"高部长转回身来面对着罗有贵，像个亲切的兄长一样问道。

"这个事……这个事嘛……于文丽还不知道。她是对谁都好，对我也很客气，但她对徐长卿好像更好一些，不仅仅是崇拜，甚至对他很亲热。"

"哦？徐长卿不是死了老婆，还带着两个孩子吗？"

"是啊，于文丽这个人很善良，平时对徐长卿的孩子也很照顾，有时还帮他缝补浆洗什么的，亲热得像一家人一样。"

高部长说："你要主动些，勇敢地追求于文丽，不能让她被徐长卿迷惑而耽误了青春。知识青年来咱们这儿是接受再教育的，咱们都有责任帮助教育他们。"

"帮助教育他们？"罗有贵品咂着这句话，觉得这句话一下子填补了他内心那道自卑自贱的鸿沟，让他心里立刻充满了阳光和力量。

"爱情不是别人能帮到的，要靠你自己争取，要看你小伙子有没有本事赢得人家的芳心。"

芳心！芳心这个词让罗有贵心潮澎湃，让罗有贵翻江倒海地跑开了心事。

高部长说得对，要靠自己的本事赢得姑娘的芳心，罗有贵要开始努力啦。

这以后，每当忙完工作组的事，罗有贵都抽时间回到医疗站，整理账本、收拾药材，看于文丽忙的时候就帮着抓药。有一天，徐长卿出诊去了，罗有贵一直在站里帮于文丽。病人都离开后，罗有贵说："文丽，你忙了半天了，歇歇吧。"

于文丽忙着往药斗里添药材，头也没回淡淡地说道："你不是抽调到工作组了吗，干吗还来站里？"

"怕你忙不开，我来帮帮你。"罗有贵跟在她身后说。

"不用，这些天不忙，能顾得过来。"

于文丽口气很冷淡，正好又有病人来站里，讨个没趣的罗有贵只好离开了。

傍晚时，罗有贵再次来到医疗站，他觉得是自己表述得不好，应该让于文丽明白他的心意以及他的前途。

医疗站门开着，却不见于文丽，罗有贵便去宿舍找。喊了两声没人应，罗有贵推门而入，屋里也没有人。一眼看到于文丽的床铺，看到那粉色的枕巾，看到那洁净的碎花铺盖，罗有贵的心止不住狂跳起来，血液冲上头顶。他掩上门，扑过去抱住铺盖和枕头，头拱在枕巾上疯狂地亲着嗅着……

直到门口传来脚步声，罗有贵匆忙跳下床往外走，与进来的傅国英迎头撞上。趁傅国英发愣的工夫，罗有贵说了声"我来找于文丽"，便仓皇离去。

## 2

庙台大队"清理阶级队伍"运动动员大会将召开了。高部长觉得各项工作都准备好了，带话让在茅坝沟蹲点的老胡回来着手大会组织工作，谁知老胡直到临开大会头一天下午才赶回来。来到庙台快半年，高部长是看明白了，这个胡干部跟自己不一条心，分歧越来越大，后来他感觉老胡不光是思想觉悟的问题，更是政治立场的问题，在工作上两人完全说不到一块儿。所以这半年来高部长就让老胡自己在其他几个村跑，倒也落得个心静。但是在开展运动这件事情上步调不一致，就会影响整体工作的推进，自己定下的"三个月动起来，半年赶上去"的目标就不能实现。高部长曾给县上汇报过要求撤换老胡，县上说老胡是老书记点名指派的，转业干部思想单纯，还是要多帮助他、带动他。唉，遇上这么个帮手，真是没办法。

在晚上召开工作组筹备会之前，高部长先给老胡讲了会议准备情况以及公社、县上的要求，动员大会和批斗大会放在一起，就是要加深村民对运动的认识，增加点紧迫感。

果然，听了高部长对大会内容的安排，胡干部一脸的不理解不情愿，当下就问："硬是要搞徐长卿?"

话挑明了，高部长也就明确地、斩钉截铁地说："庙台大队阶级斗争的盖子能不能揭开，就看能不能斗倒徐长卿!"

"斗倒徐长卿有啥意义？徐长卿在这一带口碑好得很，咱们在县上都听说他医术不错，治好过很多老百姓的病。现在要把他斗倒，合适吗？"

"老胡，你的政治觉悟可是有问题啊！这个地方叫庙台，二队叫庙沟，几里远的地方就是张良庙。又是庙台又是庙沟，庙小妖风大。张良庙里的张良'阴魂不散'，封建思想严重，阶级敌人深藏不露，我们来的任务就是要揭开这儿的阶级斗争盖子，把'无产阶级文化大革命'深入进行下去。"

胡干部说："高部长，我们把上级的精神带下来就行了，不一定非要整谁。"

"看看你这觉悟！这怎么叫整谁呢？你这样说话本身就犯了政治错误，今后可要注意。我已经在群众中做了调查，掌握了不少徐长卿的问题，他家出身有问题，他父亲历史说不清。表面上，徐长卿是个颇有影响的医生，实际上是当地医霸，仗着他懂点中医，勒索群众财物，欺压贫下中农，问题大着呢！"

胡干部看看高部长，知道说啥也没用，低下头："我就不参加会议了，行吧？"

"那怎么行呢？工作组成员就我们两个人，你不参加会议，让大队干部和群众怎么看？你可以不发言，就帮着管好会场秩序。"

第二天上午，经高部长细致策划动员、周密安排，庙台大队"清理阶级队伍"运动动员大会和第一次批斗会在麦场上召开。这一次大会，标志着"清理阶级队伍"运动的烈火终于烧到这个闭塞落后的山村里了。

麦场东头搭了个台子，把大队所有的椅子都搜罗来放在前两排，后面摆了十几根原木，坐下一二百号人没麻达。庙沟、茅坝沟、鸡爪沟三个生产队离大队都有二十多里地，全体社员都来的话不太可能，最后定为每个村选十个代表来参加会议，但庙台的所有成年人都要来参加会议。渐渐地，麦场乌泱泱地黑了一大片，先来的把后边占满了，后来的只好不情愿地坐前头。很久没有开过这样的大会了，年轻些的社员紧张而又好奇地瞅着上面来的两个干部；老人们大概经历过运动、见过这样的场面，神色泰然地吸着烟；有的妇女不失时机地干着手里的活，做针线、纳鞋底，不亦乐乎。

高部长双手叉腰瞅了一遍，估摸人到得差不多了。他很不满意会场的气氛，严肃地对陈山说："点名，把会场纪律搞好，马上开会！"

陈山恶声恶气地吼道："全体社员同志们，都给我竖起耳朵听着，今天是个要紧的政治会议，打不得马虎眼，谁说闲话、离开会场都要扣工分！还有各家婆娘们，马上把你们手里的针线活都收起来！下来听高部长做指示，大家鼓掌欢迎！"说完，他又迅速转成一副笑脸："高部长，人都到齐了，你指示吧。"

高部长走上台，把麦克风弯到嘴边，刚喊了声"社员同志们"，电流声轰的一响把他耳朵都要震聋了，底下一阵笑。高部长退后些继续："今天我们召开全体社员大会，是为了贯彻县革命委员会关于开展'清理阶级队伍'运动的重要精神，下来我给大家宣读文件和通报。"

文件和通报有点长，加上老麦克风长久没用了，音量忽强忽弱，声音变化多端：有时忽然没声音了，只见高部长嘴巴动，模样很滑稽；有时又是一股子电流跑马，扯出一个能把人耳朵震聋的尖啸声。社员们惊慌了一阵子也就惯了，有经验的人早就从棉袄破洞处揪一团棉花塞耳朵里，声音大小和讲啥都无所谓。妇女们停了没一袋烟工夫便忍不住"重操旧业"，个个手里都忙活起来，眼睛却时不时往台上扫着，做出一副很认真的样子。年纪大些的老伯们几袋烟吸过后开始犯困了，低下头进入了梦乡。会场角落里有个壮年汉子呼噜声比高音喇叭还要响，几个妇女不由得捂着嘴窃窃笑了起来。

台上，高部长的文件已经念完了，要宣布重大事件时，他手抓话筒眼扫会场，一字一顿地说："为了使我们大队的'清理阶级队伍'运动顺利进行，我们今天要揪出隐藏在我们大队的反革命医霸——徐长卿！"

这一回大家听得很清楚，吃惊不小，个个都抬起头看着高部长，又回过头与身边的人你看我我看你，从旁人的神情上确认了，自己没有听错，是高部长讲的，高部长讲的是要揪出"反革命"——徐长卿！婆娘们呆愣了，做针线的纳鞋底子的吃麻籽的手都停下了，瞅了一阵子高部长，还是不敢相信自己耳朵，一个个交头接耳问道："揪出哪个？徐长卿？徐医生？"

"这是搞的啥子事？徐医生看病都忙不过来，他反革命做啥子？"

"反革命分子？徐医生啥时候反革命了？这个徐医生哪，要啥子不好，咋能去反革命？"

"怕是跟那年一样，上头给的有指标，反没反都要凑够数？"

底下一片议论声。

高部长还是一字一顿地说："下来由医疗站副站长罗有贵发言，揭发徐长卿的罪行。徐长卿，你上台来接受革命群众批判斗争。"

坐在中间位置的徐长卿站起身茫然四顾。这几天他听到一些风声，也反思了自己到医疗站以来所做的事，自觉问心无愧，便没有在意。但没想到，现在突然被点名批斗，他一时真不知如何是好。正犹豫间又响起高部长的喊声："徐长卿，你还不快上台来接受批斗，你是要对抗革命运动吗？"

徐长卿只好跨上台子站在一角，低下头垂手呆立。

罗有贵从走上台子以后腿就开始发颤，眼睛不敢往下看，他能感受到下面父老乡亲们射过来的冷飕飕的目光，他没有想到，平日里瓜尿一样的乡巴佬，这会儿坐在一起形成了一股强大的力量。昨晚高部长给他做动员时他还信心十足，这会儿才知道说昧心话是多么不易。现在他已经没有退路，只好掏出发言稿念了起来。高部长加上去的话他都没敢念，只念了原稿中徐长卿不给贫下中农子弟传授看病技术、利用处方权索要贫下中农财物，还有徐长卿治病技术来路不明等内容。

这时，坐在会场前排的于文丽突然站起身，指着罗有贵说："你这是造谣！是胡说八道！徐医生什么时候索要财物了？徐医生每天都教我们治病用药的知识，谁说他不给贫下中农传授看病技术了？"

于文丽突然发问，让冷冰冰的会场一下热烈起来，但显然是向着另一个方向发展。罗有贵呆呆地望着于文丽，不知怎样才好，低头闷坐的村民们精神为之一振，都齐刷刷地瞅着于文丽，在心底为她的大胆、为她的仗义执言叫好。高部长也被这意外的插曲惊呆了，过了几分钟才站起身，严厉训斥："这是开大会，怎么可以随便讲话？"这时，别的知青又拉又劝，于文丽才气呼呼地坐下。

罗有贵哪里还念得下去，眼睛不敢往台下看，草草收尾便狼狈下台了。都已立秋天凉了，罗有贵却满头汗水，眼睛瞅着脚面三步并作两步走下台，就这也躲不开场上父老乡亲锥子样的目光，耳门子也挡不住一句句甩臭狗屎一样的议论声。

"高部长是上头来的领导，不晓得情况，贵娃子，你土生土长的庙台娃儿也不晓得青红皂白呀？"

"这娃子简直是个棒槌，二迷眼！"

批斗会成了对罗有贵的批评会，罗有贵臊得只恨没个地缝钻进去。

高部长眼看会是开不下去了，赶紧上台镇定地说："社员同志们，我们今天的大会主要是动员，动员全体社员认清'文化大革命'的形势，把我们庙台大队的'清理阶级队伍'运动轰轰烈烈地开展起来！今天是第一次批斗会，是我们拉开庙台阶级斗争的序曲，今后还会深入地进行下去。'无产阶级文化大革命'是一场触及灵魂的大会，是前所未有的一场思想大革命，广大贫下中农还不够了解，这是我们工作组工作开展得不够。对徐长卿的调查还要深入进行下去，是坏人就藏不住，大家都要绷紧阶级斗争这根弦！下来由大队革委会主任陈山同志讲话！"

陈山站起来连连摆手："不讲了，不讲了，我没得啥讲，按上级领导的指示办。"

高部长只好说："大会结束。"

庙台大队第一场批斗会冷冷清清收场。


回到宿舍，于文丽没精打采地坐在床上。傅国英说："文丽，你的华佗怎么了？为什么会这样呢？"

于文丽摇头不语。

傅国英说："还有那罗有贵，他是徐医生的徒弟，怎么能揭发自己的老师呢？"

"他纯粹是造谣诬陷！"于文丽气愤地吼道。

傅国英说："对了，罗有贵和你是怎么回事？"

"什么怎么回事？"于文丽莫名其妙，"罗有贵怎么了？"

"你让他来过咱们宿舍是吗？"

于文丽想想说："有时站里忙，让他来取过钥匙、衣服什么的，那怎么了？"

"罗有贵这个人不老实!"

"怎么,他偷东西了?"

傅国英摇摇头,附在于文丽耳边低声说了几句话。于文丽情绪陡变,红着脸从床上蹦下地,一把扯下铺盖、枕巾扔地上,然后扯开被子拆线。

傅国英吓得不知所措,一边喊着"文丽,你怎么了",一边帮于文丽拆被子。

拆了一半,于文丽忽然想起什么,打开床头放的小木箱查看,里边放着她的胸衣内裤什么的,翻腾了几下,忽然蹲在地上哭了起来。

"这个流氓!"傅国英狠狠地骂道。


时光飞逝,动员会之后,寒露、霜降、小雪等几个节气一过,就把庙台裹进了冬天。大雪这个节气对庙台特别灵,每到这一天一定会大雪纷飞,沩河水也会在这一天冻严实了。

从秋到冬这两个多月以来,高部长进入一个特别忙碌的阶段。因为,他几乎是在孤军奋战——胡干部在工作上越来越不搭调,甚至明里暗里与自己作对,故意要在这个关键时刻去最偏远的茅坝沟驻队,那就让他去吧。罗有贵前一阵回队里参加秋收,庙台这一带地方秋短冬长,秋收就像抢粮食,高部长理解。一段时间里连陈山也不见面,说是下去秋收,好像有意躲着他。高部长独自一人把工作组里里外外的事情全担了起来,白天晚上都在忙,走村入户调查研究,整理走访材料,书写工作计划,更多的时候是在思考:究竟怎样才能揭开庙台阶级斗争的盖子,让"清理阶级队伍"运动的烈火在这闭塞的山沟里熊熊燃烧起来?

刚开过批斗会那一阵子,高部长心情坏透了。一想起批斗会那冰冰凉的场面,心里就隐隐作痛,工作组第一次重要活动的失败使他陷入深深的自责中。责任完全在自己！完全是自己工作没有艺术性，才煮成一锅夹生饭！发动群众，这么重要的事情竟然被自己忽略了！那些天，高部长常常把自己关在办公室里，沮丧、气恼到极点，失败！失败！工作组多半年的努力失败了！胡干部思想落后、政治倾向有问题，跟他谈了几次没有一点长进，眼下顾不上，干脆撇开，他愿意和农民一起出工干活就干去吧。罗有贵自回队里参加秋收之后，也没回到工作组来，高部长也没有催他，一个当地土生土长的娃儿，有些事情是有点抹不开。

过了一段时间，高部长情绪才渐渐稳定下来。他开始深刻地检查、反省自己的工作方式和步骤，是自己工作开展得不好，思想工作做得不够细致，怪不得社员群众，怪不得罗有贵，完全是自己工作不扎实造成的。那么，下一步工作局面如何打开？胡干部如此冥顽不化，庙台村民思想如此落后，必须走依靠群众的路子，他决定再次到庙沟村深入开展调查研究。

从夏到秋，不，从工作组来到庙台大半年的时间里，高部长对工作的高度责任心和使命感，庙台三沟四村的村民都看到了。白天，他顶风冒雨跑各村各户，找重点村民谈话；晚上，无论是住在村民家还是回到队部，都要工作到很晚。走访对象主要是一些经徐长卿看过病的村民，比如庙沟生产队队长何长生、茅坝沟的妇女吴月莲，还有几个家里比较贫困的贫下中农。真是不调查不知道，一调查吓一跳！何长生，一个生龙活虎的壮汉，一个担任重要工作的生产队队长，活活被徐长卿治断了一条腿，成了残疾人；吴月莲，一个年轻劳动妇女，竟然被徐长卿用那样的法子治疗，眼下看起来似乎把人救活了，但两口子三天两头干仗，一个贫下中农家庭被破坏了；还有好几户村民，自己家里一贫如洗，却要把自己舍不得吃的鸡蛋呀肉呀这些好东西送给徐长卿！

鸡爪沟和茅坝沟与庙台都相距二十多里，每访一户人家都要花很大气力，谈话的局面很难打开，高部长要苦口婆心地劝说引导，才能达到目的。有时，高部长起早贪黑地跑一天连一户人家都见不上，但高部长表现出极大的耐心和毅力，不辞辛苦，不怕吃闭门羹，不怕人家摆冷脸，一遍一遍宣讲开展"清理阶级队伍"运动的重要意义，讲阶级斗争的重要性。

在茅坝沟吴月莲家，高部长三次登门，循循善诱地开导，终于让吴月莲把那件难以启齿的"恶性医疗事件"讲了出来。高部长深为吴月莲的遭遇愤慨，也为自己的工作艺术暗自得意。吴月莲的事情在几个村子都听说了，多数版本都是说徐长卿的医术多么高明，把一个濒临死亡的村妇救活了。但一说到具体怎么个救法，就很耐人寻味了，就是一些有见识的老人也说祖宗八辈也没听说过这样的医法，用擀面杖把人给救活了！高部长知道这件事情的分量，他一定要调查个清清楚楚。这件事讲的人很多，罗有贵就在场，虽然没有目睹救治的过程，但他也知道擀面杖这件事。不过，谁说了都没有用，要吴月莲本人讲出来才有轰动性的效果。

第一次到吴月莲家，问及这件事的时候，吴月莲只是捂着脸哭，她男人也不愿多讲，只是说这个事情不怪徐医生，当时是没法子。再问，就烦躁，就坐立不安，就闭口不言。第二次家访之前，高部长先到吴月莲的几个邻居家访谈了一番，听到一些新情况。

吴月莲养伤的时候男人对她很好，可是没消停多久，两口子就经常吵闹打架，吴月莲回了一阵子娘家，回来后闹得更凶了，男人隔三岔五就要打她。高部长问他们两口子的矛盾究竟是为啥，一个快嘴婆娘说：那还能为啥？吴月莲不能和男人同床，男人哪能不急？高部长是过来人，明白男人为啥急，明白他们为啥要打架。但这个事要吴月莲亲口说出来才算数，要深入开导吴月莲。可是第二次登门，吴月莲还是个哭，说不成话。第三次，高部长动员了一个能说会道的妇女一同登门，吴月莲的男人不在。高部长好一番循循善诱，一再说组织会为她撑腰，再加上那个利嘴子妇女的三言两语，终于撕开了吴月莲害羞的面皮。吴月莲痛哭失声地倒出了心中的苦水：只因她不再是个女人，不能满足男人的需要，整天挨打，有苦难言，不如当初不救她，死了都比现在好。

就这样，苦口婆心地再三动员，还让队里给了吴月莲一个月的工分补贴，吴月莲终于答应到时来现场参加批斗会。有了吴月莲这颗"炸弹"，这次批斗会高部长可以说是胸有成竹了。

回到大队部已经进入九月，高部长像一个运筹帷幄的指挥官一样，对这场战役的部署进行最后的检查完善。他再一次详细把思路捋了一遍，反复推敲，然后才用政治部公用笺一行行写下要立即着手安排的工作：

1. 要加强环境渲染，再增加标语口号环境布置，重新搭建会议台子，要增加高度，要结实。

2. 会议时间从晚上六点开始，一是不占用出工时间，不耽误促生产；二是保证时间从容。给参会人员工分补贴，以激发广大群众参加会议的积极性。

3. 加强无产阶级专政力量展示，营造会场严肃紧张气氛。要改变本村熟人抹不开面子嘻嘻哈哈当儿戏的现状，从大队抽几个武装民兵协助维持会场秩序。

4. 批斗内容不能单一，批斗一个人不行，要有不同性质、不同层面的人一同参加批斗。徐长卿是重点，其他几个地主富农要上台陪批。调查中有人反映庙台地主陈满堂家有变天账；罗有贵反映的一件事也很重要：鸡爪窝村有个懒汉，在七八月份青黄不接的时候，下地偷掰了几十穗青玉米棒子，经调查，这家人是中农成分。

5. 要狠狠打击阶级敌人嚣张气焰，要给被批斗和陪批的人挂牌子，牌子上写主要罪行，比如"反革命医霸""破坏农业学大寨"，有的写"反对文化大革命"等。

6. 这次大会，一定要把群众发动起来，激发社员群众的阶级感情，还要从细节上一条条考虑细致。标语口号宣传条幅布置要加强，使整个会场气氛严肃起来。

写完后，高部长又一条条检查，直到自己认为没有任何遗漏了才擦把脸睡下，这时已是凌晨时分了。

这一回，高部长的准备工作十分扎实。上述各项工作一一落实之后，又分头开了几个小会，对要在大会上上台发言的人，特别是吴月莲两口子，高部长进行了耐心细致的劝说和引导，还提前把他们接到大队来，管吃管住进一步做思想工作。工作组核心成员开几次会议了，对他们也需要进行教育和帮助。陈山总是这么个温暾样子怎么行呢，要给他讲清楚这次运动的重要性，激发他的革命性，给他指点方法；胡干部则需要重锤敲打一下，再这么不讲政治可就危险了。还有罗有贵，上一次批斗会对罗有贵打击很大，他放不开手脚有畏难情绪，要给他鼓劲。

前一段时间高部长下去调研时，让罗有贵暂时回医疗站上班，还要他继续观察了解徐长卿的动态和问题。可观察什么呀，徐长卿本来就不爱说话，现在更是没话说。而于文丽要么不看他拿他当空气，要么用锥子样的目光剜他一眼就再也不理他。在两双冷冰冰的眼睛下一天天过时光，真是度日如年啊！所以，高部长回到庙台传来让他马上去大队部的口信，罗有贵立刻一路小跑着来到大队部。

分别两个多月，高部长看起来更加稳健练达，一副胸有成竹的样子。上次批斗会自己表现不好，罗有贵担心高部长瞧不起他从此不再用他，现在看高部长完全没有责怪他的样子。他一进队部办公室，高部长就满面春风地对他微笑，看上去亲切和蔼。罗有贵说："高部长，上次开会我准备得不充分，表现得不好，您只管批评。另外呀，这个徐长卿平时对病人……"

高部长挥挥手说："有贵，那不是你的责任，是我的工作不细致、不扎实。这次重返庙沟、茅坝沟调研一个多月，收获真是不小啊！徐长卿问题大得很！"

罗有贵心里暗惊：自己刚才差点说徐长卿其实没啥大问题，对病人都很好，是不是轻一些处理，幸亏话还没出口。高部长心情很好，没注意到罗有贵情绪的变化，看着若有所思的罗有贵，高部长脑海里闪过一道亮光，他热切地拍着罗有贵的肩膀说："有贵，作为公社培养的苗子，你要勇敢地站在革命运动的前沿，打倒徐长卿就是对于文丽最好的帮助，也是你赢得爱情的重要一步！"说着，高部长从抽屉里取出工作计划："你先好好看看，这次调研发现很多重大线索，徐长卿问题很严重！咱们抓紧做好筹备工作，在元旦之前开好这个大会，这几天咱们把方案进一步完善细致，你着重把会场的环境、气氛、宣传工作做好。"

罗有贵急忙翻看那些材料，越看越触目惊心。

"对了，还有于文丽，你对她表白了没有？"

罗有贵摇头不语。

高部长亲切地拍着罗有贵的肩膀说："在这个关键时候，你要主动些，要帮助于文丽，让她和徐长卿划清界限，站到革命群众这一边来。这是对她最好的帮助，也是你争取爱情的开始。"

从高部长办公室出来已是深夜了，罗有贵精神亢奋地往庙台坡顶上的家里走去。村里家家户户大都已安歇，只有很少几家窗口还亮着灯火。正是数九寒冬的，他却觉得心里、脸上都是滚烫滚烫的。高部长的工作计划让他惊心动魄，而那一缕重新燃起的对爱情的渴望更是灼人。和高部长的谈话对他鼓舞太大了！起初自己心里琢磨于文丽这个事情是不敢和高部长讲的，但高部长待人亲切热情，主动问起他的个人问题，他才难为情地讲了自己的念想。心想，高部长要批评就批评吧，总比憋在心里强。人家到底是大干部，到底是政治水平高的领导，一席话就给他点明了方向，让他看到了希望。这一段时间于文丽对他冷淡，那是于文丽还不知道徐长卿的问题，不知道徐长卿将面临的严重后果。在这个关键时刻，要尽快向于文丽表白，要赶在批斗会之前，要帮助于文丽，不能让她站错队，不能让她受徐长卿的连累，同时也不能再折磨自己！这个想法从心里蹿出来以后就再也按不下去了。罗有贵拿定主意，明天就对于文丽说，不管什么结果都要说！因为，这场批斗会一开，他罗有贵也不会再在医疗站待下去了，和于文丽不能成为朋友必定会成为仇人。

　　第二天，罗有贵早早来到医疗站。刚一开门就有病人来瞧病，徐长卿和于文丽都忙着自己的事情，罗有贵说："我最近还要去忙工作组的事情，今天来把账整理一下交给你们，可能……可能最近不来站里了。"

　　徐长卿正在神情专注地给一个病人切脉，于文丽在整理针管针头什么的，谁也没有抬头看罗有贵，罗有贵像是对着空气自说自话。之后，罗有贵便一个人在外间心不在焉地做账，不时看看里屋诊室的动静。一上午来了好几个病人，徐长卿不紧不慢地一个个瞧病，于文丽处理几个打针的换药的，一上午也没停。午饭后，徐长卿背着药箱好像出诊去了，只剩下于文丽，罗有贵耐心地等待着合适的机会。终于，来换药的离开了，来看病的也走了，医疗站难得地清静下来。今天，一定要把憋在心里好久的话说出来！

罗有贵痴痴地看着于文丽，准备向她靠拢、向她表白。于文丽背向着他，正在里屋专注地清洗针头针管，夕阳的余晖从窗户照进来洒在她背上、头上，两条黑油油的辫子垂在肩头，那个穿着白大褂的身影愈发美丽！罗有贵就着茶杯里的水影照了一下，捋了捋头发，扑打扑打肩膀上、胳膊上的头皮屑，鼓起勇气轻轻向于文丽走去。

"文丽……嗯……小于呀，我想跟你说个事。"罗有贵走到于文丽身后小心翼翼地说。

有人突然在身后说话，于文丽似乎被吓着了，一转身看到罗有贵离自己这么近，一个激灵，本能地后退一步，明亮的眼睛扫向罗有贵："罗有贵，有啥事你就在那儿说。"声音还是那么脆嘣，那么坦荡，但明显冷得没有一丝温度。

"我……"罗有贵紧张地瞅瞅窗外，窗外并没有一个人影。"我"了几次之后，罗有贵终于梗起脖子说道："我想，咱们交朋友吧？"

于文丽冷冷地瞅着罗有贵："你说什么？"

"我喜欢你，我要跟你谈恋爱！"罗长贵不管不顾了，红着脸大声说出来。

静默片刻，于文丽放下针头，愤怒地盯着罗有贵，美丽的脸庞渐渐被冰雪一样冷漠的表情覆盖了，说出的话也像冰坨一样砸向罗有贵："罗有贵，你胡说什么呢？以后再也不许说这样不要脸的话！"

罗有贵的脸唰地红到了耳根，但他强装镇定地说道："还有，我必须告诉你，徐长卿问题很大，你可要注意，别受了他的连累，我是在帮助你!"

于文丽脸色煞白,锥子样的目光唰地扫向罗有贵,伸出发抖的手,指着罗有贵:"下流!滚出去!"

罗有贵看到于文丽气得全身发抖,怒火熊熊地指着大门撵他走,心里霎时冰凉,扭头冲出了医疗站。

"下流!滚出去!"罗有贵预想到结局可能不好,想过于文丽可能会生气,可能会哭,也可能会和他吵起来,但没想到她是这么厌恶他,像赶一只苍蝇一样挥手间就不再理他了。在于文丽面前,他只不过是个下流坏子,是个笑话!而一说到徐长卿,她竟然气恼成那样!想起陈山说的"癞蛤蟆想吃天鹅肉"那句话,他心里越发地痛,越发憎恨徐长卿。


## 3


1970 年 9 月 20 日,庙台大队第一场真正的批斗会如期开场。

村民们陆陆续续进入麦场时才傍晚六点多钟,天还没有完全暗下来,煤气灯哗地亮了。上年纪的人都晓得,这盏煤气灯年份不短了,以往每次开会都要耍麻缠。这一回高部长亲自盯着,硬是把它修好了,将它挂在麦场东头的电杆上,把整个麦场都照得雪白通亮。灯亮是亮,可是那个光有点怪,有点像月亮,但比月光要亮一些,比月光要阴森一些,照得人脸上白森森的。村民们你看看我,我看看你,都觉得怪怪的。

头天,高部长专门召开了大队革委会扩大会,各生产队队长都来了。高部长对参加人数、会场纪律方面,从政治高度提了要求,并把参加会议和记工分结合起来。之后高部长又给从公社抽来协助工作的几个民兵专门开了小会,给他们讲了无产阶级专政的重要性,要他们打起精神、擦亮枪、摆起势、亮出革命的威风，要让村民们从进入会场就感受到不一样的气氛。

会场还是设在麦场上，麦场的东面用木板搭起一个大台子，大得能唱戏。两旁立了几根杉木杆，挂上了大幅会标和高音喇叭，两边还竖了两杆红旗，在风中呼啦啦地飘动。台下最前面，摆了一排桌子，是供工作组、大队干部坐的，会台正面是大队部的山墙，墙上挂着大幅标语。各小队都是由队长带领着排队来的，看来记工分还是管用。庙台的人全部到齐，二队、三队的人多半都来了，离得最远的四队鸡爪沟村也来了二十来号人。麦场里放的几十根原木上面都齐齐整整地坐满了人，这样几百人的大阵仗好些年没有过了。

陈山一个队一个队地点了人数，宣布了开会纪律，然后请高部长上台讲话。

高部长看看台下黑压压的人群，心里很满意，他对这场批斗会充满了信心。他要完全地把控好会议的节奏和气氛，甚至从形式的递进、细节的展示等，都做了充分的准备。台上只放一张桌一把椅，只有主持人一人在台上，更加突出重点，更加显出主持者的权威性和庄严感。让胡干部、陈山等工作组成员都坐在下面头一排，被批斗的对象都在粮仓里由武装民兵看押着，到时才让他们"隆重"登场，使这个会有了层次感和神秘感，产生一种震慑力——对，要让所有人都能感受到一种震慑力。重点发言和揭发的人员都安排在第一排就座，不仅仅是发言时便于上台，还可以避免他们在人群中产生心理压力。

政治斗争，是要讲艺术的。高部长在党校给学员们讲课时就讲过这个话题。

今天的扩音器也很争气，没有打磕绊，没有一惊一乍的电流声。高部长从史无前例的"无产阶级文化大革命"的伟大意义讲起，然后自然地过渡到县上和公社、大队的革命形势，嗓门洪亮，抑扬顿挫，言语流畅。

麦场上的村民都睁大眼睛看着台上。高部长白森森的脸上满是倦容，眼皮有些浮肿，嗓音也沙哑了。高部长来庙台七八个月了，几条沟的村民家每一户都走遍了吧？很是能下苦的，不光是大队干部们，就是村民们也真心佩服，难怪人家当部长哩。他的口才，比罗林甫还要好。可是村民大都不明白，这样子搞到底为哪样？

讲完大好形势，高部长开始念县上的通报。这个大家能听懂，说的又是和自家门前一样的人和事，都听得很专心。第一份通报讲的是一个公社革委会委员、大队革委会主任，几年来利用职权包庇地、富、反、坏、右，政治立场不坚定；工作组进驻后，抵制"清理阶级队伍"运动，对工作组大吵大闹，拍桌打椅，拒不交代问题，态度十分恶劣；经研究决定撤销其革委会主任职务，交群众管制劳动。

坐在头排的陈山听得心里发毛，感觉到好多双眼睛盯着他后脑勺，往后扫了一眼，果然有很多道目光莫名其妙地扫向他。这个高部长，念这个干啥呢？陈山有几分不安，不由得又习惯性地像猫洗脸一样搓他那一张老脸。

第二份通报说的是一个生产队队长，只抓生产不要革命，抵制工作组，公然反对搞运动，被撤销队长职务。几个生产队队长听得都睁大了眼睛。

第三份通报就更邪门了，讲的是县上一个医生，利用职权多吃多占耍流氓，欺压贫下中农，贪污公款，被抓获归案。这个案例产生了奇特的效果，人们自然而然想到了自己门前的医生。会场上立刻鸦雀无声，仿佛突然一场霜冻把所有人都冻蔫了，只能听到一些人唑唑地倒吸凉气。

这几份通报都是高部长精心挑选的，果然收到了良好的效果。高部长正颜厉色地宣布："下来进行会议第二项议程，批斗庙台大队破坏革命运动的反革命分子和地主富农坏分子，把批斗对象押上台！"

这一声喊石破天惊！所有人都吃惊地瞪大了眼睛，随着高部长的目光向粮仓望去——全副武装的民兵正押着批斗对象向会场走来，肩上的半自动步枪寒光闪闪。他们的脚步声在会场上显得十分响亮，摇晃不定的煤气灯把他们的身影拉得很长。

四个荷枪实弹的民兵一人押一个走上会台。第一个是徐长卿，胸前挂了个大木牌，牌子上写着"反革命医霸徐长卿"。看起来木牌是青冈木做的，还很厚实，要不然不会那么重，徐长卿那么大的个子、那么结实的身板都吃不消的样子，弯腰驼背垂着头。后面是茅坝沟那个偷苞谷的中年汉子。再后面是庙台、庙沟两个地主富农分子，这两个都年纪大了，没有挂牌子，看来就是陪斗的。

高部长适时调节着会场的火候。等批斗对象站定，下面嘤嘤嗡嗡地议论了一阵，高部长才说："下来，由宣传委员、医疗站副站长罗有贵发言。"

罗有贵照着发言稿念了一通，虽然声音不洪亮，但他的揭发是有力的。作为医疗站最熟悉徐长卿的人，他讲了徐长卿三条罪状：一是不给贫下中农传授治病技术，他本身就是受害者。二是医霸作风，利用治病专长揩贫下中农油水，看病时要肉要粮食要鸡蛋。三是破坏农业学大寨，把生产队队长何长生治成残疾，迫害贫下中农吴月莲。

会场上再没有人嘤嘤嗡嗡地说闲话了，气氛愈加严肃。男人们拧起眉头严肃地望着徐长卿，女人们惊恐地交头接耳。这个时候，高部长提出了一个更叫人胆战心惊的问题："徐长卿，现在你当着广大贫下中农、革命群众的面，报一报你自己的阶级成分！"

徐长卿头垂得更低。

高部长高声说："今天就要让大家看一看，徐长卿到底是个什么样的人，他都做了些什么，我们要让他给庙台的父老乡亲说清楚。"接着对罗有贵说："罗有贵，你是医疗站的，对徐长卿最了解，你先说一下徐长卿是怎么迫害贫下中农吴月莲的！"

罗有贵在工作组会上说得头头是道，勇气十足，可是在父老乡亲面前一下子又怵了，低下头干着急说不出话。

高部长站起身，挥动着手臂："徐长卿是个大医霸、大流氓，他仗着会看病，欺压贫下中农，搜刮贫下中农的油水，有多少人家给他送鸡蛋、送肉、送粮食，大家心里都清楚。更为恶劣的是他还借行医之机耍流氓，用擀面杖戳贫下中农下身！"

全场立刻静得鸦雀无声。人们惊骇地瞪大了眼睛，望着灯影下的高部长，忽闪闪的灯光把高部长的身影映在墙上，呈现出一个巨大的怪影。有的人不相信自己的耳朵，问别人高部长说的是啥。

罗有贵为自己的怯懦而羞愧，进而转化为仇恨，抬起脚，从背后对徐长卿腿弯狠踹一脚，徐长卿当即跪倒在地；然后罗有贵用麻绳从他的颈后勒过，再从其手臂下绕过来，在他的胳膊上迅速缠绕几圈，然后将绳头交叉一系，用膝盖顶着他的脊背，把双臂并拢在后背猛力系紧绳索，徐长卿疼得惨叫起来。

会场哗然。坐在前排的于文丽发出一声惊叫要站起来，但被另两个女知青硬拉住了。

人们感到脊背上一阵寒意，这才知道运动的厉害。

紧接着，高部长走到台下亲自把吴月莲领上台，温和地说："吴月莲，你不要怕，你是三代赤贫的贫下中农，组织会给你撑腰！你来揭发徐医霸是怎样折磨你、迫害你的。"

高部长的话音一落，众人的目光唰地射到吴月莲身上。大会开始以来，气氛一直太冷、太压抑；吴月莲一上台，给了大家一个缓解紧张的突破口，妇人们开始指指点点，男人们一下子兴奋起来，有人发出哧哧的笑声。

吴月莲红着脸，吭哧了一会儿说不出话来。

"讲，不要怕。"高部长说着站了起来对大家说，"大家严肃一些，这是政治问题，谁都不许笑！"

高部长这一严肃，下面没人敢笑了，一起瞅着吴月莲。吴月莲又急又羞。看着高部长鼓励她的眼神，想着几天来高部长到她家讲的那许多话还有许下的愿，吴月莲狠下心甩甩头发大声说道："徐医霸把贫下中农不当人，拿棍子戳、戳……"

吴月莲又急得说不出话了，下面有个贫下中农问："戳，戳哪里噻？"这一声发问得了个满堂彩，全场哄笑起来。

吴月莲的男人低头冲上去拉吴月莲，要她下台："莫要丢人现眼了！"

吴月莲一甩手："你这会儿嫌我丢人了？这一年来你整天冲我发邪火，嫌我不再是个女人，那是为哪门子？"

那个坐在角落的贫下中农又一次发问："是的嘛，那是为哪门子噻？"这句话又一次引得全场男女老少大笑起来，连高部长也忍不住笑出声，想想不对，急忙板住脸。

哄笑声中，恼羞至极的吴月莲几步冲到徐长卿面前，抢起胳膊扇了他两巴掌："徐医霸，你害得我生不如死，我恨你！"

一直低着头的徐长卿慢慢抬起头看着吴月莲，像不认识似的看了许久，然后轻轻问道："你真是这么想的？"

　　吴月莲因为太激动，脸红红的，全身都颤抖着，冲着徐长卿怒气冲冲地吼道："你救我做什么？我宁愿死！"

　　徐长卿脸若死灰，垂下头一迭声地说："我有罪，我有罪！"

　　高部长指着徐长卿说："你的罪可不止这一条！你以权威自居，对贫下中农的病想治就治，不想治就不治。何长生就是被你害残疾的，现在你给大家交代，你是怎样迫害何长生的。"

　　徐长卿摇头道："我……我没有迫害他。何长生知道的，我没有。"

　　高部长专门到庙沟村何长生家动员他来参加批斗会，但何长生说啥也不肯来，口口声声说他是自找的、自己耽误的，任高部长说破天就是不肯来，最后急眼了说："你就饶了我，不要让我一个残疾人再去丢人现眼了好吧？我求你了！"高部长没法子只好作罢。现在，批斗会已经达到预期目的，高部长就不再纠缠这个话题，对社员们说："何长生是二队生产队队长，当时正在指挥移山开田工程，是因工负的伤。徐长卿故意不给他治好腿，使他再不能参加移山开田工程，以达到他破坏农业学大寨的目的！"

　　上升到政治高度，村民们确实严肃些了，没人说闲话，也没人笑了。高部长见时机成熟，振臂高呼："打倒现行反革命分子徐长卿！"

　　罗有贵和民兵们及时响应地喊起口号："打倒现行反革命分子徐长卿！"

　　"无产阶级革命路线胜利万岁！"

　　"打倒徐长卿！"

　　批斗会空前成功！徐长卿在村民中的威望终于被压下去了。

# 第五章　女贞子

（女贞子）凌冬青翠，有贞守之操，故以贞女
状之。

——《本草纲目》

## 1

时隔不久，高部长组织了第二场批斗会。这场批斗会规模更大，放在子房公社大礼堂召开，全公社五个大队有五六百人参加，庙台只组织了五十个代表来开会，二十多个知青全部参加，然后从各小队选了二十几个青壮年。高部长说这场批斗会要开好，要让全公社看看，庙台大队不落后，庙台大队的革命运动深入开展起来了，走在了全公社的前头。

没想到这场批斗会出了点岔子，给庙台大队带来了不太好的影响。

进行到吴月莲揭发批斗徐长卿这个环节时，高部长向大家介绍了吴月莲，并义愤填膺地揭发了徐长卿拿擀面杖戳贫下中农下身的罪行。外大队的贫下中农大都没听说过这件事，反响特别大，有人哄笑，有人发问，乱成一片。吴月莲显得特别激动，讲了一半就脸红气喘地说不下去，哆嗦了一阵冲到徐长卿跟前要打他耳光，但突然间自己倒下了。大家眼见她全身痉挛，抖了几下便不省人事了。

几百人的会场一下子静了，人们呆呆地望着台上，难道是反革命医霸打人了？可没看到徐长卿动手呀，他还低着头站着，好像压根儿就没看见这一幕。

　　陈山带着两个知青率先跳上台子，高部长急忙查看吴月莲的病情，只见吴月莲牙关紧闭，四肢厥冷，昏迷不醒。于文丽抱着吴月莲，不停地呼唤。陈山说："没听说她犯过羊角风啊，这是咋搞的呢？"

　　乱了一阵，高部长和陈山同时转头看着徐长卿。陈山说："快让徐长卿瞧瞧，闹出人命可不得了！"

　　高部长也想到这一点了，沉着地说："其他人都下去。徐长卿，你是医生，还不救人等什么？"

　　徐长卿一直垂着头，似乎全然不知台上发生的事情。直到高部长叫他，他才抬起头望着高部长和陈山，接着又看了看倒在地上的吴月莲。陈山上前替徐长卿取下大木牌："快看看吴月莲是咋的了，是不是犯羊角风？怎么都不出气了？"

　　徐长卿蹲下身子，细细查看于文丽怀里的吴月莲。只见吴月莲面色苍白，几乎没有呼吸，瞳孔散大，病情十分险恶。徐长卿想了一下觉得不便动手，向于文丽喊道："文丽帮我，把她放平，解开衣领，然后掐住她的合谷穴。"说罢，自己掐着吴月莲的人中穴，只眨眼的工夫就见吴月莲回过气来了。过了一阵，徐长卿又捏着吴月莲的中指，说："谁有针？快拿来。"马上有人从台下递来一根缝衣针，徐长卿接过针在她中指上扎了一下，挤出几滴血。此时，只见吴月莲全身抖了一下，缓缓睁开眼睛望着身边的人。

　　陈山松一口气，问："怎么回事，为啥会突然晕倒？是羊角风吗？"

　　徐长卿说："吴月莲没有得羊角风，她这是血压性晕厥，由于情绪高度紧张，过度换气，引起血管扩张，回心血量减少，血压下降，引发脑血流减少或中断，发生晕厥，休息下就没事了。"说完，徐长卿便兀自退到自己站的那个角落等着接受批斗。

吴月莲坐起身子木呆呆地望望陈山和于文丽，望望台下的人，渐渐地缓了过来。她男人扶起她，说了声："走，我们回家。"吴月莲点点头："回家。"高部长喊道："吴月莲你干什么？"吴月莲像是突然还魂了似的，眼睛只看着自己男人，不看高部长也不听他的喊声，一步一步往台下走。眼看要下台子时又似乎想起了什么，她反身挪到徐长卿面前，深深地鞠了一躬，然后和男人手挽手走了。二人不理会场上其他人的阻拦，径直走出会场回家了。

从此，吴月莲再也没参加过批斗会，再也没有揭发过徐长卿的罪行。奇怪的是，这两口子再也不打架了。

徐长卿被批倒，并被停止赤脚医生工作。医疗站门还开着，却没了医生。病人来了，如果是来打针抹个红药水什么的于文丽还可以应付，来瞧病的就没办法了。罗有贵已基本离开医疗站，并快要成为大队革委会副主任。

陈山曾几次找高部长："你把徐长卿这个'反革命'一批，庙台没人看病了，贫下中农去哪里看病呀？"

高部长说："有贵出身好，忙过这一段了让他接管医疗站。"

陈山苦笑道："高部长，有贵他哪里会看病？搞运动能学，看病可不是好学的。"

高部长说："不会可以学嘛！赤脚医生政治上可靠不可靠，这可是个大问题，徐长卿是富农的后代，跟咱不是一条心。他有什么了不起的？不是也没上过医科学校吗？不也是这两年才学着看病的吗？咱贫下中农的子弟咋就学不会？"

"于文丽还能打个针、抓个药什么的，有贵啥也不会。"

"于文丽？"高部长想想说，"要是能培养个女知青当赤脚医生也好，可我看这娃政治上不成熟，跟徐长卿不但不划清界限，还热乎得很，这怎么行？以后就让有贵接替长卿，学中干，干中学！"

陈山不再言语，摇着脑壳走了。


罗有贵还兼着医疗站副站长的职务，但他实在怕到医疗站来，他怕面对于文丽那锥子一样的目光。他想对于文丽解释，想告诉她这是高部长的指示，是革命的需要。可他还没张开嘴，于文丽就剜他一眼，鄙夷地吐出两个字"犹大"，然后回转身，从此再没看过他一眼。可是，在徐长卿面前，于文丽是那么温柔那么体贴。凭什么？罗有贵不比他徐长卿强吗？有时，罗有贵觉得于文丽就是做给他看的，一点也不加遮掩。自从徐长卿被打成"反革命"以后，于文丽对徐长卿反而更亲热了。徐长卿挨批斗时，于文丽替他招呼孩子，替他洗衣服，做好饭等他。徐长卿关在大队部受审查时，于文丽竟把饭送到大队部。做这些的时候，于文丽从不避讳村民和知青，有时碰见高部长，她也大大方方地说她给徐长卿送饭来了，当着众人的面高部长也无话可说。年关里竟传来于文丽要嫁给徐长卿的消息！罗有贵绝望了，他对爱的向往变成了仇恨！他恨徐长卿！

工作组又开了好几次批斗会，每次批斗会，罗有贵都愈发大胆疯狂地折磨徐长卿。

散会后，人去场空。只剩下徐长卿的时候，于文丽的身影就出现在麦场上，她默默地走上前搀起徐长卿。这个时候徐长卿不推不拒，他低着头听话地让她挽着自己的胳膊，倚靠着这个柔弱却坚强的身子，迎着寒风一步步往家走。凄冷的夜色把这一对身影拉得很长，一个魁梧一个纤俏，相依相伴着走过麦场。

很多庙台人都看到了这一幕，人们默默地看着，悄悄地议论着：这女娃娃，倒有一副侠肝义胆的男子心肠！难得，难得！

腊八这天，又开了一次大规模的批斗会，是公社在庙台开的现场会，规模空前，声势浩大，光是背枪巡逻的都十几个。公社革委会主任带着其他大队的班子成员前来参观学习，各大队的"地富反坏"都被集中到庙台批斗。

批斗会开完后，徐长卿又被带到队部审查盘问，写下春节期间在家里自觉接受改造的保证书，等到从大队部出来已是近半夜了。他踩着积雪步履蹒跚地往家走，身子似乎冻僵了，每挪一步都很吃力。他的脸上、身上被打伤的地方火烧般地疼，两条手臂因长时间的捆缚已经麻木，连抬举一下都很困难。这时，于文丽出现了，她从暗影中走出来，什么话也不说，把徐长卿的胳膊架在自己肩膀上，搀扶着他默默往前走。

虽然只隔了一个麦场，但这百来米的距离已经让于文丽耗尽气力，徐长卿似乎也一点力气都没有了，一百多斤的体重都压在她身上。进屋时，于文丽看到树后有个人影，她猜到了是谁，把徐长卿扶到炕上后，轻轻说道："你父亲来了，你们先说说话，我回去做点吃的，一会儿送来。"

徐长卿靠在炕边，瞅着门外，只听房门吱呀一声响，一个人影闪了进来。

"爹，你咋来了？"

徐青山伸手去拉灯，想了想觉得亮灯不合适，便作罢。屋里寒气袭人，灶上凌乱地扔着瓢勺碗筷，冰锅凉灶的，已经好些天没开火了，时常是文丽做点吃的送来。徐青山蹲下身抓着徐长卿的胳膊，借着月光看着他手腕上、脖颈上的血印和嘴角上的伤口，不由得老泪纵横，压低声音呜呜地哭："他们硬要我也来参会，非让我看这场面，这是拿刀戳我的心啊！"

徐长卿硬撑着站起来把父亲扶着一同坐下，轻轻说道："爹，别伤心，一点皮外伤，没啥大不了的。"

徐青山止住哭泣："儿啊，没想到凌先生说的运动真的来了，还这么厉害，这啥时是个头啊？"

"不怕，爹，不会太久的。凌先生不是说了嘛，定会有大道轮回的时候。他们没有难为你和娘吧？"

徐青山摇头道："我们一把老骨头了，他们能咋？我想不通的是，就是搞运动也不能红口白牙冤枉人呀，你给吴月莲治病有啥错？"

徐长卿说："你想想凌先生背了多大的冤？咱们小老百姓只能忍着挨着，总有到头的那一天。只是苦了你和娘，这么大年纪了，我不能照顾你们，还要你们带地黄和地锦，你们可要注意身体啊，日子周转不过来的时候，找邻居先借点。这个运动不会太久，胡干部对我说了，他向公社、县上反映了，县上也有领导不同意这么搞。"

徐青山用衣袖擦擦脸上的泪水，从衣兜里掏出一个玻璃瓶子打开盖，一股浓郁的当归味弥漫开来："快喝几口！你娘熬的当归红枣蜂蜜水，你这一阵饭也是有一顿没一顿的，自己要当心身体。"

徐长卿捧起带着父亲体温的水瓶咕咚咕咚灌了几大口，往窗外一看，夜色已深，知道父亲还要在寒风中赶二十里路回家，就说："你快走吧。又要赶夜路了。地黄和地锦这一阵就不上学了，不能让他们看到我这个样子，过一阵就要过年了，我也就回去了。"

徐青山默然起身，从门缝里向外看了看，轻轻说了声"我走了"，便出门消失在夜色中。徐长卿趴在窗上看着父亲有些佝偻的背影渐渐远去，感觉浑身的力气消失殆尽，便趴在炕角上昏昏睡去。

"长卿！长卿！"

温柔的呼唤声仿佛从很远的地方传来，是那么亲切、那么熟悉。那清亮悦耳的声音仿佛一泓清泉从心头缓缓流过，轻轻地抚慰着他麻木的心灵和肢体的创伤，疼痛渐渐消失。此时的徐长卿不再是那个坚强伟岸的大丈夫，而是一个需要安慰、需要关照的受伤者。他醒了，但没有睁开眼睛，无声地流下泪水。

"怎么了？是伤口疼吗？是冷吗？是饿了吗？"于文丽第一次看见这个高大魁梧的汉子流泪，心疼地扶起他来，把他的头抱在怀里，为他擦去泪水，轻轻说道："长卿，我们结婚吧！"

徐长卿惊讶地撑起身子，连连摆手："不能不能！人生大事可不能一时冲动，你不能这么想。"

"不是冲动。"于文丽板着脸说，"现在党号召知识青年扎根农村，接受贫下中农再教育，我要嫁给你，做一个庙台的农民，这有什么不对吗？除非你不喜欢我！"

徐长卿张口结舌："我不是……你是大城市的，又那么漂亮，我哪里配喜欢你！"

于文丽一笑："好，只要不是不喜欢我就好，我是真的喜欢你。在跟着你跑进山里村民家给他们看病的时候，在你给吴月莲治病的时候，在你一点点教我认识中草药的时候，我就喜欢上了你。你的心像金子一样，在北京我也没见过你这么好的医生。以前我不敢说，现在是你倒霉的时候，正需要人照顾的时候，我不管那么多了！徐大夫，长卿，我们结婚吧!"

徐长卿挥着两只大手："不行不行! 文丽,我谢谢你对我的好意,你不要为我毁了自己,你千万要想清楚! 你快走吧,这么晚了,别让人说闲话。"

"就是怕人说闲话我才要结婚,结了婚就再也没人说闲话啦!"于文丽眼里含着泪,"我再问你一遍,你喜不喜欢我?"

徐长卿无法回答,默默地注视着于文丽:自从自己受迫害以来,她也明显消瘦了,她那原本单纯的总是带着笑意的脸此刻变得凝重而严肃。她的胸脯在起伏,浑身的血液在奔腾,她紧紧地咬着嘴唇,火焰般的目光一动不动地投向他,那炽热的目光使他无法再保持平日里那种兄长式的庄重和稳健,他第一次显得手足无措了。

"文丽,你真的不值得啊! 我出身不好,现在又被批斗,这样会毁了你一生!"

"好,你没有正面回答我的问题,说明你是喜欢我的,其他的不要你管,我不信这种黑白颠倒的日子能持续长久,我不信高部长能一手遮天。现在只是他说你是反革命,又不是公安局宣判的。我过几天去公社知青办,回来后我们办结婚手续。"

徐长卿凝望着面前这张秀丽的面孔,望着这个固执勇敢的北京姑娘,再也说不出什么了,但心中的不安却无法消解。无端地被批斗、折磨,徐长卿已经渐渐疲顿了,他心中常常默念着凌先生的话:这一切都会过去,庙台、庙沟、徐家都会有风清日朗的那一天。但一想到于文丽,他心里就充满了歉疚和不安。于文丽这份深情他怎么能不明白,怎么能不知道呢? 如果说在灾难降临之前,于文丽对他的种种超出常人的关爱和体贴可以理解为同事朋友之间的情谊,而徐长卿遭难后于文丽的表现就明显地超出了那种范畴，而且，那不是同情，是一次次向他表露的爱意。然而，这怎么可能呢？自己和这个北京姑娘之间有多么大的差距，有多么深的鸿沟！他时时提醒着自己，处处保持距离。起初，当于文丽要给他喂饭、要给他擦脸上身上的血水时，他总是冷冷地拒绝；当于文丽当着村民的面要搀扶他时，他甚至甩手而去。而入冬以来，深重的苦难耗尽了他的体能，摧毁了他的意志，他没有力量、没有勇气再拒绝这份支撑他活下去的温情，他感觉到自己和于文丽的心贴得更紧了。现在，她竟然不顾一切地要嫁给他，可是他怎能受得起这份惊天地泣鬼神的大爱呢？

徐长卿再一次推开于文丽："文丽，听我说，你不要为我想得太多！这个运动很快就会过去的，今后我当不当医生都一样过，我就是这片土地上的一块石头、一棵草，他们能把我咋样？你可不能误了自己的前程，你将来还要回到你的首都，你的路还长着呢！"

于文丽说："是啊徐医生，我今后也是想做这里的一块石头、一棵草。我要跟你学一辈子中医，今后也要当个好医生。"

徐长卿连连摆手："不行！文丽，我以后不是医生了，也不能给人看病了，你可不要在这儿耽误了自己。"

于文丽一副不想再谈这个话题的表情："不会的，你的医术这么好，将来肯定是个特别特别好的医生。好了，快来吃点饭吧，还热着呢。"

徐长卿打起精神坐到饭桌旁，端着大陶碗埋头吃起来。于文丽坐在他对面，托着腮静静地注视着这张轮廓分明的四方大脸，尽管有几处伤痕，尽管消瘦无血色，尽管忧郁深沉，但依然是那么英气凛凛。

对徐长卿的这种情愫是从什么时候开始的呢？

在知青队伍中，于文丽是比较漂亮的一个。她看似柔弱，性格却很刚强，对于爱情一直是保守的、理智的。当身边的几个女知青和其他小队的甚至外公社的男知青相继开始谈恋爱时，她丝毫不为所动。曾有外大队的一个据说是高干子弟的男知青来找过她，还托人带话，向她表达爱意，于文丽明明白白地表示自己在插队期间不打算找男朋友。她也确实是这样做的，一方面没有打动她的人，另一方面心里清楚她早晚是要离开这个地方的。但她没想到来医疗站的这近两年时间，内心竟然会产生爱情的悸动，那份平静一去不复返了；更没想到，在徐长卿遭受磨难的寒冷冬季里，这份感情越来越强烈，越来越坚定。

临过年这一段时间，徐长卿被下放到学大寨工地改造，时不时还要到大队部汇报思想。这天他从工地回来后，又让高部长叫去谈了一阵子话，回到家已经晚上十点多了。徐长卿终于撑不住了，他那高大的身躯像没有了筋骨，顺着床边软软地倒了下去。他不想再挣扎，就靠在炕边垂下头，动也不想动。

他感到饥饿。中午在工地上吃了一个馍，喝了一碗寡淡的白菜汤，下工回来后没啥胃口，也没想着做饭吃。

他感到劳累。他停医几个月后，刚开始在医疗站院子里切、晒中药材，元旦后高部长说要在劳动中改造，要求他每天到学大寨工地上参加劳动，每天有指定的土方量，完不成就是对抗运动，就是新的罪行。

他感到寒冷。几天都没有烧炕了，屋里冷气森森。渐渐地，困意上来，徐长卿昏昏然正想睡去，门被推开了。

"你咋样了？"进来的是于文丽，看到徐长卿坐在地上，蜷着身子无声无息，她吓了一跳，把徐长卿扶到椅子上坐下，打开带来的一个小陶罐："快，趁热吃。苞谷糁子，我们知青组也没有细粮了，我炒的洋芋丝，香着呢！"

徐长卿望望于文丽，点点头，一句话也没说，听话地端碗吃起来。

于文丽说："我昨天去公社知青办问了，他们同意我们结婚，大队的证明也开了，过几天咱们去登记结婚。"

徐长卿手一抖，呆呆地望着于文丽。他一句话也说不出来了，这个话题已经说过很多很多次了，于文丽一次次提出要和他结婚，他一次次坚决而无情地拒绝，一次次陈述拒绝的理由，一次次决绝地劝说，都没有用。于文丽这样一个柔弱的北京女孩却如此刚强、如此执着，他心中那道坚固的堤坝坍塌了。他呆呆地望着于文丽："我是个被批斗的反革命，是个二茬子男人，有两个娃儿要养，会连累你的。"

"知道啊，我会对他们好的。"于文丽脸红了。后妈怎么当，她还不知道，完全不知道。

"要让你受委屈的。"徐长卿自己倒像受了委屈似的，眼泪哗地流了下来。过了许久，他才缓缓睁开眼睛看着于文丽，终于张开长长的双臂，把她紧紧地抱住了！

于文丽把头埋在徐长卿胸前，双手在他那粗糙的脸膛上轻轻抚过，他双眼流着泪水，濡湿了于文丽的手。于文丽深情地说："让我们一起抵御这严冬的寒冷吧。这一切都会过去的，你说过，行善事者必有善报。"然后，她仰起头，微微开启嘴唇，闭上了眼睛……


年，又来了。

对于插队知青来说，一年一度的春节是他们回家探亲的假期，是和亲友一起的狂欢季。每到腊月中旬，各队知青都约好同伴，到县城住一晚，买上火车票，一天一夜就可以回到北京，回到亲人的身边。在最冷的季节里，他们在家里可待将近一个月的时间。

从医疗站回来后，于文丽和傅国英裹着棉衣坐在床上，冷得伸不出手，也不想做饭吃。

"文丽，你回不回？再有一个多星期就是年三十了，你还确定不下来？"

于文丽摇头说："我不回了。国英，你快回家过年吧，别等我了。"

傅国英："那我也不回了。"

"那怎么行？你还是回吧，明天我送你去县上买票。"

"我不能回。你看你批斗会后成啥样了，脸都小了一圈儿！你为了他连家都不回了，过两天他也该回家过年了，就剩下你自己，这么冷的天你咋办呢？"

"我听说工作组的人过两天才离开，他们走了徐医生才能回庙沟。这一冬了，不许他给人看病，只准干医疗站的杂活，还要去工地上下苦，也不许回家，还要写检查。他的两个儿子回庙沟了，只剩下他独自一人，饭也是有一顿没一顿的，人都瘦成皮包骨了。"

"你说他们怎么能这样对待徐医生呢？这个高部长为啥要这样？还有那个罗有贵，还是你们医疗站的同事，他咋那么狠毒？"

"不要提他！"

看着于文丽柳眉倒竖的样子，傅国英说："不说他，咱说说你的华佗呗。文丽呀，我发现你是真的喜欢他了，难道你真的要在这深山沟里过一辈子？"

"过一辈子就过一辈子，有啥不行的？"

傅国英扶着眼镜瞪大眼睛望着于文丽："天哪，你真的……你想好了？"

于文丽把傅国英拉进被窝搂着她的脖子："看你急的！不过我真的想好啦。你不要隔着眼镜看他，他可不是个普通的山乡里的农民，他值得我守候，值得我留在这天高地远的山沟里。"

"这可怎么办呀？你为了你的华佗不要家、不过年，害得我也有家不能回。天哪，我比窦娥还冤呀！"

"好，那让我来给窦娥申申冤吧。"于文丽说着把手伸进傅国英腋窝里挠了几下，傅国英笑不成声地求饶。

两人疯了一阵，感觉不那么冷了，便静静地躺着说话。傅国英问："你说咱中国人为啥要过年？这过年是怎么兴起来的？"

"要说过年，还真是从大山深处兴起的。我听长卿讲过，说是古时候有一种叫'夕'的怪兽，住在深山密林中，长相可怕，生性凶残，专吃世间各种动物，一天换一种口味，从小动物一直吃到大活人，人们都害怕自己被'夕'吃掉。后来，人们了解到，'夕'是每隔三百六十五天窜到人住的地方尝一次鲜，但它不能见光，只能在天黑以后出来，一听到鸡鸣便急忙返回山林中。后来人们算准了'夕'来的日子是一年中最后的一夜，这一夜便是可怕的'年关'。每到这天晚上，家家户户都提前做好晚饭，熄火净灶，把鸡圈牛栏全部拴牢，把宅院的前后门都封住，躲在屋里吃'年夜饭'。年夜饭要丰盛，万一'夕'来了，给它好饭吃就不吃人了。也不知'夕'到底什么时候来，所以家家都不敢睡觉，全家人坐在一起说话壮胆，这就是为什么过除夕要熬年守岁。这就是过年的来历。"

傅国英往于文丽跟前挤挤："原来过年还有这么好玩的传说。其实哪有'夕'那样的怪物呀，是大人编出来吓小孩子的吧?"

"有，长卿就遇上'夕'了，他一不小心就会被吃掉!"说着，于文丽突然从床上跳下地，"我来做饭，我们既然不回去过年了，就要做好过日子的打算。"

"你是给人家华佗做的，有我啥事呀?"

"再说就真没你的饭啦!"

熬得黏稠的黄灿灿的苞谷糁子，随着腾腾热气散发出香味。开锅后放适当的碱面，先大火后文火，直到表面浮出一层清亮的苞谷油，这样的苞谷糁子才好吃，这是于文丽跟徐长卿学的。回家的知青把剩下的一些菜蔬都拿给她们。于文丽做了一大碗白菜炖土豆，用瓦罐装好苞谷糁，把菜分出一半装在饭盒里，又给傅国英盛好饭，说:"你先吃，我一会儿回来。"

傅国英撇着嘴:"又扔下我一个人，重色轻友。"

于文丽夹起一筷子菜塞进傅国英嘴里:"香不香? 陈支书听说咱们要在这儿过年，给送来一罐大油，这就是用大油做的。"

傅国英嘴里呜呜地说:"香，香!"

于文丽说:"我不信堵不住你的嘴!"说完把陶罐和装菜的饭盒用棉衣包起来抱着，向徐长卿的宿舍走去。


和徐长卿朝夕相处快两年了，但真正产生好感进而有了爱意是什么时候呢? 于文丽也说不清。此前，刚认识徐长卿不久时，于文丽就感觉心中常常涌出一种连她自己也理不清楚的复杂情绪。她吃惊，在这偏僻的深山沟里，竟然还有这么优秀的男人! 他长相英俊，性格内向，两道粗粗的大刀眉散发出男人的魅力，一双细长的眼睛沉稳深邃，智慧的光芒中又常有忧郁的波澜。近两年来，她一天天和他一起接待诊治病人，一次次和他出诊，亲眼看到、感受到，他医术高超，心细如发，对任何一个患者都倾注了全部的爱心，似乎每一个病人都是他的亲人，他总是竭尽所能医治好病人才心安。

在于文丽的印象中，从中学到下乡，在她成年以后的生活里，从没有一个男人像徐长卿这样使她有一种亲近感、信任感和仰慕感，一想到他，她的心中就会泛起一缕炽热的情思。从心灵方面说，从没有一个人像他那样和自己如此亲近。他虽是个深山里的农民，还带着两个半大孩子，却有着一颗高贵的心灵。他不仅仅有广博的中医药知识和高超的医术，还是个高中生，也看过很多文学著作，在高兴的时候也很有幽默感。他虽然是个地地道道的农民，但他不甘沉沦，一个人带着两个孩子的生活该是多么艰难，但他还是安排得井井有条，从不像那些普通村民那样脏兮兮的，离得老远就能闻到一股炕烟汗腥气。一起出诊的日子里，于文丽更加近距离地感受到他对生命、对村民博大的爱心，感受到他大医济世的情怀。渐渐地，她对他的感觉有了变化，而且，这种情愫一天天加深，以至于心里时刻都想着他，想着他那伟岸的身材、黝黑而光洁的脸庞、直挺的鼻梁、一双长而有力的手臂，以及身上永远散发不尽的草药清香。

如果说这在以前只是于文丽内心深处的萌动，她还有些犹豫的话，那么自徐长卿被批斗开始，这份情意越发明晰坚定了。当罗有贵在高部长的煽动下疯狂折磨徐长卿时，她顾不得许多了，不再羞涩，不再矜持。她知道，心灵深处那份情愫不仅仅是同情，不仅仅是正义感，而是爱情。她是真心喜欢徐长卿的，她不再犹豫，她要和徐长卿恋爱结婚，组成一个家庭，帮他带好两个儿子，帮他渡过难关，以后和他一起治病救人……

屋里冷冰冰的，徐长卿昏沉沉地躺在炕上。于文丽一边麻利地取出还热乎乎的饭菜，一边用命令的口吻说："徐大夫，立刻起来吃饭。"

徐长卿听话地下了炕，在于文丽灼灼目光下坐在饭桌旁。于文丽把陶罐里的苞谷糁子倒在一大一小两个碗里，把大碗推到徐长卿面前，自己拿起小碗便埋下头吃饭。

吃完一大碗苞谷糁子，徐长卿感觉身上从里到外热乎起来，气力也恢复了，这才注意到，于文丽静静地看着他，脸上溢满了甜蜜的笑容。

"谢谢，文丽，谢谢你。"

徐长卿想说的是谢谢于文丽对他的爱，可他说不出口。他缓缓地伸出手，四只手紧紧地叠在一起。爱情，来得这么突然，还是在这样一个暗无天日的时刻，在他人生的最低谷，在他备受磨难的时候。

妻子离世多年了，今后的路怎么走？沉重的生活使他没有气力考虑这些。初到医疗站那一年多，日子一天天好起来，父母亲也曾托人给他物色一个合适的女子续个弦，但他一心在习医治病上，没有对这件事上心，更没有想到会和于文丽相爱。对于文丽的真情，他既珍惜又恐慌。理智告诉他，这是绝不可能的！人家一个漂亮的北京女孩一时冲动，他可不能害了人家。他常常心情复杂地不自然地端详面前的文丽，与她尽量地保持着距离，她却坦荡快乐地陪伴在他身边。她的单纯、她的执着，以及她身上散发出来的美好而坚强的女性气息，强烈地感染着他，吸引着他，打动了他的心。一次次批斗的摧残，一次次人格上的侮辱，徐长卿都挺过来了；于文丽一次次诚挚地表白，他也曾一次次拒绝。他是个理智的人，是一个非常自律的人，是一个非常有担当的人。但在这个冬天，于文丽的大义和真情一点一点击穿了他坚硬的外壳，他终于被她的真情深深地感动了。

# 2

于文丽要嫁给徐长卿，这消息在庙台三沟四村迅速传播开来。虽然好些人都听到过一点风声，但那终究只是传闻。而这一次有人亲眼看见于文丽到大队开了证明，说是很快要去找公社办手续，公社要是不同意她就找县上知青办，一定要和徐长卿结婚。这个漂亮的北京姑娘看上去柔弱文气，咋还有这么一股子倔劲呢？

于文丽到大队开证明时，有人说是不是要向高部长请示，徐长卿现在是个特殊人物。一向蔫耷耷的陈山这一回变得硬朗刚气："婚姻自由，谁也无权干涉。高部长是管大事的，这些小事有啥说的？徐长卿又不是定性的'反革命'，有啥问题？"

于文丽拿着证明从大队到公社，一口脆生生的北京话说得各级干部哑口无言。高部长听到这个消息后，更是惊得目瞪口呆，指着于文丽，半晌蹦出几个字："你……你糊涂啊！"

于文丽瞪他一眼："有人比我还糊涂，颠倒是非，善恶不分，整人坑人，也不怕将来遭报应！"

"你！"高部长怒不可遏。

"你什么你？婚姻自由，手续合法，你无权干涉！"

于文丽一扭头走了，把高部长气得腮帮子一鼓一鼓的，像蛤蟆一样。

如果说庙台的男人们只是默默地对于文丽心存敬意，而大姑娘小媳妇们则完全不掩饰对于文丽的追捧和爱戴。今天这个接于文丽到家吃饭，明天那个来给送吃的，有时三三两两地结伴到医疗站给于文丽帮忙，亲热得不得了。

在庙台大队四个小队插队的北京女知青共有十一个，于文丽可以说是最漂亮的，常见她穿一套十分合体的军装，军装上衣卡着腰身，越发显得她苗条多姿。当地年轻姑娘媳妇们都悄悄地关注于文丽的衣着和举止，北京话学不来，但可以模仿她的语气和习惯。冬天冷，于文丽戴一个雪白的口罩，又怕别人说自己娇气，于是更多的时候把口罩掩在衣服里，领口上露出一段白线绳。谁承想竟成了一种美、一种时尚！从没戴过口罩的村姑们也千方百计从县上买来口罩，哪怕掩在衣服里，也要露出一段白线绳，有的还大胆地露出口罩一角。原来，在封闭压抑的特殊年代，连那一线白色都成了女性美的流露。总之，于文丽的一切都成为女人们向往的美和时尚。这样一个美丽出众的北京知青要嫁给徐长卿这个二茬子男人，况且徐长卿还正在被批斗，这太不可思议了！这女子咋就这么有胆识呢？这个消息咋能不震撼所有庙台人呢？

　　这个冬天似乎特别漫长，惊蛰都过去好些天了，对面山崖的阴处还有一团团未融尽的残雪，沔河拐角太阳照不到的地方还残留着一些蒙着灰尘的脏兮兮的冰溜子。但春天的脚步是挡不住的，庙台的土台上，再往后的山坡上，一片片桃花已经开得红艳艳的了。国道两边，鹅黄嫩绿的青草芽子，从一丛丛头年的枯秆中冒了出来，带给人一种盎然的生机，在徐长卿眼里那都是治病救人的草药呢。道路旁绿意萌萌的柳行间，不时传来燕子的呢喃声。

　　这是1971年春季，医疗站成立三周年那天，于文丽插队四周年了。在这个具有纪念意义的日子里，徐长卿和于文丽在庙台大队部举行了婚礼。

　　本来徐长卿和于文丽打算就在于文丽的宿舍办一下就行了。和于文丽同宿舍的傅国英搬出去了，屋子粉刷了一遍，就是他们的新房。但胡干部和陈山坚持要在大队部给他们办婚礼。胡干部是专门从公社水库工地上赶回来的，他悄悄告诉陈山，高部长去县上开会了，一个礼拜后才回来。陈山明白，于是叫来罗林甫把大队办公室收拾一番，写了对联、贴了喜字，像模像样地给徐长卿和于文丽办了婚礼。

尽管这是一场非常时期的婚礼，许多村民还是来了，陈山和罗林甫主持了婚礼，胡干部当证婚人。虽不能办酒席，但各家凑来的花生、瓜子也能让大家嘴不闲着，前来参加婚礼的大人小孩，每人都吃到了一块蜡纸包的水果糖。庙台好多乡邻送来了贺礼，暖水瓶、脸盆、鸡蛋、红糖、核桃等堆了满满一桌，几个跟于文丽要好的姑娘媳妇还凑份子缝了一床大红缎子被，往桌子中间一摆，蛮喜庆的，把一对新人的脸都映红了。


开春的时候，高部长又主持召开了批斗会。不同以往的是，于文丽随着徐长卿一同走上台。

高部长说："于文丽，现在是批斗徐长卿，你站在台上干什么？"

于文丽说："你说徐长卿是反革命，那我就是反革命家属，应该和他一起接受批斗啊。"

村民们笑了起来。

批斗会一次比一次冷场，就那么几件事说来说去，村民们也从最初的紧张恐惧中平静下来，心中都明镜似的，谁都不再说话。任高部长怎样动员，大家都抱定一个态度：徐庶进曹营——一言不发。后来于文丽这么一上台，会更是开不下去了。

# 3

胡干部和高部长工作上的分歧越来越大，矛盾渐渐公开化，在一起的时间也越来越少了。高部长在公社和大队之间往返搞运动，胡干部就到庙沟、茅坝沟这些地方蹲点、劳动，只是召开大会时在高部长的一再催促下才回到庙台待那么几天。

批斗会之后，胡干部和高部长之间的裂痕更深。高部长知道他们之间的鸿沟不是谈话能解决的，一时他还顾不上回县上汇报这个问题，便由着胡干部到各小队去蹲点。他自己在庙台大队抓工作，有了罗有贵以后，更觉得工作得心应手没有牵绊了。

胡干部也乐得远离这个家伙，天天和村民一同出工干活，一同在田间地头谝闲传。庙沟的男女老少都愿意跟他掏心窝子说话，他听到的越多，心里越是放不下。山里人厚道，胡干部是在村里各家轮流吃派饭，不管轮到谁家，这家人都会细心地把这两天的饭做好。说到批斗徐长卿的事情，村民们个个都有看法。年长的说整好人是缺德、是害人，要不得嘞。春节后听说高部长被抽回县党校学习，说是学习，实际是停他的工作，县上对他大规模搞批斗有看法。这个时候胡干部回到庙台，他决定要做一件事，要把徐长卿的真实情况反映给县上，要把庙台百姓的真心话传给县上。

正月里，派饭轮到何长生家的时候，胡干部挑明了这个话头。他知道，何长生虽然不是队长了，但在队里威望不减，这个人正派耿直，而且现任队长是他侄儿。胡干部先从何长生的腿伤说起，何长生现在只能勉强挪动一条腿在家里走几步，出不了门。说起徐长卿没有治好他的腿，何长生态度明确地说："这个嘛一点也不怪人家徐医生，是我自己不争气。"当胡干部流露出要向县上反映徐长卿的冤案时，何长生一点也不含糊，坚决支持。

此前，胡干部曾经给县上寄过一回信，但没有回音。这次他要搞一个百人签名的担保书，亲自往县上跑一趟。担保书很快签好了，连吴月莲的男人都签了名，证明徐长卿不是耍流氓，是为了救吴月莲的命。其实从大队到村里，谁不知道徐长卿的为人呢？就连县政府里都有好几个人，或是自己或是亲属，请徐长卿看过病，对徐长卿都有很好的印象。

从冬到春，胡干部的奔波辛劳终于有了效果。听说老县委书记恢复工作以后，立刻做了批示，并在工作会上念了村民联名写的担保书，激愤地拍着桌子说："说徐长卿是反革命简直是奇谈怪论！徐长卿医好了多少人？不光是庙台一带的贫下中农，连县城也有不少人找他看过病，那分明是为革命群众服务，怎么就成了反革命？徐长卿不仅不是反革命，而且是庙台大队的财富，是全县的财富，要给予保护！"

开春后，公社也终于下了通知，说徐长卿有医霸行为，但不是反革命，可以有控制地使用，发挥其特长，为贫下中农服务，可以在医疗站行医，允许自由活动。

这之后，医疗站又恢复了常态，徐长卿恢复了赤脚医生职务，村民们又可以来医疗站看病了。

初春的一天下午，在茅坝沟蹲点的胡干部从地里回到住处。房东罗嫂给他端上一碗热腾腾的搅团，胡干部喜巴巴地抽着鼻子说："好香啊！"刚端起碗，忽然看见高部长大步流星地走进院里。

"高部长，你回来了。一块儿吃？"

高部长摆摆手，一脸严肃地说："来，老胡，咱们到外面说话。"

胡干部放下饭碗，紧跟着高部长往门外走，边走边说："你学习结束了？回来了就好。"

在门外小路边，高部长停下脚步，回转身望着胡干部。他披着那件浅灰色的干部服，眼睛亮闪闪地盯着胡干部，完全没有和胡干部拉家常的意思。

胡干部心知事情不好，高部长总是在有重大运动或是上级有什么新的精神的时候才有这种神态。果然，高部长掏出一纸公文递给胡干部，转过脸痛心疾首地说："老胡啊，你太糊涂！竟然从政治上的糊涂发展到与我作对、与革命作对！庙台大队的运动刚刚揭开盖子，你不配合我的工作，还到县上替徐长卿翻案，和有右派思想的老书记合谋，搅浑水、捂盖子，犯了严重的政治错误！现在老书记已经彻底下台了，新上任的革委会刘主任对工作组做出新的指示和安排。咱们共事一年多了，我知道你这个人脑子简单，心地不是很坏。我不想让你这一跟头摔得太重，我跟县上说了，给你个改造的机会，只要你认真检查自己的错误，还会恢复你的干部职务。但是，过一阵开批斗会，你要和徐长卿一同上台，接受群众的批斗，会后你就去冬沟水库工地改造，改造期间写好思想汇报交给我。"

胡干部脑袋里嗡的一声，张嘴欲说什么，却见高部长已经走远了。自己上批斗会倒无所谓，去水库工地也不怕，离开这个斗争狂倒好，只是徐长卿，刚刚摘掉反革命帽子，又要挨整了。刚刚恢复工作的老书记又被停职了，看来这场倒春寒来得猛啊！

胡干部到水库工地上还不到一个月，思想没改造好，却被一场意外的灾祸把身体改造成了几截子。

早春三月，正是水利工地开展大会战的时候，工地上数百人目睹了胡干部出事的过程。胡干部在部队是个当营长的，带领队伍冲锋惯了，在工地上忘了自己是改造对象，还以为自己是营长，哪里有硬仗就带领硬汉们冲向哪里。那天胡干部领着十几个壮汉搬移一块几吨重的巨石，突然绳索断了，当时胡干部正在用肩顶着巨石，只听人们一声惊呼，胡干部连同巨石一同滚下了十几米高的山坡。

完了！这么大的石头，这么高的坡，只怕有几个胡干部也成了肉饼了，当时在场的人都是这么想的。后来有人喊了起来："胡干部还在动！胡干部还活着！"大家这才围上去把胡干部从石头下面拉出来。

胡干部被抬回庙台医疗站时天已经黑了，他一直在昏迷中。这时的徐长卿是看管改造对象，不能给人看病，听于文丽说抬来一个病人时，徐长卿无言地摆摆手。于文丽走到他面前悄悄说道："是胡干部，水库工地的村民抬回来的，说是在工地被石头砸伤的，好像快死了……"徐长卿一惊，马上随于文丽来到医疗站。

胡干部是几个村民用一扇门板抬来的，连门板放在手术床上后，村民们就走了，反正人已经奄奄一息了，放在这里有医疗站处理，就与他们无关了。胡干部身上盖着他那件军大衣，悄无声息。徐长卿探了探胡干部的鼻息，揭开军大衣，在他腰上和腿上按了按，听见碎骨咔咔作响，徐长卿脸上不由得露出惊异之色，再仔细按过一遍，眉头皱得更紧了。

"文丽呀，今晚你要和我一同下苦啦，胡干部下半身的骨头差不多都碎了，不知救不救得活，我们两个得拼一晚上啦！"

于文丽神色严峻地点头道："你放心，长卿，我做好一切配合工作，咱们一定要救活胡干部！"

徐长卿一边脱去外衣，穿上白大褂，一边把窗帘拉上，开始吩咐："先把火盆烧旺，准备热水清洗外伤，把几副接骨夹板都拿来。"言毕，开始仔细检查胡干部身上到底有几处伤，骨头到底断了几处。

于文丽剪开胡干部的长裤，触目惊心的伤口完全呈现在眼前：大腿中部开放性骨折，伤处皮肉翻起，臀部也是青紫一片，肉屑、碎石末、泥土混在一起。于文丽竭力让自己双手不颤抖，用热水轻轻擦洗伤口后涂上生理盐水，做好手术前的一切准备工作。看徐长卿脸色凝重，她问道："还有救吗？是哪里的骨头断了？"

徐长卿说："从来没见过伤得这么严重的人，也是胡干部体质特别好，才能挺到现在还没断气。下半身骨头多处断碎，左腿膝盖上方断一处，右腿小腿和大腿两处有断伤，盆骨粉碎性骨折，有七八处需要接骨。"

于文丽惊诧得倒吸口凉气："天哪，这么严重？还能救活吗？"

"死马权当……"徐长卿说到半截想想不妥，他对胡干部非常尊重，改口道，"咱们尽最大努力吧，先把外敷草药备好。"

好在医疗站平时都有铁杆蒿、刺龙苞、断续、接骨草等常用药，有新采的，有半干的。徐长卿很快按比例配好药，捣成草药泥备用。

于文丽准备好了绷带、生理盐水等，问道："先接哪里？"

"先治腿伤，先小腿后大腿。处理好腿伤，固定住身子后才能动盆骨。"说着，徐长卿再次仔细地把胡干部左腿伤处上下摸了一遍，对于文丽说："把中号夹板打开准备好。"

于文丽轻轻嗯了一声，打开夹板放在手边。只见徐长卿先用绳子把胡干部大腿根部绑紧了，然后让于文丽抱住膝盖位置用力，自己抓起左脚脚踝用力往怀里一拉，迅速转过身，一只手依然抻着脚踝，另一只手从腿面轻轻掠过，行至断伤处时用力下按，并将手快如闪电地放开脚踝，移至伤口下部，双手摩挲片刻之后托起断口处两端，凝神屏气，双手一拢一合，一只手抹过复位后的断口，另一只手迅速用纱布缠紧扎好。

整个过程一气呵成，徐长卿的动作时而疾如闪电时而轻若流云，于文丽看得目瞪口呆！平时看着有点笨拙的徐长卿这会儿是这么灵巧，那高大的身影在病床前后左右来回挪动，尤其是那两条长臂，上下翻飞、左右挪移，灵巧得让人眼花缭乱。太神奇啦，中医！太神奇啦，徐长卿！

做了短暂的准备之后，徐长卿接着又把胡干部右腿的两处断伤依次接好，把草药泥敷在伤处并包扎之后才直起腰长出一口气。于文丽拿毛巾要给他擦汗，徐长卿接过毛巾自己胡乱擦了几把，说道："现在，我们要把胡干部的两条腿固定好。"

"怎么固定呢？咱们也没有器械、没有工具，怎么办？"

"现在只能用土办法，先用棉被把两条腿整个包住，用绳子绑紧，然后还要把腰部和大腿根用东西垫起来，让盆骨悬空，才能把断裂的盆骨捏合复位。"

两人紧忙活了一阵，徐长卿审视了一番，又做了些调整，才开始接骨。胡干部一直处于昏迷中，像一具巨大的木乃伊，一动不动。他的臀部没有外伤，只有一些皮下瘀血和擦伤，是巨石的重力把盆骨两边高高跷起的髋骨挤碎裂了。徐长卿只有凭手感和听觉来判断骨头从何处破碎断裂，然后以摸、接、端、提、推、拿、按各种手法把碎裂的残骨恢复原位。这个过程十分漫长。于文丽看到徐长卿专注地侧耳细听，轻巧地重复着一些动作，有时急切地推一下，有时轻轻按下去，有时双手往上托，有时蹲下身从下往上打量，有时急速跑到病床的另一面把一连串的手法再重复一遍。

一个小时过去了，两个小时过去了，于文丽听到徐长卿的喘气声渐渐急促起来，汗水布满了额头。于文丽除了抢空为徐长卿擦一下汗，别的什么忙也帮不上，不敢问也不敢说，怕打扰到他，急得满手心出汗。

突然，徐长卿喊道："快把垫板拿来！"看样子终于接好了。于文丽赶快把准备好的一块案板大小的木板垫到胡干部臀下，帮徐长卿一同绑好。

于文丽探了探胡干部的鼻息，确定他还活着，对徐长卿竖起大拇指："胜利啦，长卿，你创造了接骨史上的奇迹！"

靠墙站着的徐长卿脸上浮起笑容，忽然身子软绵绵地溜下去，一屁股跌坐在地上。

"长卿！你怎么了？"于文丽急忙去搀扶。徐长卿摆摆手："没事，让我坐这儿歇会儿。"

于文丽端来一杯热水，也挨着徐长卿坐在地上。已是凌晨时分了，她却兴奋得一点困意也没有，还沉浸在刚刚那惊心动魄的接骨大手术中。

"长卿呀，你知道吗，这在北京那些国家级的大医院里也是罕见的大手术呀！那得什么样的大专家，得有多少人搭手帮忙，还要有许多许多的器械，才有可能做这样的超级大手术！你一个人用绳索、用案板完成了这样的大手术，这是天下少有的奇迹呀！"

徐长卿喝了几口热水后脸色也好转了，看着于文丽亮闪闪的眼睛，带着疲倦的笑容说："怎么是一个人呢？明明是两个人嘛，没有你的帮助我也不可能接好胡干部这么多的断骨。"

"长卿，你知道吗，你刚才接骨的时候像是在舞蹈。我目睹了、经历了这个过程，这一辈子也忘不了。"

徐长卿说："谢谢你，谢谢你的陪伴，谢谢你的帮助。这都后半夜了，让你跟我受这么大的劳累。"

于文丽笑吟吟地说："还有，虽然我一直在场目睹全过程，但一点也没看懂。胡干部的骨头是怎么接上的，你给我讲讲呗？"

"其实，接骨接骨，就是个接嘛，骨头折断以后发生了位移，接骨就是把骨头断了的两端复位，靠人体自愈功能和药的功效让它愈合。《医宗金鉴》里说：'夫手法者，谓以两手安置所伤之筋骨，使仍复于旧也。'咱们没有固定器械，只好用土办法起到一定的稳定和止血的作用。接骨只是第一步，下来要通过静养和药材的功效让断骨愈合再生，明天要把外敷药和内服药都用上。只要不出现炎症，不感染，再有两三个月的工夫，胡干部就能初步恢复健康了。"

说到这里，徐长卿又一次叹道："文丽，让你跟着我受这么大的劳累，真是不好意思。"

"说什么呢！你不是更辛苦吗？"

徐长卿说："以后胡干部的治疗和养伤主要都靠你操心，白天我还不能来医疗站，一会儿我把几种草药的配方告诉你，每隔一天给胡干部换一次药。天亮前我把汤药煎好，每天一服喝三次，后天我要悄悄上一次山。"

于文丽："你要去采接骨草？"

徐长卿竖起手指放在嘴前。于文丽压低声音："真想和你一起去看那神奇的宝贝。"

徐长卿说："胡干部醒来后，你先给他喝点熟地黄蜂蜜水，抽时间去采几样新鲜草药。这几样草药附近就有，有一种要到后山坡去采。一共五种草药，这几种草药你都认识，记住了：铁杆蒿、刺龙苞、跌打草、骨碎补、川芎。春季新草药性好，外敷内服双管齐下，兴许能好得快些。"

"那几种普通的草药怎么能治这么重的伤？"

"外敷的用这几种就够了，内服药要不断调整方子。头几天要多用续断、自然铜、土鳖虫，这几种药有明显的促进骨损伤愈合的作用，能促进骨折断端毛细血管的开放，改善局部血液循环，促进血肿的吸收、机化，促进软骨细胞增生，加速骨折愈合。"

鸡叫头遍时胡干部醒来了。他影影绰绰看到那块巨大的石头铺天盖地地向他压下来，他手不能动、腿迈不开，急出一身冷汗，全身一抖缓缓睁开了眼睛。慢慢聚焦之后，他认出了那个高高的身影是徐长卿，他背向着自己，正忙着抓药呢，旁边是那个漂亮的女知青，这才想起工地上的一幕，心里后怕起来。他想伸手摸摸腿还在不在，但手动不了，也许手也没了吧。不过，有徐长卿在，怕什么呢？他想喊他们，他想告诉徐长卿，这场磨难快要到头了。在水利工地上，老书记和他谈了很多。当他对老书记讲出自己的忧虑，还讲了徐长卿再次被批斗的事，老书记顺手折下一条柳枝给他，面带笑容地说："严寒阻挡不了春天的，春天快要来了。"

老书记走后，他久久地注视着柳枝上一个个小小的毛茸茸的叶蕾……

徐长卿感受到了身后的动静，回过身在胡干部耳旁悄悄地说："胡干部，莫怕，你的伤能治好。"

胡干部笑笑说："有你在，我不怕。"

徐长卿说："你是捡了一条命。那块石头足以把你压成肉饼，但你知道吗？听说压住你的地方刚好有一个豁口，一个一尺多深的豁口，留下了你的命。就这，也把你的大腿、小腿、盆骨全部压断压裂，好几处骨折。不过，不要怕，现在都已经接上了。"

胡干部说："多谢你了，徐医生。"

徐长卿摆摆手说："莫谢我，我也不晓得是咋接上的。要谢天，好人有好报。"

于文丽说:"徐医生是偷偷给你治病,现在大队还不让他行医。"

胡干部点点头,红了眼圈,他轻轻地说:"长卿,春天快来了,快了。"

胡干部下半身上了好几套夹板,腰部还被固定在床上,一点也不能动。胡干部的家人到来之前,都是于文丽给他做饭端饭,给他采药。每天大清早,医疗站开门之前,于文丽都要先去采药。铁杆蒿容易采,路边、田埂上一丛丛的全是这种草。春季里长出的嫩草秆带着紫红的颜色,苗壮茂密,一揪断便有汁液流出,一股浓浓的草香味便弥漫开来。只有几毫米粗的老秆却是折它不断,颇为坚硬,铁杆蒿之称谓大概就是因此而来的吧。骨碎补、刺龙苞等就不大容易采了,它们总是长在茂密的灌木丛中,常常与一种叫"倒挂牛"的灌木长在一起,这种"倒挂牛"全身长满尖硬的利刺,刺尖像鱼钩一样,一不小心就会被扎破手。于文丽戴着手套都不管用,手上、腿上常常被扎伤,但她整整采了一个春季的草药,直到胡干部伤愈离开医疗站。

# 第六章　当归身

（当归）使气血各有所归。恐当归之名，必因此
出也。

——《本草别说》

## 1

秦岭深山里的春天来得晚，可一旦来临就是轰轰烈烈的，漫山遍野
都是春。

向对面的紫柏山望去，虽然还是雾锁雾、山连山，但张良庙后面的
山坡上已经是一片花的海洋。掩映在林木之间的山桃花、梨花、杏花、
野海棠、野蔷薇，似乎都在一夜之间竞相开放，浓郁的花香随着山风
在清晨安宁的空气中弥漫。麦场边有一溜子小杏树，是这几年被徐长
卿医治好的村民断断续续栽的，每一棵树都有一个妙手仁心的故事。
头几年看着树小不起眼，不留意竟在一夜间开满了花朵，看样子都要
挂果了呢。

陈山站在杏树下打量了一通，喜滋滋地向医疗站走去。

这是 1972 年春，高部长去年就离开庙台，工作组也都撤回了，说庙
台大队终于摘掉了政治工作落后的帽子，工作组的工作告一段落。惊蛰

前后，公社带话来说解除徐长卿的劳动改造，他可以给贫下中农看病了，医疗站总算安宁下来，被折腾几年的徐长卿也总算熬出头了。

走进医疗站，陈山看到徐长卿正在给一位老人瞧病，于文丽专注地抓药，谁也没抬头，便悄悄在一旁坐下来，像个等候瞧病的患者一样。

直到那个瞧病的老人走了，徐长卿一抬头才看见陈山，惊讶地喊道："陈支书来了！有事吧？"

陈山笑吟吟地："无事不登三宝殿。有喜事，有大事。"

于文丽放下手里的活儿，给陈山倒上茶水，满面笑容地说："陈支书你要天天来，你一来就有好事。"

"你们两个坐稳当，听我讲。先讲第一件好事，今天上午公社文书才送过来的。"说着，掏出一张公函，清清嗓子念道，"关于恢复徐长卿赤脚医生工作的决定。"

陈山只念了个标题，便把公函递给徐长卿："长卿呀，这几年你受的委屈大家都知道，公社、县上也知道，上次口头上已经恢复你的工作，这回算是正式给你下的平反书，晓得吧？"

说罢，陈支书又低下头"猫洗脸"了。徐长卿拿起公函看了看递给于文丽，淡定地等着陈山讲大事。于文丽看着看着就红了眼圈，气愤地问："那高部长、罗有贵这些人做的事怎么算？"

陈山抬起头说："长卿，文丽呀，公道自在人心，过去的事情不说了。我要讲另外一件事情，你们两个要去做一件大事，这个医疗站怕是要关门一阵子喽！"

徐长卿和于文丽都吃惊地望着陈山，陈山脸上换上笑颜："县上通知，红光医院点名要徐长卿去国防基地行诊，有重要任务。你们晓得，那里是国家重要基地，让你去肯定是给哪个大人物治病，你们快准备准备吧，过一会儿车就来接你们。"

于文丽说："又去红光医院？上次是一个脊椎脱位的病人，这次会是什么急难病人呢？"

徐长卿说："对呀，人家说没说让我们带什么药？"

陈山说："是县上打来的电话，说具体情况人家来后会告诉你，只说这次时间比较长，要在那儿住十来天。"

徐长卿说："好，我们马上准备一些常用药材，请你给乡亲们说一下，看病的晚些天再来。"

陈山离开后，徐长卿在站里准备药材，于文丽回家拿换洗衣服。午饭都没顾上吃，红光医院的汽车就来了，是那位王主任亲自来接他们。王主任细致地讲了病人的情况后，徐长卿又带了一些重午香和康复膏，就匆忙出发了。

这次没有进红光医院，而是直接到基地核心地区邓家台。以前还没有建设基地的时候，徐长卿来过这里。现在是高墙林立、警卫森严，听说是基地的指挥机关所在地。

下车后，王主任说他去接吴院长。警卫战士就带着徐长卿和于文丽来到一个像招待所的小院，把他们领进一间套房。警卫战士说："你们就住这里，不要随意出入，有事情时请叫门口的警卫。"说完便离开了。

于文丽兴奋地把套间里里外外转了一圈，张开双臂叹道："天哪，沙发，软床，木地板，还放有水果，好高档呀！能在这里住几天，这一辈子值了！"

徐长卿皱着眉头，有点发呆，有点不知所措。于文丽过来取下他身上的包袱："别傻站着了，这里是基地的内招，北京来的大首长住的地方，让我们来一定是给一位大首长治病。"说着，把徐长卿拉到沙发上坐下，自己到洗脸间打开水龙头美美地洗起来。

听到敲门声，徐长卿急忙打开门，是吴院长。

"你好，徐医生，这次又要麻烦你了。"

见到吴院长，徐长卿心里踏实了几分。他把吴院长让到沙发上，说："快告诉我任务吧。"

于文丽看到吴院长既高兴又激动，忙不迭地问："吴院长，为什么不是到医院，还让我们住这么高级的地方？"

吴院长笑吟吟地说："你们俩都坐下，我介绍一下情况。首先要祝贺你们，听说你们已经结为夫妻，为你们这一对医疗战线的伉俪高兴！这次要你们来，主要是为一位老首长治病，老首长就住在你们对面的套间里，晚上就可以见到了。"

于文丽瞪大眼睛："首长住在我们对面？首长有什么病？徐长卿只会中医，能治得了吗？"

吴院长说："我接下来说一说老首长的情况。有关保密制度方面的事情想必王主任已经告诉你们了，治疗过程中不要问首长的身份和其他问题。首长是昨天到的基地，他是带着病来的，病情还很重，今天去车间检查还带着氧气瓶。他患有风湿性心脏病，受劳累后常常喘不过气来，最近腿伤又复发，有炎症。首长这个病在北京都没有什么好办法，只能是补充点营养、打个止痛针什么的，不起作用，所以我们想请你们来用中医的手法为首长调理，减轻症状。"

徐长卿听明白了，说道："来时听王主任说了首长有心脏病、风湿病，我打算先用重午香灸疗和揉术疏松疗法试一试，可以疏通经脉、活血化瘀、缓解疼痛，我想对首长的身体能起到一些好的作用吧。"

吴院长点头道："好，你说的这两种疗法正适合首长目前的病况，首长以前接受过中医治疗，对中医特别有好感。"

"你是说就在招待所里给首长治疗吗？"

"首长在基地的时间还有九天，天天都要去各车间检查，每天都安排得满满的，只能每天晚上回来后为他治疗一两个小时。"

"好，明白了。吴院长放心，我会尽力的。"


晚上，当警卫把徐长卿带进老首长的房间时，徐长卿心里一惊：这是怎样的一位老人啊！瘦高的身板，颧骨高耸，面颊奇瘦，双目炯炯，花白短发根根直立，看起来应该有六十来岁了，面色无华，显得很憔悴。

在徐长卿和于文丽还愣神的工夫，老人已经站起身说道："你们是基地请来的中医是吧？麻烦你们了！"

老人瘦骨嶙峋，声音却极其洪亮，带着川味的普通话显得很有亲和力。于文丽忙对老人鞠了一躬："首长好！我们是庙台大队的赤脚医生，他叫徐长卿，我叫于文丽。"

听到于文丽脆嘣的京腔，老人颇有兴致地问道："你是北京知青？"

"是，插队四五年了。"

"哦，老三届的，资历不浅呢！"

徐长卿为老人切脉之后，说："老首长，我是个乡下土医，用的都是土药材、土办法。"

老首长朗声一笑："中医就是土的，要是洋的那还叫中医吗？"

一句话说得大家都笑起来。徐长卿放松下来，说道："老首长主要是连日奔波太过劳累，出现心悸、呼吸困难、嘴唇发绀等症状，时不时心慌、气短，加之腿伤复发有一些炎症，我打算采用艾香灸疗和揉术按摩，可起到温通血脉、强心助阳的效果。还有我自制的康复膏，贴敷腿伤部位可消炎化瘀、安神止痛。"

老首长说："嗯，说得完全对路子！咱们就开始吧，我相信你的土办法！"

于文丽和警卫员一同帮助老首长在沙发上躺好，徐长卿先做了揉术按摩之后，点燃重午香棒，灸疗下肢和背部，最后在腿伤处敷贴康复膏。全部调理治疗完成后，老首长已沉沉睡去。警卫拿来毯子轻轻给首长盖好，示意徐长卿和于文丽悄悄离开。

次日晨，老首长很早就要外出，看到徐长卿和于文丽站在门口，老首长回过头说："昨晚上我睡得特别好！你这个法子管用，谢谢你们。"

就这样，白天首长出去视察，傍晚回来后，让徐长卿和于文丽为他做灸疗和按摩，首长对这两样都十分感兴趣。从凌先生那里学来的揉术按摩徐长卿很少用，看到效果如此之好，内心也十分高兴。有时于文丽替首长按摩，首长说："还是徐医生来吧，他的手劲大，一双大手把人的背都能铺满了！"说得于文丽咯咯笑。他们每天晚上为首长做两个小时调理治疗，有时灸疗过程中首长就沉沉睡去了。翌日一大早，就有人在门口接首长外出，徐长卿和于文丽站在大厅里目送首长上车，几乎每次首长走到门口都要回转身对他们说："昨晚我休息得很好，感谢你们。"

徐长卿和于文丽整个白天就待在招待所里，不外出，就在后院的小花园里转转。好在徐长卿带了本《黄帝内经》，坐在花园里看看书，有时给于文丽念一段，结合书的内容讲一讲自己的临证感悟，到时间警卫就会带他们去吃饭，一日三餐都是十分讲究的。

八九天时间很快就过去了。最后一天首长回来得晚，开始做灸疗时都九点多了，其间还有人进来汇报工作，中途停了两次，等到做完全部调理已经快深夜十二点了。首长坐起来把徐长卿两口子让到沙发上坐下，说道:"已经这么晚了,也不怕再晚一阵,吃点夜宵再走吧。明天一早我就离开了,谢谢你们!"

于文丽一听,心里怪舍不得的,她不知道这个老人是个多大官职的首长,但一周来的相处使她对老人充满了敬意。这个老人性格刚毅,说话直截了当,对人真诚坦率,让人有一种特别信任、亲近的感觉。

夜宵很快端来了,一人一碗鸡蛋葱花面,首长说了声"快吃吧",便率先端起碗。

"徐医生,你年纪轻轻的医术这么好,是从哪里学的中医?"首长三两口就吃完了,问道。

徐长卿说:"是一位四川来的郎中。"

"哦,是我们老家的郎中?"首长兴致勃勃地说,"杏林多奇人,中医深似海。我记得1938年秋天的时候,我在一次战斗中被炮弹炸伤了腿和腰,当时附近没有医院,也找不到药,眼看着流血、感染,伤势越来越重,都说我这条命是保不住了。后来,房东跑到后山找来一位当地老中医,老中医用一把草药治好了我的伤,救了我一命。从那时起,我就相信中医,喜欢中医。"

首长似乎有很多话要讲,想了想手一挥,话锋一转:"徐医生,去北京吧!首都毕竟条件好,你能得到更好的发挥,带带徒弟,把中医好好地传承下去。"

徐长卿笑眯眯望着首长,不言语。

首长转向于文丽:"你呢,小于,你不想回北京吗?你的家人还在北京吧?"

于文丽低下头:"他不会离开这个山沟的,他说他要是走了,山里人就没地方看病了。"

首长冲着徐长卿点点头："好，知道了，我是随便说的。谢谢你们这几天辛苦照料我，明天咱们就见不上面了，就此告别。"

握手之后，徐长卿拿出一包重午香棒说："首长，您也看到了，这个艾香棒用起来简单方便，回去后您找人帮您灸。记住，距离皮肤两个厘米，四十五度角，每天一个小时灸背部和腿部，对您的身体大有裨益。"

首长接过香棒闻了闻，高兴地说："谢谢，回到家让我老婆给我灸，用得好了今后还要找你要哟！"

第二天，基地派车把徐长卿和于文丽送回庙台。开车的是一个警卫战士，一脸严肃。徐长卿和于文丽在车上也不敢说话。到庙台后，警卫战士说："请你们记住保密条例，回去后不要外传，不要议论，更不要打听和传播你们是为哪个首长治病。"

徐长卿和于文丽频频点头，望着汽车远去后，于文丽说："你猜那位老首长是多大的官？中央的还是部里的？我看至少也是个大将军。"

徐长卿淡然一笑："他是谁、当多大的官，咱们可能永远不会知道，但咱们知道这次治疗的是一个好人，一个对国家很重要的人！还知道咱们山沟里的土中医也能派上大用场，对不对？"

于文丽咯咯地笑了，说："那当然！徐长卿是谁呀，'徐长卿，人名也，常以此药治邪病，人遂以名之'，徐长卿快成为当代华佗喽。"

两人回到庙台后对基地之行守口如瓶，任谁打问都只说是去红光医院为一个老人治疗，没有透露任何信息，但后来从北京寄来两大箱子药品和食品，在庙台引起了猜测和议论。


那是两个多月后的一天，红光医院派车送来两个大箱子，当时徐长卿两口子到后山出诊了，人家便把箱子送到大队，让交给徐长卿。

陈山和罗林甫把人送走之后急忙回屋打量这两个大箱子，像看文物一样，左右上下里外地瞅了一遍。箱子外层是用木板条钉的，从缝隙能看到里面是个棕色纸板箱。罗林甫比陈山有经验，他关注的是箱子上的字，一条较宽的木板上写着"子房公社庙台大队徐长卿同志收"，陈山念了一遍，罗林甫说："这几个字不打紧，关键要看下面的落款，是谁寄来的。"一块块木板看遍了，只找到"北京丰台站发"几个字。

罗林甫晃着满头白发说："到底是首都啊！这做派，这神秘！不过呢，听文丽讲的情况分析，肯定是个大首长。"

"白说。哪个不晓得是北京的大首长，是哪一个呢？"陈山急得直拍脑门。

"我晓得是哪个了。"罗林甫关严门，附在陈山耳朵边悄悄地说了个名字。陈山惊异地睁大了眼睛："长卿给……"

罗林甫伸出手捂住他的嘴："你想想，能管这个基地的还有哪个？"

这时候徐长卿和于文丽听到带话来取箱子，陈山打开门连连喊道："徐大夫、于医生，快进来。"

徐长卿望着陈山："陈支书，你咋说话怪怪的？"

"是啊，陈支书你干吗要取笑我？"于文丽笑声朗朗地问。

"不是取笑，你们两个可给咱们大队争光啦！"

罗林甫说："长卿呀，这回你可是给大首长看病，可是轰动了全县，名气都传到北京啦！"

陈山说："长卿啊，这屋里只有咱几个人，你给我们讲讲，是给哪位大首长看的病？"

徐长卿摆手："我真的不知道，就是一个挺好的老人。再说，人家不让咱猜、不让咱说，咱们就不说。"

"是的，不说，不说。你看看，这是北京给你寄来的。"

徐长卿也很吃惊，看了看箱子上面的字，说："罗伯，找个家什帮忙打开。"

陈山说："这是给你私人的，拿回去再开吧。"

"老首长临走前问我缺啥，我说咱们缺药，可能是给咱们医疗站送的药，不是给我私人的东西。"

罗文甫找来钳子和小锤，几下子就把外层的木板条拆掉了，里面是厚厚的纸箱子。徐长卿开启后把东西一一拿出来，于文丽接过一看："药！青霉素、破伤风抗毒素，还有感冒药、蛇药……天哪，都是好药！"

另一个箱子打开后只见上面放了一个军用衣袋。于文丽拿起来一看，袋子上面有一行字："小于医生试试看合适吗？"打开衣袋，是一套崭新的军装！于文丽再次把衣袋上的字辨认了一番，捧着军装高兴地蹦了起来："天哪，给我的！老首长给我的军装！"

看于文丽喜不自禁的样子，徐长卿心里也欣喜不已，说："你不是给老首长说你最喜欢的衣服就是军装嘛，老首长记下了，特意给你的，快试试吧。"

于文丽说："回去再试。快看看还有什么东西。"

箱子里的东西被一样样拿了出来，有饼干、白糖、奶粉、炼乳，还有好几大包水果糖。陈山眼巴巴地瞅着这一堆花花绿绿的好东西，不住地赞叹："这都是首都才有的好东西呀！"罗林甫举起一罐包装精美的炼乳："咱这一辈子还没吃过这么高档的东西呢！"

徐长卿拿起一包饼干、一包水果糖、一袋白糖和军装放在药品箱子里，对陈山说："这些药品我回去登记一个清单，都免费给乡亲们用。剩下的这些东西，你们帮忙给门跟前的孩子们都分一点，记住一定要给刘英家那孩子多点。"

陈山摆着手说："人家是给你们的，这不合适吧?"

徐长卿不多言语，和于文丽抬起箱子："我们走了，你和罗伯受点累。"

罗林甫久久望着徐长卿的背影，晃着脑袋说："大医，大医呀! 刘英家那个小亮是个医不好的病秧子，哪个医生都怕沾手，他却还记挂着，这就叫大医胸怀，咱庙台真的出了个大郎中嘞!"

陈山推他一把："好啦好啦，别发神经啦，咱们两个来给各家娃子分一分。"


六月是庙台一年最好的时光，阳坡上的麦子黄了，杏子、李子也熟了，空气中弥漫着粮果的清香。刚下过雨，沔河水增大了流量，变得湍急有力，吟唱着从紫柏山脚下哗哗奔来，到了地势平缓的庙台后形成较为宽阔的河面，吸引来了琵鹭、黑耳鸢、野鸭等鸟类。它们成双成对地嬉戏，时而上下翻飞，时而引颈长鸣。

忽然，一块薄薄的石片轻快地跳跃着划破水面，惊得水鸟仓皇逃窜，爽朗的笑声随之响起。

"厉害! 胡干部，你打了十一个!"徐长卿给胡干部数完数以后，一边笑着一边弯下腰找石片。比徐长卿年长十多岁的胡干部像个老顽童一样，手舞足蹈，玩兴大发："该你了，别看你手长个子高，不一定打得过我!"

徐长卿连投几石，都只有七八个，笑道："比不过比不过，抓中药的手哪比得过拿枪杆子的手!"

两人又投了几次才在河边洗洗手，从茂密的柳条下向下游走去。

胡干部前年冬经徐长卿医治骨伤后回家养了半年多，已经回到他原先的单位县人武部上班。这次是专门来庙台看望徐长卿的。胡干部蹲点期间，和庙台村民结下了深厚的情谊，这次回到庙台后先到三沟四村一些熟悉的人家都转了转。村民们都没想到，当时被压成一堆碎骨头的胡干部能恢复得这么好，还能一样都不少地回到庙台。

到几个村子都转完后，胡干部回到庙台，他要再住两天，和徐长卿一起采采中草药，说说家常话。徐长卿看胡干部魁梧的身子依然很结实，问道："现在阴天下雨的时候有没有腰腿疼？大腿根儿有没有不灵便的感觉？"

"我说没有别人都不太信，但确实没有疼过，我在篮球场上还照样蹦蹦跳跳的呢！"

"确实让人难以置信，这主要是你身体的底子非常好，搁一般人怕是想站起来都难了。"

"光有底子哪行，这是靠长卿你的接骨绝技才有我的今天。我听说你把珍藏的一点灵芝、人参什么的都给我用了，这份情我该如何报答呢？"

徐长卿赶忙摆着手说："可不敢这样子说，你对我的情、对庙台人的情可比这些东西贵重多了！快回家，文丽等着呢！"

回到麦场边徐长卿的家，老远就看到于文丽忙碌的身影。结婚时，大队给他们腾了一间屋子做新房，两个儿子住原来那一间，新房外面搭了个灶房，是个像模像样的家了。走到灶房门口，胡干部吸了吸鼻子："好香啊！"正忙着炒菜的于文丽一回身看到胡干部，像见到久违的亲人一样，挥着手里的锅铲："太好啦胡干部！你来看我们，知道我们有多高兴吗？"

胡干部乐呵呵地说："知道，一看这么多好吃的就知道。"说完一笑，露出满嘴大白牙。

于文丽笑道："快进屋坐下，马上好马上好！"

徐长卿支桌端菜，拉着胡干部坐下。于文丽也忙完了，满面笑容地给胡干部倒酒。

徐长卿说："来，为胡干部恢复健康干杯。"

胡干部说："是啊，我要感谢你们把我那一身碎骨头接好，让我还能活个下半辈子。谢谢你们。"

于文丽笑道："当时真的好吓人，往手术台上抬你的时候，都能听见碎骨头咔嚓咔嚓响，我都不知道长卿怎么能把那些碎骨头一块块接上。"

胡干部也笑："后来我去工地，别人告诉我，我摔伤的当天晚上，我宿舍里的被褥、热水瓶、衣服立时就被几个人分了，因为他们都认为我是必死无疑。多亏有个好心人说就是死也不能摆在工地上呀，趁现在还有一口气，咱们找几个年轻力壮的抬到医疗站去，能不能救是人家的事，死在医疗站就与咱们无关了。那几个人还真是够意思，我这一百六七十斤人家抬了十几里地呀！"

徐长卿说："我还不知道都是谁抬你的，但有一个是庙沟的，他半夜里又来了一趟，问我能不能救活，他给我讲了当时的情况。"

胡干部说："我打问到了，这次去看了他，道了谢。我还知道，那会儿正是倒春寒时节，文丽天天顶着寒风在山坡上给我采药，两个多月呀，满山的铁杆蒿、刺龙苞都采光了吧？"

朗朗的笑声冲出屋子，在麦场上回荡。

"对了，你们俩去红光沟给首长瞧病的事，县上可都传遍了。是哪位首长？"

徐长卿欲言又止，胡干部挥挥手笑道："我知道保密规定，咱不说这个了。"

于文丽说："人家是交代了保密要求，但我们还真不知道是给哪位老首长治的病。"

胡干部说："能到这个基地来的大人物也就那么几位，你说说这位首长有多大年龄，相貌上有什么特征？"

于文丽说："有六十来岁，高个儿，奇瘦，说话干脆，声音洪亮，有腿伤……"

胡干部一挥手说："我知道是谁了！"

徐长卿和于文丽都吃惊地看着胡干部，胡干部想了想接着说道："咱们不提他的名字好吧。我只告诉你们，你们是给一位特别受人尊敬的开国上将治的病，这将是你们终生难忘的骄傲和自豪。他是我国国防科技和国防工业战线的重要领导人，他曾组织领导'两弹一星'协作大会战，组织了我国第一代地对地导弹，以及首次原子弹塔爆、空爆和第三次原子弹爆炸试验。"

徐长卿和于文丽吃惊地望着胡干部，但他们完全相信他说的话，因为他是部队上下来的，一定了解甚至见过这位首长。

胡干部接着讲道："'文化大革命'刚一开始他就惨遭迫害，被批斗、囚禁达六年之久，左腿也被打残了。但他刚一恢复工作，就提出要尽快制造出守卫国家大门的'打狗棍'，大江南北四处奔波，他来红光沟里就是进行这方面的工作。"

于文丽恍然大悟："哦，我也知道他是谁了！"

徐长卿并不去猜想这个大人物是谁，只是说："是的，和他说话能感觉到，这个人刚直率真，心里想的都是国家大事，他的腿伤还没有好就不停地奔波，带着氧气瓶下基层。能为这样的首长做点中医调理方面的事，确实是我们这一辈子的荣幸。"

胡干部端起酒杯："来，为了你们的基地之行，为了那位大将军的健康，我们干一杯！"

吃完饭，于文丽到医疗站去了，胡干部和徐长卿接着畅聊，似有说不完的话。

说起这两年的世事，两人不由得感慨万千。胡干部回家养伤一年多，去年回人武部上班了。县上派出的各个工作组都撤回了，高部长回县政治部当了正部长，庙台也恢复了以往的平静。算起来医疗站已经成立四年多了，这几年发生了很多事情。徐长卿母亲去年春染上风寒，尽管他有个大郎中儿子也没能救活她的命，享年五十六岁。庙沟便只剩下徐青山一个人了，徐长卿几次要接他来庙台，老人死活不肯。徐长卿只好经常回去帮父亲料理一些生活上的事。徐青山体格健壮，又勤劳，倒也没啥要他帮的。地黄和地锦已转到镇上读初中了，每周能回来过个星期天。徐长卿和于文丽婚后日子过得很好，于文丽不仅帮他把医疗站打理得井井有条，整天乐呵呵地为村民治病送药，也把家操持得像模像样。村民都说一看地黄和地锦早晚都穿得干净整齐，就知道文丽是个贤惠女人。

"于文丽真是少有的奇女子，你们俩的患难之情真是感天动地啊！有时县上一些干部说起你们的婚姻都赞叹不已。"

徐长卿说："日子长了，我总觉得对不起文丽，她为我付出太多啦！"

胡干部朗声一笑："既然已经是一家人了，就别那么想。你尽量对她好，别让她受委屈就行了呗。"

徐长卿说："我就是觉得咱们这庙台小山沟太委屈她啦。"

胡干部话锋一转，问道："这次来没见到罗有贵。罗有贵那小伙子其实不是很坏，只是一时迷了心窍。"

徐长卿点头称是，讲述了罗有贵后来的情况。

高部长离开庙台后，罗有贵被抽到公社革委会任宣传干事，也是得偿所愿。但不知为啥，罗有贵却像发了瘟似的高兴不起来，临离开庙台时又一次跑到陈山家的院墙外，把陈山喊到门外说话。

陈山背着手一路摇着脑壳不耐烦地说："你个贵娃子，还要咋的嘛，白捡了个公社干事，还有啥不知足的嘞？"面对面站定后才看到贵娃子哭丧个脸，眼泪都要出来了。陈山又问："这是做啥？不想去公社就不去嘛，有啥难场的？"陈山说话的工夫伸出手把罗有贵肩膀上的头皮屑掸了掸。

只听罗有贵说："陈支书，我要你陪我一路去下医疗站，我想跟徐大夫他们说句话。"

"说句话还要我去做啥？"陈山抬头望天。罗有贵说："我是真的想跟徐大夫说句话，我……我……"陈山摆手挡住："好了好了，把话留着说给徐大夫，我不听。"说罢转身就往医疗站走去，罗有贵紧跟在后。

转眼就到了医疗站，离门一丈远的时候，陈山止住脚步，转过身背向着医疗站大门，罗有贵自己一步步挪到门口。徐长卿听地黄说陈山来了，便到门口去迎，一抬头却看见罗有贵。

罗有贵喊了声"徐老师"就说不出话了，脸憋得像猪肝一样，低头吭哧道："我来打个招呼，我这个人笨，学不了医，辜负徐大夫了。我要去公社做活路了，来跟你说一声。"

徐长卿平静地注视着罗有贵，听他讲话。于文丽从门缝里看见是罗有贵，扭转头进里屋了。罗有贵更说不出话了，急得满脑门子汗："我……我以往……"罗有贵支吾一阵也没把话说全，最后对着徐长卿深深地鞠了一躬，徐长卿摆了摆手，算是明白罗有贵的意思了。

胡干部笑道："现在的医疗站就成了夫妻店了，你知道三沟四村的乡亲们是怎么说你们这个夫妻店的吗？"

徐长卿憨憨一笑："哪样子说？"

"这几天我在三沟四村走动的时候，一些年长的人对我说，那是个菩萨店，一个男菩萨，一个女菩萨，是为山里人救苦救难的活菩萨。"

在胡干部朗朗的笑声中，徐长卿红着脸摇头。


再见高部长是第二年，1975年夏。

有一天，徐长卿从医疗站回家吃午饭，却见一个妇人在他家门前树下站着。她看见徐长卿回来，迎上来低声喊道："徐大夫。"徐长卿抬眼打量，这个妇人看衣着就不是庙台人，脸又被头巾包得严严实实，认不出来，便问："你是谁呀？要看病怎么不到诊所来？"那妇人把头巾摘下来轻声说道："是我，老高的老婆。"

"高夫人？"徐长卿这才认出来。高部长在庙台蹲点时，高夫人来过，徐长卿见过一两次。印象中，这个女人精明能干、衣着讲究、盛气凌人，这会儿像变了个人，眼睛四下乱瞅，像是怕被人看见的样子。徐长卿问她有什么事，她嘴里支吾了一阵才带着哭腔说："徐大夫，求求你救救老高吧，他得了病！他不是人！你大人不计小人过，帮帮我，救救他好吧？"没说几句便哇的一声哭了起来。

徐长卿让高夫人进屋说，高夫人摇头指指屋里，徐长卿知道她怕见于文丽，便随她走到麦场上。高部长离开庙台后，听陈山讲过他的情况，说先是回县上当了政治部正部长，后来听说还要提副县长，去年又听说突然被停职了，后来也再没了他的音信，庙台人已经忘了这个人。那时看他身体健壮、精力过人，怎么会突然大病缠身呢？

高夫人一边哭一边讲了高部长的病情。从去年夏天背上长了个痈，起初核桃那么大，后来长到拳头大小，久治不愈，县医院、市医院都看过了，治一治下去了，过一阵又长出来，总也治不好，折腾快一年了。现在红肿溃烂，流脓不止，外面人都说可能是癌，没救了，两口子闷在家里发愁，颇有等死的感觉。有一天，高部长哀哀地说："这病，怕只有徐长卿能看了，但人家凭啥给咱治病呢？"高夫人几次要来找徐长卿都被他挡了，这次来庙台是背着他悄悄来的。

徐长卿说："医不拒患，你带他来，我会尽力治疗的。"

高夫人摇着头说："他背上的痈比碗都大了，出不了门，再说他也不敢来这儿，他没脸见庙台人。我想请你辛苦去趟县上，我们会重谢你的。"

徐长卿看了看高夫人，站在树下的高夫人满脸哀求的神色，他只好说道："你放心，我会给他治病的。你给我详细说说他得病的过程和现在的情况。"

高夫人一把鼻涕一把泪地讲了高部长回县上这些年的情况：

"工作组结束后，老高到政治部任部长半年多，忽然又让他到党校学习，学习几个月回来后就被停职了。停职后，老高躲在屋里不出门，偶尔出去一趟总有人指指戳戳的。县城就巴掌那么大个地方，和一些人抬头不见低头见的，老高他受不了，脾气越来越古怪，越来越暴躁。去年入夏后，老高经常喊脊背疼，7月里脊背正中长出一个大火疖子，吃退火药、贴药膏都不管用，越长越大。后来我带他去县医院看了，打了针，吃了药，也不见下去。大夫说是要到市医院做手术才行，因为在脊柱上做手术风险大，县医院条件差也不敢做，就这么一直拖着。最近发作得厉害，肿得更大，发紫、流脓。老高疼得不能睡觉，有时整晚地喊疼。我急呀，要送他去市医院，可他死活不去！他说去了也没用，市医院比县医院好不到哪里去，这病只有徐长卿能治，可是我把人家整惨了，人家不会给我看的，这是报应啊……"

高夫人哭着说："我是悄悄来的，没给他说。一是我觉得你为人厚道，不会见死不救；二是万一你不肯给他治，也在情理之中，不让他知道这回事，心里少痛一回。"

不等徐长卿张口，高夫人又哀哀恳求道："徐大夫，我求你救救他！"

徐长卿一迭声地说："好了好了，你不要这个样子了，我答应给他治，我到你家去给他治病。你先回家，现在还能赶上班车，我明天上午坐班车去县上。"

第二天，徐长卿对于文丽说自己要到县上出个诊，便坐早班车赶到县城，随高夫人来到高部长家里。一进屋，高夫人殷勤地让座倒茶，徐长卿挥手阻止："先看病人。"进到里屋，高夫人喊了声："老高，看看谁来了！"

高部长刚刚下床，佝偻着腰慢慢回转身，看到那个高大的身影后猛地一颤，再仔细一打量，是徐长卿！老婆只说今天请了个大夫来，可没想到是徐长卿来了！他怎么会来呢？是来看笑话的还是来报复的？高部长一时很意外，不知说啥好，便阴着脸没吱声。

徐长卿放下药箱，示意高夫人扶高部长趴在床上，平淡地说："咱们先看病。"

让高夫人帮忙脱下衣服后，徐长卿看到高部长脊背正中一个碗大的背痈，细细端详一番，在边缘处轻轻按压，接着扶起高部长，看了看舌苔、眼底，然后为之切脉。

"好了，快给高部长穿上衣服，别再着凉。"

徐长卿在写字台旁坐下，打开药箱取出处方和两瓶膏药。看到高部长夫妻二人紧张的神情，徐长卿缓缓说道："高部长没有得癌症，只是心郁气结，急火攻心，气血紊乱，生发背痈。"言毕问道，"这个痈疮之前是不是红肿坚硬？是不是时时疼痛剧烈、壮热畏寒、神志恍惚，食后即吐，咳嗽，胸痛？"

高夫人连连点头："是，是！前一段时间疼痛尤其厉害，一咳嗽牵心扯肺地疼。"

徐长卿再问："这一段时期痈疮开始溃烂，先渗黄白稠脓，最近开始流桃花色脓水，是这样吗？"

夫妻俩一并点头，但高部长始终不看徐长卿，不言语。高夫人瞪他一眼接着说道："正是这样！最近疼痛没有那么厉害了，但开始溃烂流脓，更吓人。"

徐长卿一边写处方一边说："高部长生的是背痈，就是民间说的'背花'，是一种发生于背部的感染性疾患，是因阴虚火盛、内蕴火毒而生，因其逆于肉理，热盛则肉腐成脓。我开的这服药很普通，叫变阳汤，十几味药在县城任何一家药店都能抓齐。这个药的主要作用是开郁引经，促气宣而血活，促瘀散而毒消，同时也增强免疫力，从根本消除内蕴火毒，要不然痈下去了还会长上来。"徐长卿把处方交与高夫人，又拿出两瓶膏药："这是我按经方自制的专治疮痈的寒水膏，外敷，每天一次，方子上的药每天一服喝三回，连服一周后告诉我变化情况，再酌情调方。"

看徐长卿盖好药箱要走了，高夫人把一卷钱塞在徐长卿手里。徐长卿摊开一看，有两百多块钱，一笑，把钱放在桌子上，抽出一张十块的票子说："两瓶膏药三块六，班车钱来回一块六，我要给大队交三块钱出诊费，还剩一块多算是你们请我吃个晌午饭。"

高夫人抓起钱又往徐长卿手里塞："徐大夫你别嫌少，一定要收下，让你跑这么远的路，我们也过意不去，收下吧！"

徐长卿冷下脸挡住："医生看病是本分，没有收礼的道理。再说我也看到你们家了，高部长不是个贪财的干部，你们家并不是很富裕。"说罢径自走出门外。高夫人闻言眼泪唰地流下来，不再言语，追到门口去送徐长卿。

高部长下了床，一手扶着衣柜，身子战抖着，弓腰冲着徐长卿的背影喊了声："长卿！"

徐长卿停下脚步，但没有回转身，就那样站着，听高部长带着哭腔说："长卿，是我对不起你，你别恨我，我不是故意要整你，我是为工作……"

徐长卿下楼梯时还听到高部长兀自在说着什么，后来又传出号啕大哭的声音。

过了十多天，听高夫人说一瓶寒水膏抹完，高部长的痈疮就消下去了，眼看就要好了。


2


1979 年，医疗站门楣上牌子换了，"庙台大队医疗站"更名为"徐接骨诊所"。

这一年，连祖祖辈辈落后封闭的庙沟人也学会了一些新名词，什么改革呀承包呀时时传播在乡村小路、田间地头，大队的苗圃、米面加工厂、木耳基地都承包给一些能干的庄稼户了，有的生产队连田地也承包到了小组或个人。不经意间，庙台人的日子一天天好起来了。

年初，各公社卫生院合并到县医院，大队这一级医疗站要自生自灭了。党组织恢复健全以后，再次当选大队党支部书记的陈山开完会回来传达了这个精神后，当天就来到医疗站和徐长卿商量。

"大队不管了也好，你们两口子承包自己办诊所吧，我看有的地方也是这么干的。"

这话正说到徐长卿心坎上了。之前他已经听到一些风声，有的公社和大队的医生去县上办诊所，有的做游医，医生不愁饭碗。但徐长卿觉得自己离不开庙台，还是想在庙台好好做个郎中。陈山说："你们两口子都喜欢这一行，这些年也都不容易，你们就把这个诊所好好办下去吧，让庙台三沟四村百姓也有个看病的地方。这一排知青房现在也没啥用了，剩的那几间房都给你们用，你们每年交点房租就行了，大队给公社给村民也有个交代。"

徐长卿说："太好了！陈支书，这几间房给诊所用就更好了，以后远道来的人和需要住院治疗的人都有个地方住，多谢你的扶持。房租肯定要交，还要交一部分利润，不能亏了公家。"

陈山说："我放心你。回头你写个承包合同，在队委会上过一下，我也快退下来了，有个正式手续今后就好办了。"

徐长卿在公社、在县上名气不小。承包医疗站的事传开以后，县上把他们作为第一个私人承包医疗站的样板，赠送了消毒防疫器材并广为宣传，还让于文丽到县医院接受了正规的医务技能培训，使她护理、药剂各方面工作更加专业。加上几年来跟徐长卿学到的中医药知识，于文丽从内到外都算得上一名像模像样的医生了。一般头疼脑热的小病，中西医诊断治疗、注射、包扎都能独自处理，手法干净利落。加上她待人又亲和，怕打针的孩子见了于文丽一声也不哭，她一边逗孩子笑一边给孩子打针，孩子还不知道疼痛就打完针了。老人喜欢她的温柔细致，孩子喜欢她的有趣可亲，所有来的病人都喜欢她清脆好听的北京话。而徐长卿的医术更是深得人们的信赖，当地人形成一种依赖，有再大再急的病也不用怕，因为有徐大郎中。后来，不光是庙台这一带的乡亲，连外县一些人也都到庙台来求医。

那三间知青房租给诊所后，粉刷一新，一间做了库房，两间做了住院部。一些需要长期治疗的病人和外地来的病人，尤其是治疗骨伤的病人，需要一两个月的治疗期，来去不便，有了住院部就极大地方便了这些病人。

承包以后，诊所很快就有了新的发展。从凌先生去世开始，徐长卿行医已经十多年了，很多由徐长卿治愈的人对他的医术医德赞不绝口，经口口相传，他在庙台三沟四村乃至连云栈道川陕一带都有了口碑。尤其是骨伤病人，有的是抬着来，有的是背着来，有的是挂着拐杖来，经徐长卿接骨续筋、贴敷草药，两三个月必定痊愈而去。病人离开时千恩万谢，或让家人送来牌匾锦旗，或送来各种礼品，以表达心意。徐长卿和于文丽每次都要费尽口舌再三推辞，但病人一片诚心，常常拉拉扯扯辞而不绝。后来徐长卿在诊所门前贴了一张明文告示：牌匾锦旗礼品一概不收，定要表达心意者可在麦场与医疗站的空地上栽一棵杏树。一开始人们不明就里，后来渐渐知道了"杏林"的含义，便有人栽下第一棵、第二棵……这个办法慢慢在村民中流传开来，七八年来竟已种下百余棵，俨然一片杏林。杏树多数都已挂果，每到麦季，杏香飘荡，庙台的孩子们都喜欢到杏林里玩耍，树下童声喧哗，嬉笑声不绝于耳。庙台人路过时也习惯驻足片刻，听那风吹树叶哗啦啦的响声，眉头都舒展了。

与杏林相映成趣的还有麦场边的一棵"拐杖树"，这"拐杖树"的来历与胡干部有关。

麦场东头有一棵近一抱粗的老槐树，离诊所百十步远，是庙台最古老、最大的一棵树，每逢夏收时节，树荫下是村人避暑纳凉的好去处。胡干部养伤期间，陈山让人给他做了一副拐，常见他拄着双拐在槐树下活动或是晒太阳。胡干部伤愈离开时，随手把这副拐挂在槐树枝上，没想到后来者竟纷纷仿而效之，伤愈离开时都把拐或杖挂上去。庙台人自发地形成一条规矩，各户都管束好自家孩童，谁也不许动这些拐杖。六七年过去，所挂拐杖竟有百多根，有的原木原色，有的漆艺精美，有的雕刻别致，远远望去，迎风摆动，碰击有声，蔚为壮观。"拐杖树"遂成为一道奇特风景。


1980 年春节临近，进腊月后来看病抓药的人一天天少了，徐长卿准备过几天就关门回家，该回去陪父亲好好过个年了。不过，今年这个年有些特别，有件重大的事情要发生，徐长卿心里已经做好打算，想好和文丽怎么讲，父亲那里到过年时再告诉他吧。

腊八这天，徐长卿和地黄把一间客房打扫干净，换上干净的被褥，关了诊所，回家准备午饭。今天有一位特别的客人要来，于文丽一大早就到县上接去了。

地黄已经二十岁了，不光身架子像他父亲，秉性也酷似，憨厚诚实，不爱说话。他在公社上完初中以后就没再上学，一直随父亲打理诊所的事情，既是采药工又是药剂师，对制药尤其入迷，终日忙碌，任劳任怨。

父子俩忙了一中午，杀了鸡，炖上肉，徐长卿手脚麻利地洗菜切菜。

地黄问："爸呀，今天谁要来啊，弄这么多菜？"

徐长卿没有回答，反问道："地黄，你也是大人了，我问你，你们小于妈要回北京了，你说该不该？"

地黄一愣："她回北京自己家怎么不该？又不是不回来了。"

徐长卿说："真要是不回来了呢？她是不是该回到自己爹妈身边，回到大城市？咱们委屈人家这么多年了。"

地黄把柴火填进灶膛，猛地站起身问道："你是说她要和你离婚？"

"不是她要离婚，是我想劝她把婚离了，回北京去。知青全都回城了，只剩下她一个。她今天去县城接她父亲去了，她父亲是来劝她回北京的，你知道她父亲去年就来过，当时已联系好她回城的事，但你小于妈不听她父亲的话，老人伤心地走了。这次他来的心事我明白，不能再让老人伤心了，我得说话了。"

地黄低下头不作声，拿起吹火筒使劲吹火。

"我问你的意见呢。"徐长卿说。

地黄说："这是你的事。不过你说得对，小于妈真是个好人，咱不能光想着自己。"

徐长卿趁炒菜的工夫，让地黄去接他们："按时间，县上的班车该到了。记住，不要问你小于妈什么。"


去年秋天，于文丽父亲来过一次，那是于文丽嫁给徐长卿后她家人第一次来到庙台。在此之前，徐长卿只在结婚不久和于父见过一面，没想到六七年过去，于父就成老头了。去年于父来时是下了火车自己一路摸索来的，为此徐长卿还和于文丽拌了几句嘴，很气愤她为什么不说老人来的事，而且不去接站，让老人下了火车自己四处打问才找到班车来到庙台。去年和老人一番交谈之后，徐长卿就预感到了这个结果。

于父是个非常通情达理的人，去年来这里待了五六天，还专程去庙沟和徐青山见了面。于父和长卿讲了很多话，都没有正面提家里要文丽回北京的事，只是像拉家常一样讲他们家里的情况。于文丽是老小，上面有个哥，在云南插队十年，落下一身病，去年回到北京，在街道办小工厂找了个工作。徐长卿心里清楚，知青回城大潮已经兴起两年了，全公社其他知青已经全部离开，只剩下已经成家的于文丽还在庙台。徐长卿清楚老人来的目的，也明白于文丽两难的处境，当即坦率地对于父说，自己同意离婚，同意于文丽回北京，回到他们身边，于文丽的工作他来做。这位只见过两次面的岳父眼睛一下子亮了。

徐长卿和于文丽结婚时，她父母心里带着气，都没来。婚后于文丽带着徐长卿回了娘家一次，于父于母虽不情愿这门婚事，但都是善良之辈，对徐长卿虽然不是那么热情，但也没有摆脸子、耍难看。倒是于父悄悄跟于文丽说："你这个乡下郎中倒是有那么点气宇轩昂的意思，将来要是能调到北京来没准还能成就一番事业呢！"于文丽板着脸说："成啊，赶明儿你找市长要个调令吧。"于父被女儿怼了个长脸，但对这个最心疼的女儿没辙，只是苦笑着摇头："你呀你呀！"

总之，他们惊世骇俗的婚姻没有得到娘家人的祝福，于文丽心里始终有阴影，此后几年都没回过北京。直到"文革"结束，家里来过两次电报，于文丽单独回过北京两次，但每次回来都愁容满面、心事重重。徐长卿问她，她也不多说。看来，即便在首都这样的大城市，百姓过日子也有很多难场。这次文丽父亲来，徐长卿知道，自己不能再让他失望了……

时间把握得很好，徐长卿这里刚把菜摆上桌，那边就响起了敲门声。于文丽搀着父亲，地黄提着行李带着一股寒风进了屋。

"累坏了吧？快坐下暖和暖和！"徐长卿接过行李，把老人和于文丽安顿坐下，于父一边搓着手一边打量眼前一桌子的菜肴，高兴地赞道："这么丰盛的家宴！咱们算是提前过年啦！"

地黄不善言谈，默默给大家一一倒上酒。看着性子腼腆、身材高大的地黄，于父由衷地赞道："真好，这性子，这身架，跟他爸一模一样！对了，老二呢？叫地锦是吧？"

于文丽道："地锦也这么高了，在庙沟陪他爷爷，主要是抓紧时间复习，准备明年参加高考。"

炕火烧得很旺，屋里暖烘烘的，徐长卿不停地给于父敬酒夹菜，这顿家宴吃得很愉快。

酒足饭饱之后，徐长卿对于文丽说："老人奔波一天了，我送他去客房休息。"便领着于父向诊所走去。

客房里炭火烧得很旺，屋里寒气驱尽。徐长卿坐在老人对面，开门见山地说："您老放心，这次我一定做通文丽的思想工作，让她和您一起回北京。"

于父知道长卿陪他来客房是要谈这件事，本来还心中忐忑，不知怎样开启这场难以开口的谈话，却没想到长卿如此坦诚，倒让他心生愧意，不忍心拆散他们。心念一动，于父霎时红了眼圈："家里不怎么好，文丽她妈整天伤心抹泪的，要不然我真不该来打扰你们。"

"我知道，我知道家里的困难，文丽他哥身体又不好，文丽是该回到你们身边。再说她还年轻，趁现在有回城政策，回北京兴许还能奔个好前程。"

听了徐长卿推心的话语，老人情绪平稳下来，并说道："文丽这孩子有主见，做事稳重，当初她不顾全家人的反对要在这儿成家，我就知道必定有她的道理。长卿啊，你这个人确实值得她这么做。依我看呀，你们不一定非要分开，咱们可以换个路子想。你看，你在这儿也是开诊所，不如你跟着文丽一起回北京开个诊所吧？现在改革开放了，百业兴旺，诊所准能办得红红火火的。"

徐长卿摇摇头苦笑着说："我是个土郎中，去不了大城市，去了大城市就不会看病了。再说，这一方百姓有病了上哪儿看病去？他们离不开我，我也离不开他们。"

"你是这个！"于父竖起大拇指。

这个晚上，翁婿二人谈到很晚才分开。


地黄回自己屋睡去了。于文丽收拾完锅灶碗筷后，穿上棉衣打算去客房的，想想还是不打扰他们为好，但她又满腹心事，没有一点睡意，便靠在炕上等着徐长卿。

这次父亲来之前在电话里说了，他找了街道办联系好了她回城的事，街道办说今年可能是最后一次机会，以后再想回来的人没准就没有北京户口啦。于文丽当即就急了，高声嚷嚷道："跟你说过了，我不回城，我不离婚，不要再提这个事了好不好！"可电话那头不吱声了，一会儿传来她妈妈哽咽不清的话语声："闺女，闺女，妈想你……"于文丽当即一阵阵揪心般疼痛，一时不知怎样好了。一会儿，传来父亲的声音："电话里不说那么多了，只告诉你，我已经退休了，现在有时间，准备腊月间到你们庙台去。"

那天在大队接完电话，于文丽在回诊所的路上一直抹着眼泪，徐长卿见到时显然察觉了什么，也猜到了几分，但始终没问她，只是得知岳父要来的消息后，他叮咛于文丽一定要到县上去接。

火车到县上已经是下午了，不再有班车，要在县招待所住一晚上，第二天赶上午的班车才能回来。昨天临去县上时，于文丽看到徐长卿眼里有话，就瞅着他，但他只说了一句："我就不和你一起去接了，你们父女俩好说话。记住，一切要为老人着想。"

昨天在站台接到父亲的时候，于文丽暗暗吃了一惊：才一年的工夫，父亲看上去就老了一截。是啊，父亲三十多岁才有的她，现在已经是花甲老人了，上个月已经正式退休。两人到招待所放下行李并洗漱了一下，就到街上最好的馆子里点了几个菜，要了一小瓶酒。

"您是10月份退休的？退了以后干啥呀？您一向是闲不住的。"于文丽小心翼翼地岔开话题，唯恐父亲提起让她回北京的事。

"还好吧。你知道邮政局那工作是掐钟掐点的，这么多年家里事一点也管不上，这下好了，帮你妈分担点家事吧。"

"我哥他回城一年多了，工作怎么样？"

"你大哥去年年初回城以后，安排到街道办小工厂，就是咱家对面那条光里胡同那个工艺品小厂，做个镜框、粘个贝壳工艺品什么的。厂子门前有棵老槐树，还记得不？"

"记得记得！厂门口摆了几个大镜框，有一个叫百鸟朝凤什么的来着，特好看。那槐树底下老有一个腿脚不好使的人卖糖葫芦，我小时候攒下两个牙膏皮就去换一根糖葫芦。"

"对，就是那个厂。厂子虽小，活倒也不累，离咱家又近，本想你哥干着这份工作倒也合适。你妈到处托人说还想给他找个对象成个家，把他安顿下来我们也就放心了。可谁料想他在云南落下的风湿病越来越严重，眼看着腰都直不起来了，工作怕是做不下去了，成家更没指望。你妈是个硬气人，白天风风火火地忙里忙外撑着这个家，到晚上说起这些就哭。"

于文丽哭了，抽泣了一阵才说出话来："我知道，我知道你们过得不容易。我哥的病医生怎么说?"

"看过好几家医院，地坛医院、宣武医院都去看过，没有啥好法子。你们寄的中药也一直吃着，没有见好转。医生说孩子身体亏欠太大了，风湿是个骨子里的病，难治。这孩子命苦啊，看来这一辈子连个家也成不了啦!"

直到吃完饭回到招待所，父亲一直没提让于文丽回北京的事，只说家里事。晚上，于文丽直到后半夜都睡不着，眼前老是晃动着母亲愁苦的面容和大哥那佝偻的身子……

长卿回来已是深夜时分，看来他和父亲谈得不少，于文丽瞅着他等他说话。长卿进屋后坐在炕沿上，面带微笑望着于文丽，平静地说："文丽呀，这次让你爸爸多待几天，你跟他一起回去过年，不要让你爸妈伤心了。"

于文丽泪水满面："我们真的要分开?"

徐长卿依然面带笑容："也许这是命中注定的，想起凌先生当初预言我今时的样子，真是历历在目啊!"

于文丽把徐长卿拉到身边并排靠着，搂住他的脖颈："我记得你讲过，在咱们还没见过面的时候凌先生就说过，你大难过后会有一段让世人瞠目的姻缘，但终不能持久。那他说没说你今后什么时候再成家呢?"

"造化弄人，凌先生终究不是什么神仙。不过我后半生一心只在岐黄，现在不想那些事。"

"那你今后呢? 凌先生有没有讲过，你今后怎么过?"

徐长卿笑道："你说有什么难场呢？地黄、地锦都大了，诊所越办越好，我感觉自己现在读凌先生留下的那些中医经典古籍才越来越读得进去。今后能让我专心膜拜岐黄，悬壶行医，就是我向往的日子，你说有啥不好呢？"

于文丽扑在徐长卿怀里放声大哭。

第二天，徐长卿向陈山讲了他要与于文丽离婚的事，陈山倒是不怎么意外。徐长卿问怎么办手续，陈山说："大队开个证明，你们两个签上字，现在是知青回城的当口，公社见证明当即就办证书，所以办手续不是问题，你自己掂量掂量想好了没有才是问题。"徐长卿望着陈山憨憨地一笑："这么好的媳妇，离了我肯定舍不得，可人不能光为自己想啊，文丽她家也过得挺不容易的，再说咋能让人家一个北京娃在这儿当一辈子农民嘛。"

晚饭后，趁地黄陪着于父去国道上转了，徐长卿对于文丽说："我问了陈支书，大队盖上章到公社当即就给办证书，明天咱俩去趟公社，能办好则好，若不能也不碍事，你跟你父亲先回去，手续办下来我给你寄去。"

"我们，真的要分开，真的要离……"于文丽话未说完便捂着脸抽泣起来。

"文丽，不要那么悲伤，这可能是命中注定的事情。你和我终究是两个不同世界的人，你不是这深山老沟里的人。这是一种错位，就像每一种中药材都要在适合它的水土中才能生长下去。人呢，也同样，应该是在自己固有的环境中生活。知青回城大潮已经有两年了，这次可能是最后的机会，你是该走了。在我最艰难的时候你屈嫁给我，支撑我渡过难关，牺牲了你的青春。我徐长卿这一辈子有两个大恩人，一个是我的恩师凌先生，一个就是你。这一辈子，我都会记着你的好。"

徐长卿止住话头，别过脸，于文丽扑进他怀里放声大哭。

徐长卿轻轻拍着于文丽的肩膀："好了，文丽，不要再悲伤了，家庭和老人是我们的责任。在庙台这些年，你把青春给了庙台给了我，现在是该回去照顾你家的老人了，我怎么能只顾自己呢？明天咱们去大队、去公社，过两天你就和你父亲一起回北京。"

徐长卿打开一个挂锁的抽屉取出厚厚一沓钱，缓缓推到低头坐在桌子边头的于文丽面前："这个，你带上，回到北京要落脚要找工作，花钱的地方多。"

于文丽没抬头就推回去，她知道，那是两千块钱，那是家里全部的积蓄。"那咋行？你还带着两个儿子，不吃不喝了？地锦还要上学，你还要赡养老人呢。"

徐长卿说："不用担心我们，只要这庙台青山绿水常在，草木年年生，我们就有饭吃。"说完把钱又推到她面前。

于文丽不再说话，拿出五百块，把剩余的推回去。徐长卿知道她的脾性，便不再多说，把钱放回抽屉。从炕角拿出一个包袱打开："这是些上好的当归、党参，你回去给自己和家人用。这些年，你也懂些中草药的好处了，以后再需要的时候我还会寄给你的。"

于文丽摩挲着一根根壮硕的当归，浓郁的药香在屋里弥漫开来，想起自己和长卿一同上山采当归的情形，眼下心境正如长卿吟过的一句词："不说明朝风雨，自当归。"

于文丽捂着脸呜呜地哭。

徐长卿心如止水，长久地注视着埋头哭泣的于文丽。于文丽嫁给他八九年了，若从插队到庙沟算起，她已经在庙台生活了十几年。十几年的风霜雨雪给了她很大的改变，脸上的皮肤粗糙了，头发不再是那么飘逸秀美，尤其是那一双手，她初来医疗站时那是多么秀美灵巧精致的一双手啊，这些年寒风蚀、冷水浸，各种工具摩擦，手掌手背都变得粗糙黝黑，冬春时还有一道道皲裂的口子。徐长卿常常觉得心里有一种负罪感，他爱她、感激她，总觉得对不起她。

　　腊月十五的早上，山岚早早就散了，风却很大，沿着沟谷呼呼地叫着，叫着叫着，雪花便纷纷扬扬地飞舞起来。

　　于文丽起得早，默默地收拾好行李搁在门口，然后生火做了一锅面条，卧了几个荷包蛋，给父亲和长卿、地黄盛好。

　　徐长卿轻轻问："你呢?"

　　于文丽沉默地摇摇头表示自己不想吃，她从早上起来就没说一句话。三个男人都吃完后，她把锅碗洗净，再一次失魂落魄地把屋子打量一遍，揉了一下眼睛，一咬牙，起身向门外走去。

　　一推开门，好像一下子就跌落在风雪世界里了。村落树木，沟渠田埂，全笼罩在风雪之中。风，刀子般割人脸，雪花扑面而来。于文丽迎着风雪往前走，脸色凝重，肩头落了一层晶莹的雪花，徐长卿紧紧跟在她身后。

　　刚走到麦场中央，一群女人扑过来围住于文丽——十几个平时跟于文丽要好的婆娘媳妇已经在麦场上等好久了，一个个手里提着核桃、木耳、煮鸡蛋什么的，疼惜地望着于文丽。这些平时能咋呼的主儿，这会儿一个个像哑巴一样，不知说啥好。

　　于文丽要走的消息几天前已经在庙台传开了。不相信的人去问陈山，陈山说："人家的家事要你们管? 你们操哪门子心!"问的人说："不是，徐大夫和于医生这两个人都是特别好的人，我们都觉得他们要是离了怪可惜的。"陈山搓把脸说："世事姻缘天注定。徐长卿这个人拿得起放得下，真是个人物嘞！"这几天，村民们听说徐长卿找大队开离婚证明，又时常看到于文丽一个人在麦场边的杏林里徘徊、抹眼泪，一副熬煎的样子，知道于文丽真的是要回北京了，要永远离开这里了。可询问的话又说不出口，便有人一直打探着，得知于文丽腊月十五这天走，都早早地赶来送行。

十几个婆娘媳妇齐刷刷地瞅着于文丽和徐长卿，却都绷着脸不知怎样开口。徐长卿一笑，朗声说道："感谢大家来送文丽，她来咱们庙台十几年了，她也有自己的家，有父母亲，她现在回首都、回自己家是好事，你们说对不对？"

这一句话立刻打破了沉闷的气氛，婆娘媳妇们当下叽叽喳喳地议论起来。

"就是，文丽在咱们这山沟里太委屈了，有政策回首都那是天大的喜事啊！"

"文丽这么好的人走到哪里都会好的。"

"文丽呀，你走了，不要说徐大夫，我们都会想你的。"

于文丽被一群婆娘媳妇簇拥着，泪水伴着笑容，一路说着笑着哭着向国道走去。徐长卿和于父走在后面，地黄扛着行李，麦场上站着一些村民目送着他们。一会儿，去往县城的班车就会载着于文丽和她的父亲到县城火车站，庙台大队最后一个北京知青离开了。

"听说于文丽不同意离婚，那她还会回来吗？"有人悄悄地问。

徐长卿望着满天风雪，嘴角凝起一丝苦涩的笑。

# 第七章 使君子

远志去寻使君子，当归何必问泽兰。

——《药名四季歌》

## 1

回到庙沟，徐长卿老远就看到父亲在门口张望的身影。地黄一路喊着爷爷跑进院里，徐长卿面带笑容训斥道："都二十多岁的人了，还这么不稳当。"地锦听到地黄的喊声从屋里跑出来，从地黄手里接过东西，往门外瞅着："爹，小于妈呢？"

徐长卿随地黄进来，关上院门。徐青山还在往徐长卿身后打量："文丽呢？文丽咋没回来？"

院里站着祖孙三代四个大老爷们，空落落的老屋一下子有了生气，但少了一个人，那个给这个家带来温馨、带来愉快的人呢？徐青山和地锦都把目光焊在徐长卿脸上。徐长卿平淡地说："她回北京过年了。走，咱们进屋。"说完便拉着父亲往屋里走。这个时候，地黄附在地锦耳朵上说了一句悄悄话，地锦一下子怔住了，手里的东西掉在地上，冲着徐长卿问："爹，你为什么要和小于妈妈离婚？"

徐青山像当头挨了一棒，愣愣地望着徐长卿。

徐长卿一路上就琢磨着怎样给父亲讲这件事，想到吃晚饭时再慢慢说，不要让父亲突然承受这个打击，没想到刚一进门就露了底。他把父亲拉到堂屋坐下，让地黄和地锦也进来站在爷爷身边，然后说："我和文丽是离婚了，前天才把她送走，让她和她父亲一起回北京了。今年是知青回城的最后一次机会，文丽家里也不好过，她哥哥插队时把身子搞坏了，得了风湿病。她妈整天哭着盼她回去，她爸找了街道办事处给文丽争取了户口和工作，专程来庙台接她回去。文丽一直不愿离，是我再三劝解她才答应的。"

徐青山清楚自己一直担心的事情已然发生，半晌无语。徐长卿缓缓说道："爹，不要怪我，有些事情是由不得人的。咱们得为人家想想，是吧，爹？"

徐青山长叹一声："可惜，文丽是个少有的好女子，不能到头，这是命啊！"

徐长卿感慨道："文丽为我付出得太多了。"

徐青山不由得想起老伴，黯然神伤："我们徐家怎么就留不住女人呢？你说这是为啥？"

徐长卿赶紧岔开话题："哪有哇，你看地黄、地锦都成大小伙子啦，过不了几年就能把媳妇领回来。你记得凌先生讲的吧？他说徐家将来一定是个人丁兴旺的大家子呢！"

说完，徐长卿对地黄、地锦喊道："快把年货都拿出来，让爷爷看看还缺啥。地锦跟我烧火做饭，地黄去把猪肉挂起来。"

全家人都忙起来，心头的阴霾暂时消散了。

从腊月二十到正月初十，徐长卿天天陪着父亲，说说柴米油盐家常话，做做劈柴火、舂米、罗面的家务事，把父亲平时过日子的事情尽量安排好，有时还陪父亲下两盘棋。直到初十过后才带着地黄、地锦离开庙沟。地锦再有十来天就开学了，去县中后直到高考都少有时间回来，因此分手时特别舍不得爷爷，舍不得离开庙沟。这个年，是一家人在一起待的时间最长的一个年。

回到庙台没过几天，地锦就回县城上中学了。这是他在县中的最后一学期，7月份的高考将决定他的命运。于文丽走后，徐长卿和地黄两个人撑起诊所的事务，整日忙忙碌碌，倒也没有太多离异给他带来的苦闷。于文丽来过几次信，说她已经在一家医院当护士，家里一切都在好转。

时光飞转，眼见得由春到夏、由夏入秋了。

8月上旬的一天，地锦收到了录取通知书，考入山东中医学院。这个消息轰动了庙台，庙台穷乡僻壤祖宗八辈出了头一个大学生，乡亲们纷纷来诊所道贺。接连几天，诊所里人来人往，热热闹闹的。

这天上午来了好几拨送礼的、道贺的乡亲，离开后徐长卿才抓紧给几个病人瞧病，等地黄给他们一一抓好药都已经到十点多钟的光景了。村口的陈婶拿着地黄给她抓的药来向徐长卿道谢。徐长卿一边送她一边讲着煎药时要注意的事情，叮咛她加件衣裳避风寒且不要喝凉水。正说话间，一个看起来年近花甲的汉子来到诊所门前，笑吟吟地看着徐长卿。

徐长卿招呼道："进来坐嘛。"

来人缓步走进诊所，颇有兴致地打量着外厅里挂的一面面锦旗牌匾什么的，向徐长卿道过谢后问道："是徐大夫吧?"

"在下徐长卿。"徐长卿打量着来客，是个外乡人，听口音是城远人，个子几乎同自己一样高，精瘦，身板却很结实，瓦刀脸，看起来五十多快六十岁的样子，面色有神，嗓音洪亮，精神矍铄，不像是来瞧病的。徐长卿试探地问："先生是城远人？离我们这儿不远，是来逛张良庙的吗？"

来人点头道："是的，是的，逛了张良庙，也想找徐大夫给香灸一下，祛祛体内风寒。"说着，拿起桌上放的一根梅花形状的重午香一边细细观察、嗅闻，一边兀自点头："好东西，好东西。"

徐长卿注意到此人虽衣着平常，但气宇轩昂，沉着温厚，心知不是简单地看个病的事，不敢怠慢。徐长卿望闻问切过后，扶他躺在调理台上，点燃重午香，斜持香棒，与皮肤呈四十五度角，以顺时针转动，在至阳、大椎、命门、长强、神阙等穴细致运行，以腧穴为圆心向外扩展，缓慢转动。

持续半个多小时香灸，徐长卿手臂酸麻，正想稍作歇息，来客说："好了好了，多谢徐大夫了。"言罢翻身坐起。

不等徐长卿放下手中香棒，地黄又带进来一人，抬头一看，又是个外乡人。这庙台诊所平时少有外乡人来，这一上午竟连来两个外乡客。这一位五十开外的样子，中等身材，面容清癯，双目炯炯，操着浓郁的四川口音："是徐大夫吧？"

徐长卿连忙让座，不等发问，来人快人快语自我介绍道："我姓刘，从巴中来的，年后一直感觉身子倦怠不适，要请徐大夫诊治一下。"

徐长卿心知这人也非一般求治者，定是有些来历的，也不多问，嘱地黄沏茶款待二位。徐长卿坐下为刘川客切脉、香灸。香灸完后，两位外乡人还没有走的意思，一边观察徐长卿给病人诊疗，一边很有兴致地聊起诊所的情况，尤其是频频夸赞重午香效果好。徐长卿心里已经判定，这两位肯定都是同道中人，虽不知他们因何而来，但显然是有话要说。

他嘱地黄早些回到家里和地锦做几个菜，午饭时便说请他们到家里喝杯苞谷酒。两位客人也不推辞，相视一笑，欣然前往。

回到家，地黄和地锦已经做好午饭，备下酒菜。徐长卿为客人倒上酒后举杯道："真人面前不说假话，我看二位一定是杏林高人，请多多指点，有得罪的地方请多包涵。"

城远人笑道："徐先生见外了。实不相瞒，我是听一个乡党说起，说在你这儿调治了几回，多年的哮喘好了。咱们行医的都晓得医不治喘，哮喘是最难医治的，徐大夫用这么一根艾香棒给她治愈了，实在难得，我就想来看看。"

"敢问先生尊姓大名？"

"方远路。"

徐长卿一听吃了一惊，方远路的大名他早就听父亲说过，那可是城远一带很有名望的大郎中，于是忙站起身打躬作揖："失礼失礼！我这是关公面前耍大刀哩！方前辈是名传百里的名医，连我们县的很多百姓都知晓啊！"

方远路说："徐大夫不要客气，你家的重午香的确非同寻常，用艾灸的人很多，但你这个重午香有讲究哩。"

说了几句，徐长卿恐冷落了刘川客，举杯敬酒，一迭声地说道："你是远道来的客，慢待了。"

"是我冒昧跑来打扰，失礼了。我来有两个事，一是你的医名传到巴中了，想来拜会一下。"

徐长卿摆手道："我一个山里头的小郎中，哪里敢提'医名'二字！"

刘川客说："去年你是不是给一个打这儿路过的四川司机治过腿伤？"

徐长卿点头道："是，去年秋天有一辆四川来的汽车在柴关岭翻下深沟，一个当场丢了命，一个胳膊、腿都摔折了，离县医院太远，乡民们便把他送到我这儿来了。"

刘川客说："是了。另外，我想向你打听个人。"

徐长卿问："哪个？"

"凌朴子。"

刘川客轻轻吐出这三个字，让徐长卿又吃一惊，酒杯都差点掉到地上，连忙站起身瞪着刘川客急问："你认识凌先生？"

刘川客说："你坐下坐下，看来我猜对了。我听说凌先生最后流落在张良庙附近，当真是这个样。"

徐长卿说："凌先生是我的恩师，是我没能保护好他，眼看着他命丧异乡。"

刘川客说："凌先生长我十多岁，是名贯巴中的大医，艺高德厚。我曾求教于先生，有过几次交往。他因拒绝给恶人治病受迫害离开巴中，后来听说被造反派追到张良庙整死了。凌先生虽无家眷也无后人，但在巴中口碑甚广，在百姓呼吁下，去年政府为他平了反。我春日里听到了凤县翻车司机的传闻，又听一位来紫柏山采药的川东药客说起他在此地摔伤腿，也是徐大夫为他治好腿伤，只不出月的工夫就回到家乡。我看了他的外伤几乎了无痕迹，心中甚为佩服。"说着，刘川客站起身向徐长卿作揖，"原来你是凌先生的关门弟子，得凌先生真传，自然技高一筹，这就明白了。"

徐长卿说："不敢，我称不上凌先生的徒弟，相处时间太短，才一年的工夫，而且我一开始还没有好好珍惜。"

方远路听得二人一席话，不由得感慨："我身居穷乡僻壤，不曾听说过凌先生的事情。原来徐大夫是得大医真传，难怪从医不久却有如此高超的医术，看来又是一段杏林佳话啊！"

刘川客说："我了解凌先生的秉性，落难之际从川东一路行来，并非只为逃命，他是要瞅一个合适的人，把他的医术医道传承下去。看来，他找到了合适的人。"

徐长卿已是满面泪水，抽泣着向刘川客和方远路讲述了自己与凌朴子相识的经过，以及凌先生给自己传授医术直到被殴打致死的过程。

刘川客问："凌先生就葬于此地？"

徐长卿点头道："嗯，在我家所在的庙沟，离此不远，饭后我们去。"

## 2

饭毕，刘川客迫不及待地要去看凌朴子的陵墓，徐长卿便带二人去庙沟。自从去年通了班车，去庙沟比以往方便多了，半个小时后，三人便走在了庙沟的石板小街上。

沿石板路走到尽头便出了村子，一条小道向阴阳坡缓缓攀上去。小道两旁，一丛丛车前草长得葱茏茂盛，长长的花穗像马鞭一样随风摆动。三位郎中兴致勃勃地且行且说，不时弯腰采一丛蒲公英、龙葵、地丁什么的，谈论着各自制草用药的体会，不一会儿就来到凌朴子墓前。

十多年过去，凌朴子墓前的柏树已有碗口粗，苍翠的枝叶在风中轻轻摇曳。"文化大革命"结束以后，徐长卿用砖箍了墓，用紫柏山的黑金石凿了一块墓碑。墓碑上由罗林甫写的"大医凌朴子之墓"笔力遒劲，十分醒目。每到清明前后，常有庙台一带村民自发前来祭奠。

三人一同向陵墓鞠躬，肃立良久。

刘川客凛然说道:"凌先生,你身落异乡十年无音信,但乡亲们从未忘记你。去年,政策刚刚开始落实,巴中百姓万人签名要求政府给你平反,你头顶上再没有那顶莫须有的帽子了,你是家乡父老爱戴的良医,是名垂千古的凌大郎中!"

刘川客泣不成声,徐长卿和方远路也热泪奔涌。

山风徐徐,雾岚飘荡。山谷对面依稀可见张良庙山门和半坡上的授书亭,山后峰峦重叠,紫柏青松连绵无尽,云海雾涛波澜荡漾。

良久,刘川客感慨地说:"徐大夫,凌先生落难之时能遇上你,他的医术医道传承有人,你又把他安葬得这么好,他大可瞑目了。"

方远路感慨地对徐长卿说:"你和凌先生的患难之交可说是一段杏林传奇呀!我虽无缘领会凌先生高风,可从你成医之路可看出凌先生医术医道之高深,从你对凌先生的安葬可看出你的人品,难怪你仅十年工夫就成为一方名医,可赞可叹,难得啊难得!"

徐长卿说:"凌先生教授我的不仅是识病用药的方法,也教给我怎样做人,怎样做郎中。"

刘川客说:"凌先生行医数十载,在他眼里,病人没有贫富之分,生命没有贵贱之别。巴中一带百姓都知道,凌先生仁心仁术、刚正不阿,找他求治的病人,除了急病患者,无论是谁,都以先来后到为序。对待所有病人,他都是热情周到地望闻问切,反复推敲、细致诊断、合理施药。几十年行走川东乡间村坝,救死扶伤无数,自己连家业都没顾上,直到最后找到传人,他才慷慨赴死。"

三位郎中拜祭过凌先生后,心中皆为凌先生高风感佩,便席地而坐,在凌先生墓前谈起医术医道的话题。

方远路说:"凌先生悬壶一生印证了一条中医信条——中医者不求闻

达，根植于民间，求索于本草，心无旁骛，尝百草、临千证，方为良医。"

刘川客说："是的，我第一次拜会凌先生时，凌先生说'若求富贵，勿做郎中'，郎中是个贱活路。百药千草皆生于天地泥土间，'地气'是其生命，因而做郎中定要持一颗平常心。这颗平常心要时时在思，时时在悟，一点一滴积成医术医道。"

徐长卿说："我对此也是感受颇深，即便是《黄帝内经》这样的经典，也只能给你讲普遍性的认识和方法，而每一个人、每一种病都是不同的，只有你自己时刻用心琢磨、用心辨证才能有所悟。不瞒二位长兄，我就时常感觉自己的'思'和'悟'不够，治病救人未曾尽到全心。比如，有一阵子不是太忙，一天里只诊治四五个病人，就会治得特别细致，效果特别好；有一阵子忙得顾不过来，一天十几二十个病人，这样子当然也没啥错，也都治了，病人没有什么不妥，但我自己知道究竟用了多少心、有多大效果。我觉得，中医深奥艰涩，病理变化无常，郎中的医术有高有低，重要的是用了多少心。"

"说得好！"刘川客击掌喝彩，"百草变幻方万剂，医者仁心贯古今。用心，是一个好郎中第一要紧处，有了心方能用心，用了心才能精医术、得医道。方医师，你说嘞？"

"既见君子，云胡不喜！"

方远路随口吟出《诗经》里的话来，徐长卿和刘川客听了为之一振，心想，方远路不仅年纪最长，在汉中一带名气甚广，还有一肚子好文才哩，二人笑逐颜开地听方远路讲下去。

"孙思邈《大医精诚》里论述了有关医德的两个问题：第一是精，要求医者要有精湛的医术，因为医道是至精至微之事，习医之人必须博极医源，精勤不倦。第二是诚，要求医者要有高尚的品德修养，以'见彼苦恼，若己有之'的感同身受的心，进而发愿立誓普救生灵之苦，且不得恃己所长邀射名誉、经略财物。"

徐长卿说："是了，凌先生临终之际对我说过'道者，仁也。仁人之心珍爱生命，视一草一木、大小禽兽皆为生命，竭自己所能挽救生命，在行医中视病人为己、为亲'，凌先生的话不断警醒着我啊！"

刘川客说："所以古人说，世无不治之症，唯有不精之艺。医者，唯有精医术、重医德，方能为百姓所敬仰。"

"对了，徐大夫，讲讲你的重午香，是这个重午香把我们两个吸引来的哟！"方远路把话题扯到重午香上来。

说起重午香，徐长卿想起当初就在这阴阳坡上，临风而立的凌先生手持艾蒿喜不自禁的样子，深有感触地说："当初我并不理解凌先生炮制重午香的要紧处在哪里。后来，当我渐知医理药理，以一个郎中的眼光看我们庙台这一带的水土，看这一带的乡亲，才渐渐悟得，要为此一方百姓祛病除症，首先要做的是除湿解瘀。这紫柏山一带，常年雾气缭绕，日晒时间短，而这一带地貌呢，阳坡陡峭，阴坡平缓。乡民大多选平缓有水之阴坡建屋栖身，祖祖辈辈受阴湿浸淫，很多人湿瘀沉积、筋脉粘连、气血不畅，日久易形成软组织病变。我接触到的很多病人外感寒湿以关节、筋骨疼痛为常见，内生寒湿以畏寒肢冷、腹痛泄泻或浮肿为常见。四肢关节疼痛、颈肩酸痛、肩周炎及哮喘等症状，都是体内有寒湿作祟。而艾蒿入脾、肝、肾经，有理气血、温经脉、逐寒湿之功效。艾灸通过对局部加热和给药，促进气血循环，扶正助阳，调理各种筋、经、络粘连引起的阻滞，达到全身通达、身体平衡、阴阳调和，对各种慢性病症以及疑难杂症都有效。紫柏山的艾蒿药气特别好，这十几年来我使用重午香为本地村民祛病除症，受益者甚众，并非我医术良善，而是重午香妙方之力，这都是凌先生的功德啊！"

方远路说："湿气是风、寒、暑、湿、燥、火六邪之中最易作祟之物，中医有'千寒易除，一湿难去'的说法。城远和这儿紧邻，地貌气候差不多，湿瘀也是慢性病之首。"

刘川客顺手揪下几根长长的艾蒿，一边嗅着一边说："艾灸从调经络、通气血入手，从人体皮肤表层给药，通过刺激穴位让中草药的四气五味直达病灶，直接调理治疗人体经脉，激活免疫细胞，增强自愈力，从而起到软坚散结、贯通经脉气血及往复循环的作用，达到祛寒、除湿、排毒、利水、促代谢的效果，以使人体阴阳平衡。正所谓小草见奇效啊！"

方远路把思路引向更远的地方："我在为患者祛寒除湿的过程中发现，有的寒重者反而会'火'也重。"

刘川客说："对，湿气不只带来寒湿之证，还会产生热证。湿气久蕴化'热'，体热会出现多种上火的症状，如眼睛红肿、口角糜烂、尿黄、牙痛、咽喉痛、头晕等。"

方远路接着说："后来经过一番思考观察我才悟到，寒重者伤肾，肾阳不足、肾气虚造成各脏器功能下降，血液亏虚。肾属水，水是滋润全身的，当体内水不足时，就如大地缺水一样，身体便会干燥。肝脏属木，最需要水的浇灌，而一旦缺水，肝燥、肝火就非常明显，常见眼睛干涩、口干舌燥、咽干咽痛等症状。我闻到凌先生制的重午香里佐有藿香、桂枝、紫檀香等臣药，巧妙地让祛寒除湿和清火败毒同步进行，这是重午香的妙处所在。"

刘川客说："凌先生研制重午香造福一方百姓固然功德无量，徐大夫持香十年坚守一隅布医施治也是功不可没啊！"

徐长卿急忙摆手道："不敢不敢，可不敢这样子说。以我一个初习医者，只能治些小病，有些是还没有转化为疾病的证候，这叫小医医小病。"

刘川客说："医小病？这叫上工治未病，这才是一个郎中要做的大事体。"

方远路说："治未病这个话题在古代就被重视，但今天我们却渐渐地淡忘了。不说普通人，就连我们行医之人中也有很多人认识不足。人们习惯于看到医生用手术刀开肠剖肚把一个个危重病人抢救过来，习惯于看到医生把一个个病人从昏迷中救醒过来，似乎只有这样才是好医生。没有人想过，要是一个好医生及时调理你的身体，引导你养生保健，让疾病化解于暴发之前，让你始终处于健康状态，那不是更好吗？"

望着两位兄长般的同道，徐长卿心里暖融融的，深感谈话意犹未尽，看时光已是后晌，便恳请二位夜宿庙沟："咱们今晚就住我们家老屋吧，凌先生就在我家住了一年。"

刘川客一听住凌先生住过的地方，高兴地连连点头："好呀好呀，说不定今晚我还能和凌先生会一面嘞！"

方远路说："嗯，故地寻访凌先生固然是好，可是要打扰你家老人，怕是有些唐突吧？"

徐长卿道："我母亲离世数年，平时只有我父亲自己住，接他去庙台住他不肯，他舍不得一院子的中草药。我平时只能偶尔回来看望一下老人，所以咱们到家去，他怕是比过节还要高兴嘞。"

一听徐父还种了一院子中草药，方、刘二人更是充满期待。

# 3

徐青山正站在院子里翻动着竹架子上放的几个大筐篮里晒的草药，听见说话声抬头一望，看见长卿和两个陌生人走来，忙打开院门。

"爹，这位是城远县的方远路大夫。"

徐青山一听方远路这个名字，欣喜得很："哎哟，稀客稀客！方医生，你可是闻名百里的大郎中啊！"

"不敢不敢，我和长卿一样，就是为乡下人治个头疼脑热的土郎中。"

"方大夫说笑话，长卿哪能和你比！他才学几年，今后你要多教他。"

徐长卿拉着父亲转向刘川客，给他介绍道："这位是凌先生的故友，刘大郎中，专程来祭拜凌先生。"

徐青山一听是凌先生的朋友，更是喜出望外："哦，太好了！凌先生和我们家有缘，只可惜那时世道不太平，我们没能好好照顾凌先生。"

一说起凌先生，徐青山就红了眼圈。刘川客说："徐大哥不必伤感，凌先生在他生命的最后一站，遇到你们一家人，可说是死而无憾啦。给你讲，去年我们县上给凌先生平了反，他是巴中人民爱戴的好医生，十年冤屈终于昭雪，凌先生可以瞑目了。"

听了这番话，徐青山不禁悲喜交加，热泪满面。少顷，他用衣袖擦了擦眼睛，一迭声地说："看我，客人来了咋能站着说话哩！长卿你快招呼客人坐，我去煮茶。"

徐长卿搬来椅子摆在翠竹下的石几边，说："来，咱们就在这里坐会儿，凌先生最喜欢坐在这里看书的。"

方远路和刘川客已经被院子里的各种药草吸引住了，信步院前院后，打量着地里长的、笸篮里晒的、房檐下挂的各种中草药，越看越喜欢，越看越有兴致。

东边山墙下，徐青山开垦出一块有两盘炕那么大的地，精心侍弄成一垄垄草药田，按着各种草药株苗的高低间隔套种：耐旱的种垄上，喜水的在垄下，藤蔓的种两边，充分利用了空间。它们都到成熟的季节了，空气中弥漫着浓郁的草药香。

一方小小的药田竟种了十多种常用中草药，每一种都长得极好，可看出种药人深谙药材生长机理。方远路和刘川客都是中医药老手了，面对这方小药田心里也是钦佩不已。

抬眼望去，屋檐下，挂着四五捆干透的艾蒿、几束杜仲，还有一串串风铃般的天麻、土茯苓、何首乌等，随风摇荡。

小路两旁，两排笔直的杜仲树已有碗口粗，一棵五味子树也已挂果，就连门后窗下自生自长的野草也大有文章。普通人都会当成野生自长的闲草野花，方、刘二人一看就知道是主人精心布局，着意培之。房檐下的石缝里，长着一丛丛车前草、地丁、地黄、地锦什么的，郁郁葱葱。连土院墙的顶上也长着一棵棵肥嘟嘟的瓦松，特别是西墙边，一根络石藤顺墙爬上去，展叶舒蔓，把整个墙壁都铺满了。放眼望去，地里长的、屋檐下挂的、笸篮里晒的、墙壁上爬的，乃至院墙上的芒硝、房顶瓦缝里的瓦松，无处不是中草药啊！

刘川客连连赞叹："我的个天喽！光是这院里的中草药就不下百种，令尊堪称药王啊！"

方远路也颇为感慨："难怪长卿行医时日不长，却有这样好的医术，原来还有这样好的家学熏陶，有这样好的一座中草药宝库！"

徐长卿笑说："从我记事起，我父亲就长年采药种药，平时家人和邻里谁有个头疼脑热的，他给采药配药就对付了。当然主要还是为了维持生计，采一些草药卖给收购站换点油盐钱。自打结识凌先生之后，父亲对中草药更加痴迷了。我带着儿子都住在庙台，怎放心他一个人在这儿，但他说啥也不离开。他长年在老屋种药、制药，乐在其中，我也就随他了。"

方远路说："你父亲经营了这么好的一个草药王国，怎么能舍得丢下它呢？他在这里并不孤单，有这些中草药陪着对他的身体非常有利，将来一定是个老寿星！"

徐青山端来茶水，听了两位郎中夸他种的中草药，满心欢喜，聊了几句，转身就去灶房张罗晚饭。徐长卿撵进灶房说："爹，这里我来，你去和他们说话，他们主要是来看你呢。"

徐青山说："要不得，你们在一起说些有用的。这两位都是修行高的大郎中，远道来咱们这庙沟，是个难得的机会，你要抓住机会跟他们学点东西。"

"放心吧爹，他们还要在我的诊所住几天，有的是时间好好聊。去吧，人家等着你嘞。"

徐青山不再坚持，便退出灶屋。

方远路和刘川客正在大屋看那些烘干的药材，徐青山说："凌先生在这儿时就住这间屋，现在家里人少了，我就把这间屋子做了烘房。"

"这盘火炕可是大有乾坤哦！"刘川客惊喜地喊道。

老伴去世后，平时只有自己在家，徐青山就把凌先生住过的这间大屋腾出来专门做了烘药房。把那大炕做了点改造，灶口旁边加了一口大锅，在锅灶通烧炕火道之上，用青瓦铺设了一个小小的烘炉，三尺来长的一段，像暗道一样，上层可以揭开。在灶火和炕火燃过之后，利用余热烘焙药材可谓绝妙至极。

刘川客对这个多功能的烘炕赞赏不已。捏一捏炕头上摆的正在烘干的天麻，问道："我看你自己种的还没起，这些天麻是山上采的是吧？"

徐青山："对，我前些天上紫柏山采的。"

刘川客道："大火蒸熟后铺在炕上烘干，每隔一阵翻一次，还要不断加热温炕，直到烫手时才行。现在麻体十分柔软，下来要用木板轻压，使其平直略扁，干透后通体亮白透明，一磕即碎，上等好天麻就成啦。"

"对对对，"徐青山连声说道，"到底是行家，现在已基本脱水，明天就准备压板了。"

方远路此时被炕边锅台上的铁锅吸引住了。锅里并没有炒什么药材，锅底只有一层温热焦黄的细土，方远路伸出三指捏了一撮闻了闻，兴奋地说："徐大哥，你连灶心土粉拌炒的炮制法都会，对药理的研究不可谓不深啊！"

徐青山说："哪里哪里，记得还是小时见老人用过，后来又听凌先生讲了灶心土对一些毒性大的草药能弱其毒、扬其性味，便试着用此法炮制一些补脾胃止泻泄的药物。"

方远路说："灶心土又叫伏龙肝，本身就是一味难得的药材。陈嘉谟《本草蒙筌》里有'陈壁土制，窃真气骤补中焦'。灶心土味辛性温，能温中燥湿、止呕止血，药物与其同炒能增强补脾止泻的功能，如土炒山药、土炒白术等。灶心土煎水入脾胃，温中散寒，收涩止血，治痈肿、痈疮溃烂以及小儿丹毒等症尤为见效。"

徐青山点头称是："我读书少，不懂药理，只记得民间偏方是这样用的，遇久泻不止、痈疮不消、小儿丹毒时，用此土煎水应个急。村中乡邻知此偏方后，谁家迁锅移灶时便传我去收集灶心土。"

刘川客说："惭愧，我在制药方面远不如徐大哥，终日东奔西跑应诊下方，从没在用药制药上认真琢磨。我听先辈讲过，一些毒性较大的草药如川乌等，有很强的通络止痛作用，然因其毒性强大，医者一般不敢使用，但用灶心土炒过之后，就能降其毒性，放心入药。"

方远路看到铁锅旁有一个陶罐，内装多半罐琥珀色的汁液，便凑近随意嗅了嗅，谁知这一嗅却又吃了一惊，神色大为讶异，又伸指蘸了一点抹于舌尖，兴奋地说："徐兄啊，你真不简单呀！这是古传'银花制'炮制法，是一种很费功夫的炮制法。"

刘川客闻声而至，嗅闻着罐里的汁液。徐青山说："我这院里几棵金银花开得极其繁盛，凌先生讲过，一些毒性大的草药经银花汁泡后可去毒性，我便用它把川乌、黄连等草药浸泡后再晾干入药。"

方远路说："'银花制'是古传炮制法。金银花味甘性寒，入肺、胃经，具有清热、解毒的功效。将其熬汤去渣，再将毒性大的草药浸泡于汤中，便可降低毒性。随药性有异，浸泡时间和方法各不相同，全凭自己感觉掌握。因其炮制繁复，费力费心，现已濒临失传了。"

三人谈兴愈浓，一边说着一边退出烘房，来到堂屋。堂屋右侧摆着一条厚重的青冈木长凳，长凳的对面，摆放着一个颜色乌黑的石碾。

方远路用手指轻叩石碾，听到一阵阵悦耳的鸣声，便问道："这个药碾是一块乌铁老石，有年份了吧？"

徐青山说："是啊，这还是我从城远迁来时带来的，比铁还重，这么几十年了，一分一毫也不曾磨损。"

刘川客则兴致盎然地坐到长凳上蹬起石碾，赞道："好得很！我看不光是碾药的工具，更是修身健体的神器哟，难怪徐大哥身体这么健朗！"

夕阳晚照，药香扑鼻，三人屋里屋外院前院后地漫步，字字中药，句句岐黄，皆大开心扉，谈兴愈浓。

徐长卿已把做好的几个菜端进堂屋，摆好桌椅，斟上苞谷酒。几人落座后，徐青山举杯相敬："很高兴继凌先生之后，又有两位大郎中来到庙沟，只是时间仓促，家里简陋，自家酿的苞谷酒，二位多喝几杯。"

方远路道："徐兄客气了。今天有幸结识徐兄这样一个默默于乡土虔诚制药的中医人，是我们的荣幸。"

刘川客道："方兄说的是，我是真心高兴，为凌先生，为长卿，为咱们中医。我一路追寻凌先生的足迹，没想到在张良庙看到了中医的传承，看到了凌先生的医术医德在传承中光大。"

下午回来时没有任何准备，徐长卿用一个多小时做了四道菜：腊肉炒煎饼、木耳黄花炒鸡蛋、浆水菜炒豆腐干，院子里现揪了一把蒲公英清炒，也算是像模像样的平常家宴啦。方远路家乡口味与此地相同，刘川客的家乡巴中与陕南一带口味历来相近，所以两位客人觉得非常可口。

酒过三巡，方远路说："长卿，令尊大人炮制中药的经验你要好好整理记录下来，这是咱们中医人的宝贵财富。你是得天独厚啊，有这样一位好父亲熏陶药理，又得凌先生传授医理，将来你不成大医谁成大医！"

徐青山红着脸摆手道："不敢不敢，我没啥文化，只是按民间传的一些土办法制药储药，后得凌先生指点，学了几种炮制方法，拿不到台面子上的。"

方远路道："通常来说，中药炮制无非烘焙、晾晒、揉搓等法，但制作工艺和把握成色全靠个人经验，有些手法和技巧要经几十年摸索方可得心应手。徐兄思悟深厚，手法精湛，掌握了各种炮制法，难得啊难得!"

刘川客点头称是,说:"是啊,刚才看到的'银花制'就颇为奇妙,我以前只是听说过,亲眼见人炮制的还是头一回。真是民间有绝技,杏林藏高人。有徐大哥这样的民间中医人在,岐黄之道就失传不了。"

方远路指着门外对徐长卿说:"柴房的平台上摆了很多茎块类药材,那不是简单的晾晒,徐大哥晚上并不往回收,那是用'露润'之法炮制,将净制过的药材连夜露天放置使之饮露,白天堆闷,反复操作,至软化上浆提糖,再晾干切片,是这样吧?"

徐青山欣喜地连连点头:"是的是的,这样炮制出来的药材闻着都劲儿大。"

刘川客说:"用药之妙,贵乎炮制。中草药的炮制不仅仅是为储藏,还是对药性的进一步提升或是改变。中医在配药时,常常因某种中草药四气五味及归经相左而掣肘,但经过炮制就可改变药性,用药时便可随心所欲。"

方远路说:"对,经过炮制后的药物,其性味也随之改变。譬如麻黄味辛善发汗解表,木香味辛能行气导滞。但麻黄经蜂蜜炮制后,其味为辛甘,长于利肺平喘;木香经煨炒成炭,其味辛涩,长于涩肠止泻等。还有用中药最难把握的升降浮沉趋性,经着意炮制之后,便可改变原有的作用趋向。譬如荆芥主升浮,善于解表祛风,多用于表证,若经炭炒后,其性则变为偏主沉降,长于止血宁络,多用于崩漏、便血等。"

……

高山流水,相遇知音。一番有关中草药的讨论一直进行到暮色降临,直到一坛苞谷酒见底几人依然兴浓。饭后,徐长卿又陪着方、刘二人走上石板小街,向张良庙方向漫步。

夜幕落下，远望张良庙已是灯火闪亮。"文革"结束后，来张良庙拜谒的人越来越多，此庙香火愈加旺盛。徐长卿想起自己和凌先生在这条路上行走交谈的情形，想起最后一次背着凌先生在风雪中艰难前行的一幕，不由得感慨万千。刘川客讲起凌先生在巴中的传闻，三人皆钦敬凌先生的高风，谈起世事沧桑、中医兴衰，感慨良多，直至深夜方归。

# 第八章　重午香

艾叶，苦，辛。生温熟热，纯阳之性。能回垂绝
之元阳，通十二经，走三阴。

——《本草从新》

## 1

翌日上午，回到庙台才八点来钟的光景。下车后徐长卿没有回诊所，
而是领着方、刘二人向大队部后的庙台镇小街走去。方远路和刘川客心
中纳闷，未及发问，徐长卿说道："难得你们二位大医来到我们这小山
沟，今天随我去看一个小病人，希望你们能帮我想一个好的诊治方法。"

方远路和刘川客一同望着徐长卿，面露惊奇的表情，心说来庙台两
天了，从未听说还有个什么小病人，这是怎么回事？徐长卿一边走一边
讲："一个村民的孩子，得了一种怪病，他家就在麦场后面，咱们去
看看。"

方、刘二人不再询问，随徐长卿向小街走去。

天空蓝得透明，薄薄的云彩像风筝一样飘动着。庙台虽是个偏僻贫
困的小镇，但背靠紫柏山，面朝沔河水，优美静谧。窄窄的小街像根带
子穿起了一丛丛翠竹、一行行麻柳、掩映着上百间青瓦老屋。此时的小

镇还很安静，人不行狗不吠，只有缕缕炊烟袅袅升起。

走进小街深处一户人家，一个正在忙家务的年轻妇女看到他们连忙起身相迎。徐长卿说："你不用招呼，我们来看看孩子。"妇女忙不迭地洗茶杯倒水。徐长卿自己带着方、刘二人循着孩子念课文的声音走进里间。

一个十一二岁的男孩趴在炕沿上正专心念课文，徐长卿轻手轻脚地向他走去。由于徐长卿没说孩子有什么病，这两天也没见过这孩子来医疗站治疗，方远路和刘川客情知有什么特殊的病情，怕贸然近前惊吓到孩子，便站在身后打量。只见孩子右肩耸起，似有翼状肩胛，脊柱有点弯曲，头颅软软地垂着似乎举不起来。难道是软骨病？他们正纳闷时，徐长卿帮着孩子转过脸来，方远路和刘川客同时一惊：孩子目光呆滞，头面部肥大，面色青白，皮肤肿胀，口含涎水，头颅略略歪向右侧。

徐长卿牵着男孩的手走近方、刘二人，对男孩说："让这两位爷爷给你看看病好吧？他们都是特别会看病的医生。"

孩子很懂事地向他们打招呼，方远路和刘川客蹲下身子，一面与孩子拉扯闲话，一面望闻问切。方远路尤其注意看了看眼底、舌苔，刘川客则着重按捏了一阵脊柱和四肢。

两人都看完之后，望着徐长卿，面色沉重，不知说啥好。徐长卿神色淡定，平静地说："你二位稍坐一会儿，我领孩子走一走，看看这两天的变化。"

这时，孩子母亲端来茶水，也坐在一旁与方、刘二人一起看着徐长卿和孩子的背影。

徐长卿领着孩子迎窗走去，然后一手牵着孩子的手，一手搭在孩子肩颈处轻轻按摩着，轻轻给孩子说着什么，似乎在纠正孩子走路的姿势。

八九点钟，正是山里太阳最新鲜、最亮堂的时候，金色的光辉从窗户射进来，照在一老一少、一高一低两个人的身上。少年吃力地迈开腿脚，竭力使自己走得好一些，得到徐长卿的夸奖后，便咯咯地笑了。徐长卿竭力弓着腰，扶着孩子的后背，使孩子挺直身子迎着阳光向前走。见过无数医者施治救人情景的方远路和刘川客，看着这一幕也不由得心动，而孩子的母亲则时而跟着孩子一起笑，时而暗自抹眼泪。

走了五六圈之后，徐长卿让孩子躺在炕上，按摩他的脊背、肩颈等处。按了约有一顿饭的工夫，徐长卿让孩子写作业，又给孩子母亲交代了几句，才带方、刘二人离开。

三人离开孩子家走到麦场边的小杏林里才停下脚步。

方远路目光灼灼地盯着徐长卿："这孩子患的是肌营养不良症吧？"

徐长卿点头。

刘川客说："这个病基本是不治之症，一般都在十五六岁之前因并发痉挛、褥疮、肺炎而死亡。怎么，徐大夫，你还想治好这个孩子？"

徐长卿说："是的，孩子患的正是'进行性肌营养不良症'。这孩子叫孙小亮，今年十二岁，听他父母亲讲七岁时突然出现异常，刚开始步态不稳，经常摔跤，智力发育似乎也遇到障碍，后来到省会城市儿童医院就诊确诊为此病。此后，孩子走路呈现跛行，走路困难，一侧下肢肌张力降低，发软无力，呈鸭步状。十岁时，头面部逐渐肥大，双上肢肌肉出现不同程度的萎缩，肌张力降低，无法正常抬举、旋转及伸展，腰臀部肌力下降、酸困，如厕、吃饭、翻身等日常基本生活需由他人协助完成。但孩子酷爱学习，一直还坚持上学。"

听了徐长卿的讲述，方远路和刘川客长叹一声，同声说："这个病，难治呀！"

方远路说："进行性肌营养不良是一种罕见的慢性疾病，它会影响到脑干颅神经、运动神经核细胞，形成进行性病变。临床表现为下运动神经元损害所引起的肌萎缩、上运动神经元损害和肢体无力的体征，以及语言构音不清等症状。"

刘川客补充道："这种病主要症状表现为进行性肌肉萎缩，目前尚无有效疗法。肝肾亏损，体虚毒滞，属中医'痿痹'范畴，这种疾病的病因很难搞清楚，也鲜有治好的案例。"

徐长卿说："小亮爹妈带着孩子去了市上、省上医院，他们有个亲戚在陈仓市，孩子一直托付在亲戚家以便医治。到去年，市医院、省医院都说是没有办法治疗了，眼看着小亮的病情一天天加重，他们也欠下一身债，这才把孩子接回庙台。"

刘川客问："你为他治疗多长时间了？"

徐长卿："这孩子去年才回到庙台，他们并没有找我救治，因为大医院都没有办法了，再说他们再也拿不出一点钱治病了。我是听陈支书讲起这个孩子，去他们家看过之后便再也放不下了。对这个病我也没有什么好的治疗方法，但眼看着一个天真可爱的孩子一天天走向死亡实在于心不忍，便想用重午香灸疗试一试，心想能不能减缓一下病情发展。我跟小亮父母讲，我每周来为小亮调理两三次，用重午香温灸调理经络，可以减缓病情的发展，这种治疗是试验性的，不收分文诊费药费。刚开始，我主要对孩子四肢腧穴进行香灸，灸到足底、腹股沟及腰背部时出冷汗量大，香灸趾端时灸感明显，感觉小腿肌力增强，可略大幅度地来回晃动。后来我逐步把四肢局部调治与全身调治交替进行，孩子出汗渐渐减少，体内热传感明显，自感四肢肌力增强。"

刘川客说："我明白了，你是想通过重午香灸疗刺激他的神经末梢，唤醒某个处于睡眠状态的神经官能。如若不能，至少也可减缓这孩子病情发展的进程。"

方远路说："重午香灸疗时产生的温热刺激即热辐射，以及本身药力是产生疗效的关键。孙小亮虽是一个十余岁孩童，但久病体虚，你先从四肢肌肉的局部刺激与症状的局部调理入手，再结合全身调理，调阴升阳激发自身免疫力，不断地改善局部症状。我看这个思路是完全正确的，重午香疏通经络，唤醒某处麻木神经，使病情发生重大转变也不是完全不可能！"

徐长卿点点头继续说道："最近这半个多月，我对孩子长强、委中和足底进行了重灸，发现孩子对灸感和调理有明显反应，在进行全身调理时，除原有的背腹调理外，强化了腰臀部的调治。我感觉孩子说话声音比以前有力，自主活动意识增强，尤其感觉脊背部肌肉明显紧致起来且有了弹性，自主调整体位的能力加强，头也能跟着侧转。"

刘川客问道："你觉得调理这几个月有一些好转？重午香真有这么强大的作用？"

徐长卿说："是的，明显好转。尤其是我增加了头面部和膻中、神厥的调治之后，孩子脊柱有热感，颈部肌力增强，可自如抬头与低头。这几天我重点对足部神经末梢进行香灸，促进下肢知觉的恢复和肌肉弹性、力量的增强。孩子心悸减轻，燥热感消失，腿部肌力增强，手臂力量明显增加，能主动与人握手，这在以前是完全做不到的。"

方远路说："嗯，长卿呀，你在做一件前人没有做过的事情，在做一件一般郎中不敢做的事情。用重午香疏经活血，激活远端神经末梢，平时让家长领孩子多做一些理疗方面的配合，说不定会有意想不到的转变呢。"

徐长卿说："小亮父母对孩子的变化十分满意，每次一见面就给我讲孙小亮一天天不同的变化：他能戴帽子了，能喝水、刷牙了，抬头仰望的幅度一天天加大，现在可抬起头看屋顶。眼看着一个少年一天天恢复生机，眼看着一个绝望的母亲那愁苦的脸上渐渐有了笑容，我心中也有了一丝慰藉。我知道，凭我个人的能力，凭这一根重午香怕是不能把孙小亮的病完全医好，但就我所经历的这半年多时间里，我看到了希望，孙小亮的父母亲脸上有了笑颜，孩子眼神中闪耀着对健康的渴望，这就是个良好的开端。"

刘川客说："医者仁心，苍天可鉴！徐大夫一片苦心真是令人感动！"

方远路感慨地说："一个好中医可以改变很多人的命运，可以给很多个家庭带来希望，可以创造医学的奇迹，切实让人们感受到中国传统医学的神奇力量，难怪自古就有'不为良相，愿为良医'之说。中医的神奇在于，调理治疗重大疾患时注重人整体的关联和相互影响，强调整体改善。另外，注重病人情志方面的交流和引导，医患双方共同努力、密切配合，让患者从内心滋长战胜疾患的信念和力量。说不定，孩子强烈的求生欲和你的医术仁心合在一起形成巨大的能量，能创造一个奇迹呢！"

说了一番孙小亮的病况，又听了方、刘二人的肯定和鼓励，徐长卿心里更加坚定了为孙小亮调理治疗下去的决心。


2


庙台来了两位杏林高手，这消息很快沿山道传遍庙台和附近的乡村。

庙台有不少人见过那两个外乡人，他们在徐大夫屋头吃饭，在诊所里过夜，并不是真来求医的，听说话、看架势，也是郎中哩，便猜想着、议论着，有的人便去问见识广的罗林甫。

这两个外乡人来的头天，罗林甫就注意到了，还和他们搭了话，心里已然有数。罗林甫因而对村民讲："这两个外乡人一看就是杏林高人，来庙台不是求医，是来'踩码头'的，对我们山里人来讲可是百年难遇的机会啊，有疑难怪病的快去找他们医治。"

有人问："你说他们也是大郎中？如果是大郎中的话，找他们看病是好机会，可是得有多少钱才去得？"

罗林甫说："看看，没见识吧？这两个高人住在诊所、吃在徐大夫家，已经把徐大夫当朋友啦。你们都晓得，徐大夫从不多要村民一分钱的，这次呀，肯定也贵不了！"

这话传开去了。于是，第二天早晨便有许多村民想到诊所来求医。不光是庙台、庙沟，还有邻近的茅坝沟、鸡爪沟一些听到消息的村民也来了。三沟四村都有人往庙台赶，路远的人天不亮就赶路，附近的也都起个大早。有人背着卧病多年的家人，有的抬着瘫痪的老人，还有几个多年不孕的小媳妇也让婆婆姑嫂拉扯着来了。人多的时候，走路声、呼喊声、说话声连成一片，像逢大集似的，汇集到通往庙台镇的这条路上。腾起的尘土飘荡在镇子上空，引起村里狗们的警觉，它们不知发生了啥事体，全都跑到麦场来望着远处吠个不止。沉寂冷清的镇子像过年节一样热闹起来了。

早晨，地黄和地锦早早来到诊所。地锦过些天就要远赴异乡迈进大学的校门了，本想回庙沟陪爷爷待几天，看到家里来了两位贵客，便留下来给父兄当个帮手。

地黄打扫了诊所卫生，摆好椅子和一应用具。地锦在门外清扫小街，忽见许多人往诊所前的麦场上拥来，有的人已经来到诊所前。地锦急忙喊来地黄。兄弟二人前后打量了一番，又瞅瞅麦场前后，并没有要开啥子大会的标志呀！莫非都是来看病的？怎么一下子有这许多病人来？想想不对，急忙去把父亲叫来。

徐长卿出诊所一看，门外麦场边已经有十几个人聚成一团，有用竹椅抬来的病人，有由青壮年背着的病人，有由家人搀扶着的病人，后面还有人陆续赶来。徐长卿心里猜到几分，问了几个熟识的村民，果然与他猜想的一样。徐长卿当即对地黄说："你和地锦招呼一下来的乡亲，让大家在麦场上等着。"

徐长卿快步走回家里，面带笑容向方远路和刘川客说道："方叔，刘兄，出事啦！二位怕是走不脱喽。"

方远路和刘川客不明就里，一同望着徐长卿。刘川客说："徐大夫还要多款待我们几日？只怕要把你家的鸡杀光喽！"

徐长卿指指门外："是这个样子，庙台和邻近村的村民们知道你们两位大郎中来此，都来求医问药啦！怕有好几十个病人，这可咋搞？"

刘川客像是预料到了这回事，并不意外，望着方远路一笑："要不咱们陪徐大夫来一个'三堂会诊'？"

方远路也绽开瓦刀脸笑道："要得，医不拒患嘛。"

徐长卿高兴地说："多谢二位！我们这一带穷乡僻壤，山民大多拿不出诊金，我给二位奉上薄酬，咱们今天就给大家来个义诊好不好？"

刘川客朗声一笑："好一个义诊！徐大夫招待我们的苞谷酒就算是诊金喽！"

方远路也是满面春风："徐大夫见外了不是？难得我们几位杏林好友

聚在一起为百姓做点事，这是我方某之幸啊！"

说话间，诊所外的麦场上已经聚满了村民，有的是来求医问药的，有的是来看热闹的，一下子来了上百人。地黄和地锦在场中摆桌子凳子，徐长卿领着两个外乡郎中向场里走来。罗林甫郑重地摆开龙门阵："你们晓得吧？这叫杏林摆擂，难得一见的哟！我还是小时候见过一回。"

众人围着他争相问道："摆擂？只听说武林高手见面要摆擂，上了擂台那是要比输赢的，是要拿命来搏的！郎中咋也要摆擂嘞？擂台上赢了咋搞，输了又咋搞起？"

罗林甫接过纷纷递来的纸烟，耳朵两边夹满了，点燃一根长吸一口，然后才张金口，像他平日里说书那样举起两根手指左右一摆，神气地说道："今天这个'擂'看不到杀气，据我观察，这两个外乡郎中来庙台两三天了，和徐大夫相处甚好，再说他们都是外地人，又不在这儿抢码头，打是打不起来，不过，今天是要跟徐大夫过真招嘞。"

"哦？徐大夫的手艺怕是没人比得过。"

"我也信徐大夫。"

"可能没啥子擂吧，只是给我们瞧病哩。"

"不管擂不擂，能给我们山里人治病就是天大的好事。"

在村民们议论的工夫，徐长卿正在紧张地准备。他一想，小小的诊所哪能容下这许多人？但总不能把乡亲们拒之门外呀！他便对方远路和刘川客说："咱们就在门外麦场上给乡亲们瞧病好吧？"

得到二位首肯，徐长卿连忙叫两个儿子往外抬桌子，把所有大椅子小板凳都摆在场上，还不够，村民们便一起动手抬了几根原木当坐凳。三张桌子摆成品字形，一个露天大诊所便齐活儿了。

徐长卿请年长的方远路坐前面,方远路笑道:"今天你是主角,我们两个是跑龙套的。"刘川客也点头称是。徐长卿只好依言落座,对地黄、地锦说:"地黄,你招呼乡亲们排个顺序,按先来后到,先老人和妇女,依次来。告诉大家,今日所有人都不收诊金、不收药费,所开处方晚一两天来免费取药。地锦,你做好记录,尤其是两位大医的诊断和处方,要一字不落地记好,这是你和地黄学习辨证施治的好机会。"

地锦应声"明白",就麻利地备好纸笔坐在父亲身旁。

地黄把排在最前的一位老人带上来,扶到中间的椅子上,三位医师便同时打量了起来。徐长卿先切脉片刻,便让老人把面孔转向方远路。方远路看看舌苔切了脉,也就一袋烟的工夫,便示意地黄妥了,地黄再让老人转向刘川客。

这个老人是从最偏远的茅坝沟来的,年近花甲,近几天胃痛得水米不能进夜里不能眠。徐长卿行医十来年,当地三乡五村的一些慢性病人他大都见过,但这个老人从没来看过病。山里人就是这样,不是病患缠身实在撑不下去的时候是不会来治病的。老人的胃病怕已有十几二十年了,天长日久,气机不畅,胃中瘀血,疼痛难耐。

见方远路和刘川客都已经诊断完毕望着他,徐长卿便微微一笑说:"那我先讲讲我的看法,请二位师长指正。"

徐长卿放下已写定的处方,说道:"老人患胃病年久,近日因瘀血频频发作,疼痛加剧,胃脘疼痛如针刺刀割,入夜尤甚。老人舌有紫斑,泛酸,肠鸣,朝食暮吐,大便干结,畏寒肢冷,皆由胃络受阻不通所致。"

徐长卿尚未讲完,老人一迭声插话:"是这个样子!就是这个样子噻!"

徐长卿接着讲道:"我看先用丹参、砂仁、蒲黄等几味药包煎,解热除寒。"

徐长卿说完,方远路和刘川客对视一下点头赞同。刘川客说:"徐大夫诊断正确。我看这个病人胃脘灼热,烦躁易怒,口苦口干,舌边红、舌苔黄。应该还有肝气郁结的原因,为邪热犯胃所致。"

方远路点头道:"二位说得对。老人的胃病确实是寒热夹杂,下焦有寒,中焦有热。老人家是不是平时爱喝口苞谷酒啊?"见老人笑着点头称是,方远路接着讲道:"我开的方子也是通络和胃的方子,跟徐大夫、刘大夫的想法差不多。另外,建议老人家今后常吃山楂、黑木耳等健胃活血的食物。"

地锦把三人的处方都收起来,一看用药大致相同。地黄把老人送下去,说:"明天您让家里后生来诊所取药,今天看病一概不收钱,老人家放心来取药。"

场上的人们交头接耳,头一回见治病还有这么大的阵仗,而且分文不收,都兴奋得不得了,一个个抻长了脖子,瞪大了眼睛,一边瞅着郎中们一边听罗林甫说:"没见过吧?祖辈几代人也见不到这么大的阵仗!你们晓得我也算走过些水旱码头的,这也才第二回遇上嘞。"

"那这就算打擂开始了?哪个赢了?"

"高手过招,水平差距只在毫厘之间,你们没看懂吧?这头一回合,打了个平手,都是这个!"

大家都盯着罗林甫那根高高竖起的大拇指,忙不迭地给他递烟。

第二个病人是由一个中年汉子背上来的四十来岁的妇人,地黄帮着把妇人安顿在椅子上坐下。妇人气喘吁吁,一副病重虚脱的样子,说话都很困难,坐之不稳难以自持,由中年汉子站在身后扶着。

"这是我堂客，怕是快要瘫了，以前有哮喘的毛病，不能出大力气，但家务琐事还能做。自上个月赶场受了风寒，咳嗽加剧，头疼身子疼，咳嗽时咯血，发起烧来手脸滚烫。这几天突然连地都下不了了，整天躺在炕上咳，咳得喘不过气来。昨天听得有大郎中来庙台，我背着她天不亮就赶路，走了十几里才来到这儿，求你们救救她……"中年汉子求医心切，情绪激动，讲着讲着便要跪下，地黄忙把他扶起，安抚他平静下来。

妇人蜷在椅子上动不了，徐长卿和刘川客、方远路起身来到妇人面前，一边与妇人简短交谈，一边观察病象，切过脉后，各自坐定。

徐长卿道："患者苔白、脉细、气短乏力、畏寒肢冷，患有老慢支、肺气肿等多种疾病，加之近日外感风寒，肺脾两虚，呼吸道及肺泡毛细血管破裂，剧咳时喷血雾。我建议先除寒，再安肺，服桂枝加厚朴杏子汤，再辅以核桃仁、党参、生姜煎水喝，和里缓急，是否适当？"

刘川客点头赞道："好极！这个思路可谓神来之笔，患者脉象浮散，高热不退，口唇青紫，其气虚咳喘应与肺肾不足有关。咳嗽日久，又受风寒邪气，须得驱寒治喘双管齐下。桂枝加厚朴杏子汤，桂枝解表，厚朴治胸腹膨满，杏仁治咳逆上气，非常适合患者病症。"

方远路把所写处方交与地黄，接过刘川客的话头说："呼吸道疾病多为本虚标实，应以扶正培本为主，通过补气、宣降肺气、健脾扶正、补肾、利痰止咳相结合，使长期处于炎症状态的肺部、呼吸道血管群化瘀消炎，逐渐恢复其功能，提升免疫力。"

徐长卿双手合十，赞道："方先生剖析精微，目光长远，长卿佩服。"

刘川客笑道："你明白方先生说化瘀消炎是要你做什么？"

徐长卿亦朗声笑道："明白，方先生指点我下一步用香灸疗法为患者多治疗几次，才能彻底治好多年顽疾。"

刘川客说："对喽！我就不必再啰唆了。要得好，烧一烧，用上徐家重午香就巴适喽！"

地黄带上来第三个病人。这是一个五十多岁的精瘦男子，自述前些日子感冒后一直不好，近几天更加严重。高烧不退，头昏脑涨，全身疼痛，进食即吐，每到下午打摆子一般，夜不能眠。徐长卿望闻问切过后提笔下方，方远路和刘川客亦很快做了诊断。

徐长卿依然率先说道："患者脉沉细且阴阳俱紧，苔白滑，高烧咳嗽，手足发绀。感冒只是起因，病征为伤寒。建议服用桂枝汤和葛根汤，发汗解毒，生津舒筋，驱寒扶正。"

方远路进一步阐述："患者神疲乏力，虚怯少气，脉浮，头颈强痛而恶寒，全身湿冷，卫强营弱，营卫不和，以桂枝汤温中补虚，助卫气发表祛邪。"

刘川客说："凡发热、恶寒、头痛、项强、脉浮等脉证为太阳病，太阳病包括经证和腑证，多由外感风寒所致。此患者经证和腑证俱在，现病征为太阳经邪不解而内传于膀胱所致。我看，桂枝汤、小建中汤都可以达到发汗解表、生津舒筋的目的。"

地黄扶着病人下去，方远路还沉浸在辨证的思考中："发热的基本病理是人体阳气亢盛，但要分清一种是阳气确实多于阴气，一种是阴气不足阳气相对亢盛，这位患者属于后者……"

第四个病人是由一个小伙子搀扶上来的中年妇女。妇女举步维艰，气喘无力，缓歇一阵后讲述了自己的病情：几年前觉得指关节酸胀，过了一段时间整个肩膀开始疼，之后手和脚也开始肿痛并发红、发热，关节僵硬，现在连做饭都站不住了。

徐长卿先行望闻问切，很快讲述了自己的辨证："患者脉象多弦沉迟，舌苔薄白，唇舌青紫，神疲心悸，局部肌肉萎缩。主诉与症状为类风湿证。当以金刚刺地龙活血通络、温经祛湿，辅以桂枝、麻黄、附子、乌头、细辛等调理。"

徐长卿话音刚落，方远路亦诊断完毕："对，患者正虚、邪侵证均有，活血通络、温经除湿的思路是对的。类风湿属痹症范畴，主要病机是气血痹阻不通，筋脉关节失于濡养所致。农村人地里讨生活，湿地坐卧、淋雨过河等，都会使风寒湿邪气侵入机体经络，留于关节，导致经脉气血闭阻不通，不通则痛，正如《素问·痹论》所说：'风寒湿三气杂至，合而为痹也。'"

刘川客望闻之间已了解病情，没有再切脉，接着方远路的话说："二位说得对。类风湿性关节炎早期有游走性关节疼痛、肿胀和功能障碍，晚期则表现为关节僵硬、畸形、功能丧失，导致残疾。患者患病时间不短了，已非早期，要抓紧治疗。"

徐长卿说："二位仁兄放心，我会特别记下这个病案，下来二诊三诊时密切关注，根据病情变化调方换药。"

地锦知道，对于一个中医传人来说，这是千载难逢的机会。他挥笔疾书把父亲和两位老中医的处方和论治思想都一一记下，心中暗自庆幸，在他离开庙台进入大学校门的前夕能赶上这样一场生动的中医大课，这是一个中医传人一辈子也难得遇到的良机。

第五个病人一上来让大家有些吃惊，是个中年汉子，面膛紫黑，说话嘶喘，手背和颈部水肿明显，行走摇摆，站立不稳。徐长卿对这个病人很熟悉，一面让他对方远路和刘川客慢慢讲，一面对方、刘二人摆手示意，表示自己熟悉这个病人，不用再看。

方远路先行诊断。病人介绍了自己名叫郭长富，年纪为四十五岁，方远路便示意勿再言语，用了一袋烟的工夫望闻问切，然后面色凝重地示意他到刘川客面前。刘川客看得也很仔细，良久方止，目光望向方远路，等他先行述诊。

方远路先对着徐长卿说："看来是徐大夫的老病人了，可以直接讲他的病情不？"

徐长卿点头道："郭长富在我这医治已有半年多，早已知晓自己病况，方大夫和刘大夫但讲无妨。"

方远路道："郭长富面颈部水肿、发黑，说话声音嘶哑、气促，胸腔积液，脉来无力，按之细弱，脉象虚、浮、扎、散，这是肺部肿瘤压迫上腔静脉，使颈静脉因回流不畅而怒张，是肺癌晚期患者最常见症状，想必患肺癌时日已久吧？"

"应该是肺癌晚期。"刘川客接过话头，"癌症的形成是因人体内长期瘀结形成的肿瘤病变，引起坏死细胞、浊气等垃圾毒素向外扩散，侵蚀或流传到血液里，导致体质细胞发生生理性恶性循环。病人眼下病灶部位疼痛，呼吸吃力，进食和排泄都很困难，夜不能眠。"

"正是这样！"郭长富说，"我查出肺癌已经两年多了。先是到县上，后是到市里医院治疗，前后折腾了一年多，医生说肺癌已经到晚期，没有治愈的希望，我就回来了，回来等死。我不怕死，可是我怕疼，五脏六腑全都疼，白天晚上地疼，吃不下饭、睡不着觉。这半年经徐大夫给我调治，让我少受了好多罪。"

徐长卿说："给郭长富用药我也只是采用常规的化瘀方裁减变化，没有更好的办法。主要是用重午香棒重灸局部肌肉神经组织，激活远端神经末梢。重午香热能可以解毒化瘀，脏腑同调，软坚散结，针对肿瘤的软坚散结功效较强，能一定程度地实现对肿瘤等瘀物的移离、改变，最后达到控制、延缓恶变的目的。"

方远路对此表示赞同："血聚成痞谓之瘤，痞老开花谓之癌。肿瘤是一类细胞疾病，其基本特征是细胞的异常生长。从理论上讲，任何引起DNA损伤并最后导致细胞异常生长和异常分化的物质，都是潜在的致癌因素。所谓癌症晚期，就是说大量癌细胞已转移扩散，已经不可逆转。"

徐长卿："是的，对癌症晚期病人的治疗是一种明知不可为而为之的困难举措，但这不是没有意义的。癌症病人到末期之时，最大的痛苦不是死亡的威胁，而是疼痛，很多癌症病人最终是疼死的。这个阶段，能减轻病人的疼痛，缓解恶化的进程，就是成功的治疗。"

方远路和刘川客对视一下，对徐长卿的良苦用心深表赞同。

徐长卿接着说："我的思路是，我治不好肺癌，我先治脾胃。努力改变脾胃失调不能吸收营养，使免疫系统进一步受损而越发无力与癌细胞抗争的现状。经过这一段时间的调理治疗，郭长富进食和排泄有了明显变化，这个变化突破了之前进食困难导致体内营养严重缺乏的恶性循环。他的生理状态有所改善，手臂的胀麻感缓解且能正常屈伸，手背和颈部的水肿消退，说话的嘶喘声减弱，最重要的是，他感到疼痛减轻多了。"

刘川客把自己写的处方交给地锦，说道："郭长富气阴两虚，属热毒痰瘀互结，聚积于肺，日积月累而成肺癌。肺为娇脏，不耐寒热，邪热一旦蕴肺，极易耗气伤阴。我建议适当采用沙参、麦冬、元参养阴润肺，鱼腥草、白花蛇舌草、石上柏等清热解毒，夏枯草、海藻、生苡仁化痰软坚散结，八月札、瓜蒌皮理气宽胸、标本兼顾，清热毒、散痰瘀、复阴液，进一步缓解疼痛、控制癌肿。"

# 3

三人合诊了七八个病人，已经到了吃晌午饭的时候了。徐长卿原想中午饭请陈山安排邻家帮忙做几个菜好好招待两位外乡客的，看这样子哪里放得下呢，午饭怕是没时间吃了，但还是向他们招呼道："吃了晌午饭再瞧吧？"

方远路摇头道："这哪里放得下？"

刘川客头都没抬，摆了摆手："病人还多，咱们分头瞧吧？"

徐长卿也正有此意。病人多，再合诊论治的话有些病人就瞧不上了。三个人便各自诊治病人，这一来就快多了。

直到黄昏时分，前来求治的病人才诊断完毕，地黄一个个叮嘱，让大家回头来按方取药，药是免费的。村民们个个面带笑颜满意地离去，等到麦场里人都散尽，天都擦黑了。

徐长卿向方远路、刘川客作揖道："多谢二位仁兄为乡亲诊病，辛苦啦！咱们赶紧回家填肚子。"

方远路说："老夫行医数十载，今天这阵仗还不多见，徐大夫果真名不虚传，到底是名师亲授，辨证施治胸有韬略，变方用药灵活细心，老朽佩服。"

刘川客说："是啊，徐大夫虽说悬壶时日不长，却不比我们几十年的修行差哟！"

徐长卿连连摆手："不敢不敢，在二位师长面前岂敢放肆，今天当真是班门弄斧哇。只不过在我家门前，都是熟悉的乡邻，有的本就是我的老病人，我才能因病施治。但你二位是初来乍到，对这方水土并不熟悉，辨证施治竟能如此精准适宜，在下要好好向你们学习才是。"

"有好几个慢性病患者下来会有变化的，徐大夫以后还要多费心嘞。"方远路说。

徐长卿点头道："是的，地锦都做了病案笔录，有的之前就在我这儿瞧过病，是要长期治疗的。"

方远路对刘川客说："老弟你注意到没有，徐大夫给病人开方子，除施治对症、用药适当之外，还有一个特点，开方用药尽量选用本地有的而且便宜的药，为保证药性在臣药中调配，可谓用心良苦啊！"

徐长卿心里涌荡着幸遇知音的快感，说："这一带百姓大都贫困，手头拮据，平时有病也不看，若开出花钱多的方子，他们宁可放弃治疗也不肯抓药。所以，经方中的名贵药材我通常都以性味相近的普通药材替代。"

刘川客说："仁人之心珍爱生命，视一草一木、大小禽兽皆为生命，竭自己所能挽救生命，在行医中视病人为己、为亲。徐大夫行医为人颇有大医风范，令人钦佩。"

说话间回到家里。徐长卿知道自己做饭来不及，及早请陈山安排人做了几个菜送来，地黄和地锦把馍馍馏了一下，煮点稀糁子，麻利地摆好饭桌倒上酒。

落座之后，刘川客说："让两位公子一起啊，他们也忙了一天啦！"

徐长卿说："他们在外吃一样，咱们好安静说说话。"

方远路打量着地黄和地锦在外间的背影："徐大夫两个虎子高大威猛，又懂事，让人好生羡慕啊！"

刘川客问："我听说老二地锦刚刚考上大学？"

徐长卿说："是的，考上了山东中医学院，明天就该走了。"

方远路说："中医学院？真不简单哦！"

"地黄和地锦受家庭影响，从小喜爱中医。地黄性憨厚，资质笨一些，初中毕业后就没再念书，一直跟我打理诊所，也算是渐渐入了中医药的门了。地锦从小就志在杏林，考上中医学院也算是遂了心愿。"

"好好好！"刘川客端起酒杯，"有儿如斯，夫复何求！中华岐黄传承有人，徐家中医传承有人，祝贺长卿老弟！"

几天来，方远路已经注意到这个没有主妇的家里乱糟糟的样子，笑道："这两天我已经听说了徐夫人的故事，这段佳话你可得给我们两个讲讲哦。"

徐长卿说："你们要是年前来的话还能见到她，半年前才离开这儿，回北京了。"

"离开？离婚了？"刘川客颇为吃惊。

"离了。拖累了人家这些年，该让人家回到自己家里了。"

方远路和刘川客对视一下，微笑着等待下文。

徐长卿简要地讲述了于文丽和自己相识相爱的过程，讲到自己挨批斗受整期间于文丽不顾一切照顾他进而嫁给他时，方远路和刘川客连连称赞于文丽的侠情义胆。

徐长卿感慨地说："在我经受磨难痛苦的时候，人家委身嫁给我又多过了几年苦日子。这两年知青回城大潮一波一波的，她迟迟不肯走，后来她父亲专程从北京来接她，我也一再相劝才离开的，就是去年腊月间的事。"

刘川客打趣道："才离了婚，徐大夫倒看不出一丝落魄惆怅之意，胸怀够大的啊！"

方远路笑道："当归，当归。当初人家一个漂亮能干的北京知青不顾一切嫁给一个当地土郎中，颇有侠义之风。今日沧桑巨变，大道轮回，长卿力劝爱人回京，也是情深意重啊！"

刘川客说："'黄连心苦苦嚅为伊耽闷，白芷儿写不尽离情字。'哈哈，这一段情你可要给我们好好讲讲。"

徐长卿欣喜与离愁杂陈，感慨良多，一边倒酒一边说："要讲，要讲的，但你们可不要取笑我。"

这一晚，三人酒伴长话，直到后半夜同醉方罢，就在一盘大炕上胡乱睡了。

三人初次相遇，几日内竟成挚友，分别时都有不舍之意。翌日晨，方、刘二人同坐南下班车，方远路几个钟头便可到家，刘川客到汉中后再换乘入蜀长途汽车。把两人送上车，眼看着班车徐徐远去，徐长卿久久地立于国道旁边。

山风轻拂，排列整齐的女贞树沙沙作响，丝丝缕缕都在轻轻飘动。路坎下就是淙淙流淌的沔水河，如泣如诉的流水声拨动人的心弦。太阳正从紫柏山后升起来，长长的国道和道路两旁的庄稼，都镶上了一层金辉。

# 第九章　五味子

　　五味子，皮肉甘、酸，核中辛、苦，都有咸味，
此则五味具也。

——《本草纲目》

1

　　于文丽离开庙沟的头几年里，徐青山和陈山张罗几次要给徐长卿找个人续个弦，都让徐长卿挡了。这几年里，徐长卿跟于文丽的联系一直没断，他年年往北京寄药材，于文丽也时不时有信来。村民们私下里说，说不定于文丽还会回来，也说不定还在北京等着徐长卿呢，他们夫妻感情那么好，咋可能说断就断！

　　1983年秋，徐长卿带着地黄去了一次北京，过了七八天才回来，庙台、庙沟的人又议论了一阵子，到底是啥故事嘞？看徐长卿还是那么四平八稳的，脸上时时挂着淡定的笑容，村民们让罗林甫打探打探。罗林甫从地黄嘴里套出话，才知道于文丽已经改嫁。徐长卿是去喝喜酒的，于文丽陪他们游玩了天安门、故宫、颐和园等，还给这父子俩买了西服。后来大家看到徐长卿穿了这件西服，庙台人知道再也见不到于文丽了，但瞧徐长卿的神情，倒丝毫没有惆怅失落的样子。

之后的年月里，"徐接骨"这个名字在民间传得越来越远了。往西南，沿连云道传到汉中，再沿米仓古道、金牛道传向川东一带。往东北，越过秦岭传向陈仓、长安。秦巴山区乡里百姓间流传着很多徐长卿治病救人的传奇故事，连开车路过的司机回到家乡也给人讲：在张良庙山门下有一个叫徐接骨的郎中，只用田间地头一把野草就可为骨伤病人接骨续筋，用一根艾蒿棒就可以为男女老幼祛病除症。

其实，已近天命之年的徐长卿并没有多大变化，还是庙沟乡下人的模样，行医还是那么精诚专一，待人还是那么质朴诚恳。医治对象主要还是庙台三沟四村的村民，偶有外乡人慕名而来，无论男女尊卑，徐长卿一视同仁精心施治。

麦场东头那百十棵杏树已经长成一片不小的果林了，而那棵拐杖树呢，树似乎还是那么大，但树上挂的拐杖又增加了许多。

徐长卿这个小小诊所伴着庙台人度过了一年又一年时光，留下了许多难忘的回忆，这些回忆不仅仅是关于中医的故事，不仅仅是治病救人的传说。


1984 年夏，一个风清日朗的上午，一辆南去的班车停在庙台国道边之后，从车上下来一个英俊的高个子青年。他提着一个大柳条箱，挎着一个旅行包，上身穿一件月白色的夹克衫，下身穿一条水磨蓝牛仔裤，衬得两条笔直的长腿越发显得修长。他面带喜色地向诊所奔来，健步如飞，英气逼人。

青年大步流星地向麦场走来，夏日的太阳在身后衬托着他，使他整个人都充满了力量，整个人都闪耀着青春的光辉。庙台麦场上聚集了一些村民，他们远远望着这个青年，指指点点地说着什么，随之吸引了更多的人来到麦场上观望，嘤嘤嗡嗡地响起一片羡慕、感慨的议论声。因为大家都知道，这个出类拔萃的青年人，正是徐长卿的二小子徐地锦，庙台人祖宗八辈出的第一个大学生！

地锦宽肩长腿，戴一副玳瑁眼镜，英气十足。徐家人特有的大个子、直身板和国字脸他都完美地继承了，不同的是身板更多了几分灵气，多了几分洋气和现代的气息。

随着这个充满活力的身影越来越近，庙台人的议论声、感叹声也越来越热烈。陈家婶子羡慕得眼睛都要红了："长卿有福哇！养成这么两个大儿子，还培养出个大学生！"

早已不再是支书的陈山说："人家上的还是医科大学，念出来就是国家的大夫嘞！这娃子，今后是要做大事的，怕比徐长卿还要厉害呢！"

已经老迈的罗林甫说："晓得吧，这就叫善有善报！徐长卿经历那么多磨难，还贫贱不移坚守医道，做咱们庙台人的郎中，这些年治了多少病人、救了多少命？这积下的德有多深，将来就有多厚的福报！"

在诊所外摆弄药材的地黄老远就看见了，喊了声："爸，地锦回来了！"就跑去接地锦。

地锦远远地看见哥哥向他跑来，便放下行李欣喜地张开双臂，抱着地黄打量："哥，你好吧？真想你们呀！"这个憨厚的哥从小到大总是让着他、护着他，自己读大学期间，哥还常常背着爸给他寄钱寄物品。

"走，快回家！爸等着呢。"地黄接过箱子和挎包，地锦便快步向家跑去，他看见父亲正在灶台上做饭，那个伟岸的背影依然是那么挺拔、那么结实。

徐长卿转过身看着一年多没见的地锦，眼里满是欢喜。地锦比地黄高半头，比自己还冒点，身子也不再单薄，有点男子汉的模样啦。

"臭小子，寒假都没回来！快去洗手吃饭！"

父子三人一边喝着苞谷酒，一边听地锦讲他毕业后的去向。地黄捧着地锦的分配通知书反复看，为地锦的远大前程高兴得合不拢嘴。他这个弟弟从小就聪明过人，总是给地黄带来惊喜、带来希望。

地锦已经分配到青海西宁医院，很快就要走上工作岗位啦。他打算在庙台待几天后，回庙沟陪爷爷住个十来天，然后就奔赴远方开始理想的航程。

地黄喜滋滋地望着地锦："那你以后就是吃'皇粮'的人啦?"

徐长卿笑着白了地黄一眼："问的是瓜子话！这是国家统一分配，自然是国家的人啦。那家医院你了解了吗？是西医院还是中医院?"

"西医院，设立有中医部。现在国家真正的中医院很少，全国都没几家，我是学中医的，自然分配到中医部。"

"你一去就要当医生了，有看不了的病问爸。"地黄想着地锦穿着白大褂坐堂的样子，不由得为弟弟捏把汗。

徐长卿说："医生哪有那么好当的？就是分到门诊也要实习几年，才看你够不够当医生的料。"

地锦说："是的，至少实习两年，经过考核以后才看能不能定职医生。"

地黄听明白了，又问起第二个担心的问题："为什么分到青海，怎么去那么远的地方?"

"是啊，今年分配的都很远，还有分配到新疆的呢！我们班好几个都分配到西宁了，有的人都不愿意去。我觉得还是去吧，先走上工作岗位定了职再说。"

徐长卿望着两个儿子，心中甚为高兴。都大了，奔前程的事情由他们自己做主吧。自从于文丽离开后，有热心人给徐长卿张罗续弦，都知道徐大夫有名气了眼头高，给介绍的都是公社或镇上吃"皇粮"的人，有的是年轻离异，有的还是黄花闺女。但徐长卿只是摇头，一心只在杏林中，只在两个儿子身上。地黄在公社念完初中后就坚决不再上学，徐长卿也确实需要儿子的帮助，便留下地黄在身边帮助打理诊所。随着年龄的增长，地黄不光是采药制药手法越来越娴熟，坐堂应诊也能独当一面了。徐长卿外出时，地黄在诊所给人瞧病施药也八九不离十。比起地锦，地黄虽然不善言辞、笨拙憨厚一些，但做事有耐力、有担当，不求闻达、不羡富贵，天生一个乡下郎中的料。地锦天性灵巧，聪慧敏捷，悟性高，将来也许会比地黄多一分精彩。他们都已经走上各自的生活道路，他们各人所做的事很随他们各自的性子，好像这种人生的轨迹都是前生注定的一样，随他们吧。

徐地锦在西宁医院只工作了两年就辞职了。尽管他第一批就拿到了医师资格证书，但医院并没有给他安排为病人看病的岗位，偌大个医院，中医只是一个小小的角落，在他之前评定的中医师还有无事可做的呢。徐地锦不想就这么混日子、熬资历地等下去，开始琢磨自己想要走的路。此时正是改革大潮波澜汹涌的时刻，社会变革日新月异，对刚走入社会的大学生充满了诱惑、充满了机遇。当一个从陈仓市来的同学找徐地锦说一同回陈仓市合办诊所时，两人一拍即合，徐地锦毫不犹豫地辞职回乡了。

徐长卿对外面的世界一无所知，没有责怪，甚至没有多问，便把家里的大部分积蓄都给了地锦，随他自己闯荡吧。

徐长卿一年年忙于坐堂出诊、采药制药，很少过问地锦的事情。没想到仅五六年的工夫，地锦开的"徐接骨诊所"竟是风生水起，在陈仓市盛极一时，凭着徐氏家传接骨绝技在民间深远的影响，前来求医问诊的病人络绎不绝。到20世纪90年代初，改革之风劲猛，"徐接骨诊所"很快变身为一家像正规医院一样的大诊所，刚刚进入而立之年的徐地锦俨然已是人们传说中的成功人士。

那几年，庙台的乡亲们像看一部电视剧一样，看着"徐接骨诊所"发生的一幕幕。

起初是徐地锦开着一辆红色的桑塔纳回到庙台，车停在麦场边，孩子们围着看稀罕。后来时常有越来越多的桑塔纳来到庙台。因了地锦在陈仓市开徐接骨诊所，徐长卿的名气传到市里、传到省上，一些有身份的人便托地锦来找徐长卿医治，其中有市里领导，也有企业大老板。有一次来了一个军区大首长，秘书警卫什么的跟了好些人，浩浩荡荡一个车队把庙台麦场都给占满了。庙台人不知发生了啥大事，全都跑出来观望，悄悄地问罗林甫。

罗林甫虽然已经七十多岁了，满头白发，走路也有些蹒跚，可是一张嘴还是那么口若悬河，又擅长卖关子，吸引得父老乡亲众星捧月般围着他。所以麦场上一旦停有城里人的车子，徐氏诊所一定有故事，乡亲们也一定簇拥着罗林甫讲是啥来头。要等有人把烟点上，耳朵上也夹满了，罗林甫才一五一十道来。罗林甫不仅识得不同的桑塔纳，还能根据车子和来人的样子判断出来客的身份，当他像说书一样讲给大家时，庙台人便一个个瞪大眼睛，啧啧惊叹一阵子。

有一次来了几个记者，挎着"长枪短炮"前来采访徐长卿，却没想到徐长卿三言两语就没话说了，就忙着给病人瞧病去了。记者们正发愁时，罗林甫来了，他喧宾夺主地讲了一通，带着记者到住院部看正养伤的骨折病人，到村民家听乡亲讲徐长卿的故事，还带着记者去参观杏林，给他们讲拐杖树的来历。几个年轻记者喜出望外，高兴得直把罗林甫喊老师……

渐渐地，庙台人也懂了，每见到有高级小轿车从张良庙门前拐下国道开到庙台的石板街上来，那一定是找徐长卿瞧病的，是从市里、省上来的大人物，徐长卿的医名传到省上去喽。

徐长卿对这样的医名并不在意，也并不喜欢。地锦介绍来的大人物，有的是突遇车祸受伤，有的患有久治不愈的老病，有的并没有什么要紧的疾患。徐长卿给他们医治后，总觉得这些大人物养尊处优，并不缺好医好药，更不缺少好的医疗条件，进山寻民间中医只是攀附风雅图个高兴好玩罢了。这种热热闹闹的过场与中医治病救人的宗旨不是那么对路子，徐长卿心里倒是隐隐地担忧起地锦来。


## 2


1991 年中秋前夕，徐地锦开着他的红色桑塔纳回到庙台。

走进诊所时，徐长卿在为一位老人做艾香灸疗，正在配药的地黄先看见地锦，高兴地喊道："地锦回来了！"

地锦快步走到父亲面前："爹，我回来了。"

徐长卿抬头看了儿子一眼，满面笑容地说："我这里还要一会儿，地黄，你们先回去做饭。"

地锦一迭声地说："不急不急。"一边把诊所里外细细打量。

兄弟二人回到屋里，像小时候一样，地黄淘米洗菜，地锦取柴点灶火。

地黄高兴地问："这次回来多住几天，明天一起回庙沟？"

地锦点头道："这次回来是接你和爹还有爷爷一同去陈仓，有很多事情要和你们商量，还有市上领导也说要宴请爹呢。"

"市领导要请咱爹？锦娃子你把事情干得好大呀！"

"这次接爷爷和爹还有你去，就是要和你们商量，我在市里的诊所要扩建为私立医院，市上快要批下来了。"

"建医院？医院都是国家的，让你私人建医院？那得多少钱，你建得了吗？"

"让建，让建，市里特别支持，还要给予贷款上的支持。"

"太好了！锦娃子你太厉害啦！"地黄吃惊连连，真不知这个聪明异常的弟弟会创造出什么样的奇迹。

徐长卿回到家时，地黄和地锦已经摆好了饭菜，倒上了苞谷酒。父子三人很久没有这样同桌共饮了。以前地锦回来不是带着病人就是有急事，总是来也匆匆去也匆匆，今天能坐在一起吃顿家常饭，徐长卿也很开心。

几杯酒下肚，地黄和地锦都脸红了，只有徐长卿若无其事。

"地锦，你上次说过找好了对象要结婚了，怎么样，准备好了没有？我看你这次专程回来是有眉目了吧？"

听到父亲问及婚事，地锦忙说："是，好了。房子也快装修好了，等我哥成了家我就结婚。这一回我想接你们去陈仓住几天，一是让你看看未过门的儿媳，二是市领导想宴请你。而且我的诊所发展面临重要关头，要请爹去给掌掌舵。"

徐长卿说："好呀，这么多好事情，要去！我和地黄都要去的。"

地锦说："还有爷爷，咱们接上爷爷一起去。我现在有房子了，我要让爷爷住我那儿养老。"

徐长卿点点头："你有这份孝心很好，不过这阵子爷爷离不开，这时节正是起收、晾晒药材的时候。"

地黄说："过几天我去帮爷爷，再有十来天就全收好了。"

此时的地锦脸膛红红的，目光灼灼，一副踌躇满志的样子，从衣兜里掏出一纸文书："爹，还有个好消息要告诉你，我把我们家的重午香申报了国家专利，已经批下来了。从今后'徐氏重午香'就是国家认同保护的专利药品了，这是批文。"

地黄接过批文看了一眼递给爹，高兴地说："锦娃子你太厉害了！国家专利，以后连国家都要保护我们徐家的药啦。"

徐长卿举起文书细细看了一遍，面露欣喜之色，说道："好呀，这是凌先生对中华医药的贡献，今天进入国家医药殿堂，造福更多人，凌先生泉下有知，定感欣慰。"

地锦兴奋地讲着自己的远大志向："今后我们还要办药厂，要办个大医院，组建徐氏中医集团，爸你当董事长，大哥当经理，咱们全家迁到陈仓市，把徐氏中医发扬光大。我们一家都在一起，好好地传承发展中医，好不好？"

徐长卿默默地看着地锦。

地锦眉飞色舞地侃侃而谈："爹，咱把庙台这个诊所搬到陈仓市吧？你看有了重要病人时，让人家来庙台吧，路太远不方便，你去一次陈仓也不容易。要是咱们一家都在陈仓，徐氏中医一定会有更好的发展。"

地锦兴奋地看着父亲和兄长，徐长卿却像不认识自己的娃儿了，心事重重地问："锦娃子呀，我们开那么大的医院做啥子？"

"给更多的人看病嘛！把我们徐家的家传绝技发扬光大，为国家中医发展做出更大贡献。"

徐长卿摇头："中医，贵在平常心。城里有城里的医生，山里有山里的郎中。我们生于斯长于斯，能为当地一方百姓祛病除症就是你所说的贡献了，就是所谓的理想了，为啥要想那么多那么大？再说，这么个小山沟能建大医院吗？建了大医院，乡民看得起病吗？"

地锦说："医院当然不能在这儿建，要建到大地方去，县上不行，建到陈仓市去。"

"到城市建医院，庙沟人、庙台人到哪里去看病？城市有那么多医院，还缺我们这一家吗？"

地锦说："好我的爹呀，你眼里只盯着庙台这几个村子的人，我们的中医事业怎么能发展，怎能做大？"

徐长卿霍然变色："混账话！连本村乡亲都不顾了，发展了有什么用？还有你刚才说的重要病人，什么叫重要病人？照你这么说，庙台的病人就不重要了？大城市有的是医院，而庙台只有这一个诊所，我们搬走了，这里的人上哪儿看病？"

看着生气的父亲，地锦无言以对。

徐长卿摇头道："你这么不懂事，我还当什么董事长？行医不是经商，你把心思都用在赚钱上了，哪里还能踏踏实实行医、实实在在治病救人！"

徐长卿越说越气，地黄赶紧劝道："锦娃子有心干一番事业，有想法也不是坏事，以后慢慢商量。"


夜色渐渐笼罩了庙台。地黄收拾完锅灶后，看父亲在灯下捧读他的《黄帝内经》，便拉着地锦往麦场走去。

地锦一路无语，情绪低落，满心不快。

从上大学离开庙沟都十二年了，这十二年来勤奋努力求学创业，直到今年初才顾上谈婚论嫁，购置了房子。他在而立之年事业上大进一步，要成家立业，这一切，多么需要父亲的理解和支持啊！

开诊所的头几年里，事务再多再忙，地锦也要挤出时间回庙台。他知道自己的根在这里，每当和父兄在一起心里就踏实。行医过程中，地锦深深体会到，在大学里学的东西所用不多，要是没有跟父亲在诊所的经历，他就完全不可能独自行医。地锦不像一些刚出校门的年轻医生，数典忘祖，把传统中医和民间技法不当回事。相反，地锦非常注重传统中医的经验和民间技法的应用，尤其是父亲从凌先生那里传承下来的独特技法，地锦从小耳闻目睹，印象极其深刻，心里看得特别重。然而，地锦百思不得其解的是，自己既有科班理论的底子，又秉承传统中医的治疗思想，而且勤于临床临证，医术却总是比不上父亲和兄长。诊所虽然名传于外，但很大程度上是倚仗父亲在民间的名望，每逢有重要人物求医或遇重大疾病患者来诊所，他还是心怯，还是底气不足，有时悄悄送往庙台求父亲医治，有时连夜接父亲去陈仓救急。

在治病救人的问题上，父亲从不含糊，从不拒绝地锦的求助。不管任何时候，地锦带来的病人父亲都是全力救治。但在父亲眼里，作为病人，一个市委领导和庙台的乡民是没有区别的，他与他们都是一种单纯的医患关系。虽然父亲一次次帮自己，但地锦感觉到，在很多事情上，父亲与自己的观念有些不同，甚至对自己的努力和取得的成就始终怀着一种偏见。几年来，这团阴影越来越重，盘旋心底挥之不去。

大学毕业后，自己独身在外拼搏，光大徐氏中医，总还算有一些成就吧？但父亲总是冷眼相待。年初，地锦一次带回来好几万元现金给爷爷、父亲和兄长，父亲也没见得有多么高兴。

这么多年了，地锦多次求父亲带他上紫柏山采接骨草，父亲一次也没答应。地锦知道，平时所用接骨草只是接骨药方中的一种草药而已，并无奇效。被称为接骨草的中草药有好多种，南方有南方的接骨草，北方有北方的接骨草，有草本的、有木本的，有当年生的、有多年生的，常见的就有陆英、白龙骨、节节草等好多种，这些草药就生在田埂路边，像其他无名草木一样，自生自灭，一岁一枯荣。但父亲用过的那种接骨草不一样，那种接骨草是真正有神奇效果的。父亲曾给凌先生用过，给胡干部也用过，他清楚地记得那种接骨草的样子，椭圆形叶，秋冬时结出比花椒粒大的红色果实。在他童年的记忆里，那种接骨草像仙草一样珍贵。他知道，那种草药就长在紫柏山上，父亲知道在哪儿，但好几次求父亲把接骨草所在的地方告诉他，父亲只是摇头。有一次他自己还到紫柏山上找过接骨草，可那紫柏山一峰连一峰，哪里找得着？

还有那个神秘的青囊，更是地锦心中的一缕隐痛。那是凌先生留下的秘密，是古传经方还是治病宝典？过去这么多年了，父亲从不对自己提及，也许把神秘青囊已经传与地黄了，对自己却一字不提，自己的医术怎能不低人一筹呢？……

地黄不善言语，看地锦闷闷不乐，劝道："地锦，你的事情和爹慢慢商量。爹这一辈子没离开过庙台，把庙台的父老乡亲看得重，你要体谅他。"

地锦点点头，看看身旁这个憨厚老实的哥，心里渐渐平静下来。从小到大，地黄处处让着他，处处为他着想。上中学时，父亲身边离不开人，经济上也紧张，地黄放弃了上高中，却坚决要让地锦把书念下去。高中、大学期间，地黄处处苛刻自己，把细粮留给地锦；自己几年都不添衣裳，却让爹给地锦买新衣服……

走进杏树林，兄弟俩面对面靠在树上。地黄对地锦的远大理想是支持的，但他知道爹的疑虑必定有他的道理，只好劝说安慰地锦。

"爹这些年也不容易，小于妈离开后他就自己过，现在都五十多岁了，今后老了日子怎么过呢?"

地锦说："就是想到爹和爷爷的今后，我才想在陈仓把徐氏中医做强，让他们晚年能享享福。很快，你我都要成家了，咱们一大家子人都在一起，风风火火干事业，热热闹闹过日子，你说多好啊!"

地黄说："都搬陈仓市去爹可能不答应，但对你扩大医院发展中医爹肯定是支持的。别看爹有时说你训你，但你不知道，平时你不回来的时候，外人一说起你，爹那眼睛里全是自豪和高兴。"

"我这次回来是要接你们去陈仓多住几天，你和爹到我的诊所好好看看，帮我出出主意，今后要想办好医院，需要爹和你的经验，需要你们的帮助。"

"爹说了要去的，尤其是听说你要成家了，爹很想去。到了陈仓，你再和爹好好说你的想法。"

"市里领导说好几次了，要请爹来陈仓，还说要让爹对陈仓市中医发展提供良策。"

地黄说："你放心，爹肯定去。其他事情到陈仓后再慢慢商量。"


3


三天后，徐长卿、地黄乘地锦的车一同前往陈仓。

这次答应去陈仓，是因为听地锦说他买了新居、找了对象，成家在即，徐长卿心动了。两个儿子都要结婚成家了，这是他心头的一件大事。再说地锦开诊所五六年了，徐长卿除有几次去帮忙治疗病人，还没有从容地在陈仓待上几天，好好地看看地锦的诊所，是该好好打量一下地锦做的事了。虽说他对地锦的一些做法和想法有点看不惯，但从心底对地锦的成就还是很赞赏的。这小子脑子里有东西，那股子灵气劲，那股子钻劲，以及对未来的憧憬……徐长卿感到很熟悉，自己年轻时不正是向往那样吗？只不过很快就被生活打磨掉了。地锦赶上好时候了，看这劲头他将来真能做一番事情呢。

车一路开了四五个小时，到陈仓已是黄昏时分了。地黄晕车，一路上睡觉，徐长卿也感觉有点累。下车后一看是酒店门前，徐长卿抬头望望霓虹闪烁的高楼，说："咱们住诊所就行了，这么铺排干啥？"

地锦说："爹呀，诊所里哪有地方住呀。我的新房刚装修完，还没进家具，下次来就可以住家里了。再说了，你来陈仓，市里领导和卫生局领导都要来看你的，没个地方咋行呢？"

徐长卿说："我一个乡下土医，让人家来看我干啥？"

地锦一边拥着爹和哥走进酒店，一边说道："爹呀，你在市里名气大着呢，被列为市里的名医，今后还要保护起来呢。你儿子能在陈仓市开诊所，全仗着你的名气哩！"徐长卿不爱听这些，板着脸不说话。

三人到房间后稍稍休息了一会儿就去吃晚饭，回来后都很疲惫，地锦让父兄休息，自己就离开了。

第二天大清早，地锦陪着父兄吃了早餐后就一起来到诊所。

现在的诊所已不是徐长卿以前来的地方，已经迁到市中心繁华的街道上，占了整整一层楼。地锦领着父兄把诊所各科室都转了转，还去病房里看了住院的病人。眼下的诊所是个以骨科为主兼有内科、外科的大型诊所，四五个科室，二三十个医务人员，药房、住院部等一应俱全，俨然一个小型医院的规模了。

听说闻名已久的民间大医"徐接骨"来到诊所，诊所的员工们都找借口前来一睹神医风采。但徐长卿并无多余言语，只对来人默默一笑，便低头查看中药柜里的各种药材。

第三天下午，地锦说市卫生局安排了一个饭局，市领导也要来参加，专门宴请父亲。

徐长卿有些为难："地锦呀，你知道我不喜欢热闹、不喜欢铺排，最好不要搞什么饭局吧。"

地锦说："市里和卫生局的领导早就说要请你来，要请你讲讲中医发展的事情。这次听说你来，陈仓市主管卫生医疗的周副市长、卫生局高局长还有一些医界同行，都要来看你这个名医。爹，去吧，儿子这些年在陈仓行医得到很多人的帮助，也想借这个机会感谢领导和前辈们。"

听了这话，徐长卿知道无法再推辞，便不再言语。下午五点多，父子三人便驱车前往酒店。一路上，地黄兴奋不已，瞅着车窗外林立的高楼不停地夸赞地锦有出息。

地锦挽着父兄走进大厅，宴会阵仗大得让徐长卿暗暗吃惊。这是陈仓市最高档的金豪大酒店，电梯上到三楼，走进一个宽阔的大厅，四角是雕工精美的汉白玉大柱，迎面墙壁是一幅巨大的艺术雕砌画，黑色大理石铺就的地面与华丽的水晶吊灯光影交映，雪白的纱帘随风而漾，高桌大椅精美亮丽，真是气派非凡。在这个精致的大厅里，竟一下摆了五张大桌，多数人都已到了，大家低声谈论着什么。地锦领着父亲和兄长径直走到中间这一桌前，其他四桌众星捧月般围着这一桌。

地锦从容自若地向父亲和兄长介绍高局长和其他宾客，有市里领导，有医疗卫生系统的领导和医界知名人士。高局长是个年富力强的中年人，对徐长卿毕恭毕敬、热情有加，说了很多恭维赞美的话。地黄红着脸，头都不敢抬，给他介绍来宾时只是嗯嗯点头。

宾客坐定，一个气宇轩昂的人走进大厅，高局长说："现在我们请周副市长讲话。"

刚刚走进大厅的周副市长满脸带笑地说："不不不，今天最重要的贵宾不是我，徐地锦，快给大家介绍一下咱们陈仓的名中医，徐长卿先生！"

地锦快步把周副市长领到徐长卿面前："爸呀，这是周副市长，专程来看你的。"

徐长卿急忙站起身："我是徐长卿。"

周副市长满面春风地说："徐大夫，咱们见过的。"接着，他热情地执着徐长卿的手转向众人说："诸位，这位就是闻名我们陈仓的名中医'徐接骨'徐长卿先生，徐先生医术精湛、医德高尚，是我们民间中医的楷模。我们市是炎黄故里，是岐黄文化的发源地，在座的都是我们医疗战线的有识之士，大家都期望徐长卿先生与我们一起，为弘扬岐黄文化，为传统中医发展献计献策、共同努力！"

热烈的掌声过后，周副市长执意让徐长卿讲几句，徐长卿推辞不过，只好面向众人说道："不敢当不敢当！我只是一个乡村小郎中，平日里为乡民治个头疼脑热的，没见过啥世面，更谈不上什么名医。犬子在贵地行医，全靠大家扶持，我在此谢过！谢谢大家！"

接着，周副市长端起酒杯对徐长卿说："看起来徐大夫忘记我了吧？咱们可不是头次见啊。"

徐长卿看着对方笑容满面的样子，想不起可曾见过这个人。在他眼里，这些大领导个个都是西装革履、气宇轩昂，看不出有什么不同。地锦适时介绍道："爸呀，你忘了去年你给周副市长接过腿骨，他一直说要当面谢谢你呢！"徐长卿这才想起去年秋时，地锦开车到庙台把他接到陈仓来为一位市领导治疗骨伤的事。

这时候，周副市长转向众人，声音洪亮地说："诸位，大家都还记得我去年出车祸的事情吧？当时大腿粉碎性骨折，就是这位名中医施展妙手神技，一次接好，只用了几服中草药，就让我康复如初。大家知道为啥叫'徐接骨'了吧？知道我国传统中医的神奇了吧？"

在众人一片叫好声中，周副市长举杯向徐长卿说道："今天我有机会当面感谢徐大夫，非常高兴。"

徐长卿应邀举杯，连声说道："不敢不敢。"

高局长举杯敬酒之后，紧接着朗声说道："徐大夫是咱们陈仓的著名中医，他的医术、医德在民间广有口碑，几十年来坚守贫困山区，救死扶伤无数，还给国家重要领导人治过病。而且，他还培育出徐地锦这样优秀的一代青年中医，让咱们陈仓市中医药传承有人！咱们陈仓自古以来就是中医重镇，在改革开放的今天，陈仓市中医发展要走在前头，要依靠徐大夫这样的经验丰富、医德高尚的民间大医。卫生局要邀请徐大夫做顾问，为市里医疗改革、中医发展出谋划策。"

又是一阵热烈的掌声，之后其他客人都纷纷来这一桌敬酒，气氛热烈，持续良久。徐长卿很少经历这种场合，应对吃力，疲惫不堪。好不容易熬到散场，只想赶紧离开此地。

地黄已经喝成个红脸关公，站都站不稳了。地锦醉态更甚，但依然情绪亢奋，过来搀扶徐长卿，舌头打卷地说："爹，你觉得怎么样？我把徐家的事业传承得可以吧？大哥你说呢？"

徐长卿脸色阴沉，推开地锦："我不用你管，醉成这个样子!"

地锦喝醉了，高局长让两个年轻人把徐长卿父子三人送回酒店。

一回到房间，地黄倒头便睡，地锦呕吐不止地折腾了一阵才倒在地黄身边呼呼睡了。

徐长卿站在窗前，望着窗外闪烁的霓虹，久久不能入眠。

地锦大学毕业后在社会上闯荡七八年了，应该说事业上很成功，把诊所办得已经是个小医院的规模了。自己刚才也看到了，从市上领导到医界同行对他都很支持、很赞赏，干得是不错。可是，是哪里让自己感到不对劲、不舒服呢？这几年随着地锦事业的发展，这种不对劲、不舒服的感觉越来越强烈。是自己老了，与世事不合拍，还是地锦哪里有问题？徐长卿意识到，自己对地锦确实关心得太少了。

看得出来，这次地锦接他们来陈仓是做了充分准备的，一心想让自己看到他事业的发展，看到他的成就，徐长卿也有心认真地了解一下这个已经在陈仓名声在外的徐氏诊所。但是，从昨天一踏进诊所，就有一些事情让他心里不平静、不安宁。虽然诊所地处闹市，病人很多，人流如织，一派事业兴旺的样子，但徐长卿心里总是不踏实。

在药房里徐长卿看到，一根重午香棒，过去卖三角钱一根，改革开放后卖到两块多一根，他觉得够贵了，山里村民有的人都用不起了。可是地锦这里卖九块一根，竟然还供不应求。以往每年六七月，自己和父亲、地黄都要大量采撷艾蒿制作香棒，供地锦回来运往陈仓。近两年地锦诊所的用量越来越大，就改为在城里自己制作，不再回庙台取药，徐长卿把药方给了他，叮嘱他一定要按方配药。

后来发现地锦连艾蒿都不回庙台取了，徐长卿问时，地锦满不在乎地说各地的艾蒿都一样，不必那么死板。可是，不用庙台的艾蒿还算什么"徐氏重午香"呢？

今天在诊所药房里，徐长卿拿起一根重午香在鼻子下嗅了一阵，脸色愈发阴沉，对满面春风的地锦厉声责问道："我问你，这个香棒里面有紫檀香吗？"

徐地锦："有，配量减少了。"

"我看这里面根本就没有紫檀香，作为臣药的紫檀香起到入经、消肿止痛的作用，没有紫檀香的艾棒还能保证它的功效吗？"

当时药房里还有其他员工，徐地锦很不情愿这样对话，看了看爹，希望他不要说下去。

但徐长卿依然板着脸追问："你们的艾蒿从哪里来的？"

"当地收购的。"

"那怎么能行呢！凌先生当初是发现紫柏山的艾蒿有特别的药性才研制了重午香，你随便用普通的艾蒿怎么能叫'徐氏重午香'呢？"

地锦不以为然地说："哎呀，爹，咱庙台那一点艾草哪能够用？现在用量一天比一天大，将来办起药厂用的就更多，我们虽然用外地的艾蒿，但也是经过市中草药管理局检验合格的。"

"重午香是因了紫柏山的艾蒿才有功效，你现在根本就没有紫柏山的艾蒿，中医不能这样子搞啊！"

地黄看爹很少动这么大的气，忙劝说："爹，地锦是为了中医的发展，他一个人顾不周全，咱们以后帮他。"

徐长卿推开地黄，进一步追问地锦："还有，我看你们的接骨药膏上说用紫柏山上的接骨草配制，你见过紫柏山的接骨草吗？凭什么说你的药膏里有紫柏山上的接骨草？"

地锦脸膛红涨，第一次跟爹顶起嘴来："爹，都像你这么教条，中医还怎么发展？现在我的诊所人气这么旺，连市上都表彰、支持，我的成就怎么在你眼里就一无是处呢？"

徐长卿气得浑身发颤："你这样的成就我不稀罕！"

地黄赶紧劝说父亲："爹不要生气，地锦不对的地方让他改。"

回到地锦的办公室后，地锦低着头认了错，后来才一起赶赴饭局。饭局上的一幕幕，徐长卿说不上哪里不好，人家周副市长、高局长讲得都很好，大家也都那么支持地锦，但总觉得不太对路子，哪里有问题。尤其是看到地锦满脸酒意踌躇满志的样子，徐长卿心里有一种隐隐的担忧。

次日晨，地黄和地锦醒来后，看到父亲坐在沙发上读书，地黄向父亲问安后就去洗漱。地锦心想：自己头晚喝醉，不知说啥过头话了没有，爹是不是又在生气？便说道："爹，对不起，我昨晚喝多了。"

徐长卿看看地锦："场面上的事身不由己，偶尔醉一次没啥，平时不要飘飘然就好。"

吃过早餐后，地锦说："爹，咱们去诊所吧，今天去看看我们开办药厂的计划，你看有啥问题我立即改。"

徐长卿说："地黄和你去吧，我今天在酒店看书。"

兄弟俩看父亲态度坚决，知道多说无用，便往诊所去了。

一到诊所，徐地锦便领着地黄到药房里与药师谈论起中药炮制和制作艾香棒的事情。看到地黄十分投入地鉴药、论药，徐地锦便悄悄离开，回到自己办公室。

徐地锦心里颇不是滋味，说不清为什么，自己在医术上比起爸来总是差了一截子，同样的方法、同样的药，经自己接骨的病人恢复时间就要长一些。地锦内心里觉得自己苦学多年却不及父兄，原因是父亲把神秘青囊传与兄长自己却不得一见，不由得心生抱怨：父亲不公，没眼光，自己所作所为不都是为了光大徐家医术吗？

去年周副市长在外出调研途中发生车祸，当时大腿粉碎性骨折，看起来挺吓人。周副市长主抓医疗卫生方面工作，平时喜欢中医，提出要用徐氏接骨术为他疗伤。当徐地锦接到市委办公室通知由他们诊所为周副市长接骨时，徐地锦既高兴又感到责任重大，自己做过很多起接骨，通常都是成功的，但总不是那么完美。他连夜驱车回庙台把父亲接到陈仓，由父亲亲自为副市长手术，自己在一旁当助手。徐地锦一眼不眨地盯着父亲接骨施药的全过程，也没有看到什么特别的地方啊！甚至也没见到父亲用那种接骨草，但父亲接的就是不一样！父亲只给换了三次草药，是他来时带的，几天后就回庙台了。地锦特别注意父亲配药的过程，外敷的那六七种草药早已熟稔于心，内服药中的自然铜、土鳖虫等药的配比也看得清清楚楚，他严格按照父亲配药的方法给周副市长用药和外敷，周副市长一个多月后就完全康复了。

自己和父亲的差距究竟在哪里呢？

不知从什么时候起，地锦每次和父亲见面都会有一些不愉快发生。这次把父兄接来有很多事情要商量，但不知为什么总是说不到一块儿去。在庙台时就话不投机，地锦情急之下说了过头话，惹父亲生气。后来地黄一再劝地锦给父亲认错，可地锦也有满腹的不快，他想让一家人到城市里过好日子有什么不对？可父亲充耳不闻，对他的成就也视而不见！

地锦第一次觉得和父亲之间有这么遥远的距离，简直没法沟通，自己从小就敬重的父亲为什么要这样？自己做的一切不都是为了发展中医药，为了光大徐家中医吗？中医平常心，怎么才是平常心？非得守着庙台这个穷山沟才是平常心吗？地锦百思不得其解。

这次，他做了精心的安排，想让父亲和兄长在陈仓多住几天，自己好好聆听父亲的教诲，和父亲多沟通，希望父亲好好地了解一下自己的诊所，开阔眼界，思想和观念开放一些，父子同心，一起把徐氏诊所做大做强该多好啊！

地黄回到办公室后，地锦说："哥，你劝父亲再多住几天，我不想让父亲心里不高兴地离开。"

地黄说："父亲牵挂庙台的诊所，你想留也留不住。再说，这一次来父亲看到你把事业做得这么好，虽然说你、吵你，但心里肯定是高兴的。"

"大哥，"地锦起身把门关严，轻声问道，"你说我为什么瞧病的技术始终比不上爸、比不上你？"

"谁说你比不上我啦？比不上爸是正常，他一辈子下了多大功夫，付出多大心血，我们咋能比呢？"

"你还记得凌先生留给爸的青囊吧？你一定看过，可我从来没有见过，爸就是不让我看。"

"你说什么？"地黄一下子急红了脸，"地锦呀，我没有见过青囊，也从没看到爸看过青囊，你以后可不要说这个话，伤了爸的心。"

"不知爸是怎么想的，我对徐家的贡献小了吗？我不是个好医生吗？"

地黄站起身望着地锦："地锦，你怎么能这样说呢？爸一向对你寄予厚望，你以后可别这么说，这样会伤了爸的心！"

"我不想伤爸的心，可你们也不该伤了我的心！我做这一切不都是为了徐氏中医吗？我一个人在外打拼这么多年容易吗？"

看着满脸委屈的地锦，地黄不知说啥好，心里充满担忧。


第四天，地锦带着父兄在陈仓的公园和街道上逛了逛，特地把女朋友叫来和父兄见面，陪大家看风景，吃陈仓的美食。但父亲和地黄对此都兴趣不大，下午就早早回到了酒店。

地锦去送他未婚妻时，徐长卿说："地黄，明天咱们回庙沟。"

地黄担心地说："爹，你不要生地锦的气，地锦一个人在外不容易，他对你和爷爷都是很孝顺的。"

徐长卿说："我哪能真生他的气呢，我知道地锦这些年也不容易，是我对他关心得不够。"

地黄说："地锦各方面都比我强，又上过大学。也许要做一番大事就是要结交各方面的人，要是像我一样没啥大出息，爹你能高兴吗？"

徐长卿说："不是这样的。中医有些东西是不能丢的，有些事情是不能做的。"

地黄想想又问："爹，那个……当年凌先生留下的那个青囊里到底有什么东西？"

地黄突然问到这个，徐长卿有点意外，但他很快就明白个中缘由了。还没等徐长卿回答这个问题，地锦返回来了，他便对地锦说："地锦，你把诊所的事情安顿一下，明天咱们一同回庙沟去。"

地锦问："爹，为啥要急着走？你是生我的气了吗？"

徐长卿摇摇头平静地笑道："爹咋能真生你的气呢？有些话可能爹是说得急了些，但爹不怪你。你做事情很努力，但你在城里环境不一样，有些事情可能要等你大些才能明白。"

听爹这样说，地锦心头阴霾顿时散去，高兴地说："爹说的我今后会改。你们再住几天，我去把爷爷也接来好吧？"

徐长卿说："过一阵子再接你爷爷。明天我们一同回庙沟，庙台那边也离不得人。这次回去我要给你们讲'青囊'的事情。"

一听父亲提到青囊，地锦和地黄脸色都凝重起来，一起看着父亲，等待他的训斥。父亲要回庙沟，地锦知道留不住，父亲惦记着他的诊所，这大半辈子他很少出外，这次能在陈仓待四五天都是很少有的。头天和地黄说话时有些冲动，提到了青囊，显然父亲也知道了，现在父亲说要回庙沟讲青囊的事情，一定是非常生气。

地锦心里七上八下的时候，父亲却很平静地说："地锦呀，你把爷爷接来这个想法很好，以后让你爷爷给你把把炮制药材的关，对你的诊所和药房都有好处，爷爷虽然七十多岁了，可身体还硬朗着呢。"

地锦高兴地说："那太好了！我一直想让爷爷来城市享享福啊！你看我的新房子已经收拾好了，成家后爷爷和我们住一起，保证让爷爷天天开心。"

说到新房子，地黄不由得问地锦："你也快三十了，在城里条件这么好，怎么不快点结婚成家？"

徐长卿说："你还问你弟弟呢，他一直说要等你这个当哥的先成家才一再拖延。不过这下好了，地黄的婚事也讲好了，过一阵子就可完婚。"

听到地黄快要结婚了，地锦忘掉了所有的不快，高兴地说："那太好啦！哥你怎么还对我保密，这几天连一个字都不提！是哪里的？"

地黄红着脸说："不是保密，是我这当哥的没出息，都三十大几了还找不上对象。这次是父亲和陈支书一起到李家提媒，人家答应了。"

地锦拍着脑门想："庙台李家？李家三女子红梅？"

地黄脸红似关公，说不出话，只是点头。

"好呀！这个红梅今年应该是二十五六的样子，性子静，人贤惠，跟大哥正是天生一对啊！"

地黄说："莫要取笑我了。明天咱们一起回庙沟。"

<br>

## 4

庙沟的石板街只有一根扁担那么宽，开不过去汽车。地锦把车子停在村口，父子三人下车往家走。

一踏上这条石板街，父子三人都感到特别的亲切、温暖。地锦像童年上学时一样，蹦跳着跑在前，一双手在嘴边围成喇叭筒对着窄窄的长街大声喊道："我回来喽！"立刻，长长的回声顺着小街回荡。

深秋时节，村子四周、沔河两旁、紫柏山上，都染上了绚丽的色彩。石板街上落了一层金黄耀眼的银杏叶子，随着人的脚步跳跃着婀娜的身子。长在石板缝里的芨芨草举着一串串小铃铛在风中摇曳，如果你停下脚步弯下腰仿佛能听到"叮当"的摇铃声。后坡上的酸枣棵子缀满了珊瑚珠子似的小枣。坡地上草丛里绽开了一丛丛野花，淡蓝色、玫红色、雪青色，一丛挨着一丛。住家户的房后，机灵的小田鼠在草丛中探头探脑，肥硕的野鸡"咕咕嘎嘎"地叫，吃力地扑棱到坡顶上，忽然间又惊慌地钻进灌木丛里。往后是一片片杜梨树的黄叶，是一种沉静得令人发醉的烟黄；往上就是半崖上一块块红黄白色彩的灌木方阵；再往上呢，就是苍翠的紫柏山原始森林，像一片黛色的云彩。

到了，到家了。院门开着，老远就看见爷爷在院里忙碌的身影，地锦飞快地跑进去，一把抱住爷爷，地黄也随后和爷爷、地锦抱在一起。

徐长卿望着满院子的中草药，看着父亲健朗的身板，听着他乐呵呵的笑声，心中十分欣慰。白露前后，正是收获中草药的季节。父亲把院里种的党参、当归都起出来了，摆在泥土里吸水气。灰白色的党参圆滚滚的；深褐色的当归身子壮硕，须尾长而密。屋檐下风铃一样挂着一串串天麻、何首乌、黄姜子等。柴房廊台上堆着一捆捆干透的艾草。院正中那一棵五味子树今年挂果特别繁盛，这是父亲从紫柏山上挖的树苗栽在院里的，怕有十好几年了吧。如今已是枝藤繁茂，密匝匝地挂着一串串深红色的果实，像葡萄一样晶莹剔透，正是采撷晾干入药的时候。

"爷爷，你一个人干这么多活，别累着。"地锦担心地说。

徐青山满心欢喜地看看地锦、看看地黄，乐呵呵地说："爷爷身子硬朗着哩，累不着。"

老伴去世十多年了，徐青山独自一人住在庙沟，守着这间老屋，守着门前屋后这些中草药。这些年里，无论是徐长卿说接他去庙台，还是地锦要接他去陈仓，都一次次被他拒绝了，坚决不离开庙沟。他把房前屋后院子内外的空地都拾掇好，精心种植各种药材。随着年纪增大，徐青山除了端午在阴阳坡和山口上采艾蒿，一般不进山采药了，春种夏育秋收，冬季炮制各种中草药，一年到头忙碌不停。七十多岁的人了，身子依然康健。

徐长卿说："爹，地锦好久没回来了，你们爷孙俩说说话，我和地黄去做饭。"

晚饭过后，徐长卿说："爹，凌先生留下的那个东西还在那儿是吧？我今天要把它取出来。"

徐青山问："这个时候拿它干什么？太平盛世的。"

看到地锦站在身后，徐长卿阴沉着脸说："有人嫌我不公平，把家传秘籍没给他，影响了人家发财。"

地锦低下头，不敢出声。徐青山看出端倪，还是不赞成徐长卿的做法，说道："自己的娃儿该说说、该管管，动它干啥？从凌先生给你到现在谁也没动过，这会儿有啥过不去的，要打开它？"

徐长卿脸色和悦下来，说道："也不全是因为这个。地黄和地锦都要成家了，庙台的诊所和地锦的诊所也都面临一些变化，我想是时候打开了。今天家人都在，让我们看看凌先生的青囊中究竟有啥东西。"

说完，徐长卿让地黄从院里搬来木梯，架在堂屋的人字梁上。地锦和地黄一起向房梁上望去，看到梁角上架着一个黑色的小木匣，由于年代久远，房梁和木匣都熏得黢黑一团，挂着一条条阳尘，不经指引不留意的话根本看不出有什么。没想到，多年来，这个神秘的青囊就在自家的房梁上，抬头可望，地黄地锦却谁也不知道。

地黄扶着木梯说："爹，我上去吧。"

徐长卿板着脸一步步登上木梯，从梁上取下木匣，当即一团阳尘飞舞起来。在呛人的尘土中，徐长卿缓缓走下木梯，地黄上前接过木匣，捧到窗下亮堂处。徐青山上前看了看，摸了一遍，说："还好，没遭鼠咬，也没有生虫。"

徐长卿不说话，用力打开木匣，灰尘扑了一脸也不管不顾，从匣子里取出一个黑色的丝质锦囊。厚厚的丝质青囊还很坚韧，一截缝在囊袋底端的丝质绳索系紧了囊口，二十多年的时光使那绳索收得更紧、更加结实。徐长卿手有些抖，费了好大的劲才解开囊口。

地锦从爷爷言谈中已经听出来这个青囊从来就不曾打开过，从爷爷不安的神态中，他知道自己惹祸了，低下头不敢吱声，也不敢看那个青囊。

　　徐长卿慢慢地把青囊里的东西一样一样取出来，一一摆在木柜上。徐家三代四个男人肃然地看着这些密存二十多年的东西：一方小小的砚台，一支狼毫小楷毛笔，一本处方，一本凌先生手写的临证心得。徐长卿举起临证心得仔细辨认，首页右上方一行蝇头小楷写着"凌朴子临证心得"。页面中央是凌先生重墨写下的一句话："非其人勿教，非其真勿授，是谓得道。"

　　凌朴子临终前亲自把青囊放在徐长卿手上，没有多说什么。徐长卿猜想也许是古传经方什么的，没想到是凌先生日常诊病过程中记下的思考和心得，想来凌先生要他珍藏并传承的就是首页这句话！在安葬完凌先生的那个凌晨，徐长卿便把这个青囊藏在这个房梁上，二十多年来从未动过。近几年地锦多次要求一睹青囊真颜，甚至还怀疑已经被传给地黄了，徐长卿都不予理睬。地黄也曾问过，徐长卿对他说自己死后他方可与地锦一同打开青囊。

　　徐长卿把笔记交给地锦，威严而苍凉地说："念！"

　　徐地锦不敢看神情严肃的父亲，低头接过。薄薄一本笔记重若千斤，如火灼手。他知道自己闯了大祸，青囊打开时他就惊呆了，他万万没有想到，心牵多年的青囊里面竟是这样几件物品！自己竟为此错怪父亲、嫉妒兄长，此时不知如何是好。他看了看父亲和兄长，又求助地望着爷爷。徐青山说："没事锦娃子，念吧，凌先生临死前交给你爸，二十多年了从没人动过，咱们今天就看看上面到底写的啥。"

　　徐地锦一字一顿地念道："非其人勿教，非其真勿授，是谓得道。"

　　念完这短短十几个字，徐地锦脸色苍白，潸然泪下。《黄帝内经》里的这句话他太熟悉了，小时候父亲就带着兄长和自己一同念，在大学里也不止一次地学习《黄帝内经》里的篇章，念过这句话，自己却从没有弄懂它的含义。他泪流满面，低头把笔记放回青囊，把那几样东西一一装好，放回木匣。

地黄一直担心地望着父亲，怕他对地锦大发雷霆。地锦念了这句话之后，地黄心里也很吃惊。虽说他文化较弱，看中医经典古籍很吃力，但"非其人勿教，非其真勿授，是谓得道"这句话以前父亲就给自己和地锦专门念过、讲过，为什么青囊里的秘密是这样一句话呢？

地锦捧着木匣呆立片刻，向着父亲和爷爷跪下，刚说出"我错了"三个字就大哭起来。

徐长卿并没有再责怪地锦，平静地说道："地锦，青囊今后就由你保管，凌先生的手记我今晚读过之后也一并交给你，你可要收好。地黄你觉得呢？"

地黄说："我怎么会有意见呢，我没啥文化，给我也看不懂。地锦今后会把徐氏中医传承光大的。"

徐长卿说："是你和地锦共同把中医传承好。再说也不是什么徐氏中医，是华夏中医。如果说地锦做的是绿叶和鲜花的事情，你做的事就是埋在泥土下的根，没有根基，中医药就会枯萎。"

徐青山揽着地黄和地锦，对徐长卿说："好了，不许再提这些个事啦，徐家的子孙都是好样的。"


夜深了，一家老少都毫无睡意，每个人似乎都对这个老屋充满眷恋。

地黄和地锦在屋里相谈许久，一灵一拙两个中医传人也很默契。

徐长卿和徐青山坐在竹子下的靠椅上，由青囊谈及凌先生，由诊所谈及地黄和地锦。徐青山答应了过两天就和地锦去陈仓市，之前地锦说过好多次想接爷爷到城里。长卿知道地锦有孝心也有条件让年迈的爷爷享享福，还有更重要的一层，有父亲守在地锦身边，能看着他，不会让他走迷失了。

初始说这事时，徐青山从心底还有一些犹豫："长卿啊，你真要把我这把老骨头折腾到陈仓市去？"

徐长卿说："爹呀，你一辈子没出过庙沟，地锦孝顺，想让你去享享福，他能招呼好你。你看庙沟人大多已经迁到庙台或公社所在的镇子上去了，你也该出去散散心了。"

"我走了，这些草药呢？我走了它们怎么办？"

"我和地黄还在这儿嘛，庙沟庙台不能没有个诊所，有诊所不能没有药。还有，地黄和地锦很快都要成家啦，我想让地黄把家安在庙沟，这个老宅我看就交给他吧，今后你回来他和他媳妇侍候你。我也会常来看我娘、看凌先生的。还有，你去陈仓能给地锦帮上大忙，大城市里迷乱着呢，我怕他迷路。"

"人家都开上大医院了，我能帮啥？"

"帮他记住这个老宅，记住凌先生，记住这些草药就行了。"

徐青山不再说话。

徐长卿说："夜暗了，返潮，爹去休息吧。"

徐青山站起身说："困觉。今年五味子长得特别好，你可给我看好了。"

看着父亲走向睡房的背影，徐长卿心中平静下来。父亲终于答应离开这个生活了一辈子的庙沟，不再孤苦伶仃地独自生活，消除了徐长卿横亘心头已久的牵挂。他站起身正要回屋，却见地黄从五味子树后走出来，说道："爹，我听见你和爷爷说的话了。这样好，爷爷辛劳一辈子，晚年是该到城里享享福。"

徐长卿知道地黄还有话说，便静静地看着他。

地黄说："爹，地锦一直在哭，你不要怪他了。"

徐长卿说："我不怪他，今天的事是给他提个醒。"

地黄说："爹，你也去陈仓市吧，地锦的事业需要你的帮助。我想把诊所迁到庙沟来，咱们家这一院房就够。你和爷爷去陈仓市，帮着锦娃子把大事情做好，我守着这个诊所，守着这一院子中草药就行了。你说哩？"

徐长卿说："把庙台的诊所迁到庙沟来？"

地黄说："爹，你也说过，改革开放后，交通方便了，生活条件也越来越好，来庙台看病的人也一天天减少。我觉得庙台、庙沟有我这个小小土郎中就够了，爹你去做大事。"

听完地黄的话，徐长卿陷入沉思中。是啊，地黄说得对，世事沧桑，是有很多变化，庙台、庙沟人的光景一年好过一年，就连年过三十的地黄也终于要成家了。因地黄生性老实憨厚木讷，一直没有找到合适的人，直到今年夏，经陈山撮合，庙台知根知底的李家愿意把女子嫁给徐家。徐青山上门提了亲，年内地黄就可以成家啦。今后地黄就守着家乡这片热土，为父老乡亲祛病除症，把民间中医一代代传承下去。

"爹，庙沟交给我吧。你和爷爷随地锦到城里，他真的需要你。"

徐长卿笑眯眯地点头："好，庙沟有你我放心。困觉去吧，咱们都去困觉。"

徐长卿知道，这是他们一家人一起在庙沟这个老屋歇的最后一个晚上了，不由得心潮起伏，地黄进屋后他又独自在院里徘徊了很久。

徐长卿想，自己也该去做自己想做的事情啦。

夜已深，山村和土地都已经沉睡，除了微风轻轻拂过树木的声音，整个天地间都是安宁的。月亮渐渐升起，甩开了裹着它的那一片灰云，石板街、田野、紫柏山一下都亮堂了，仿佛笼起一片轻烟，水一样的清澈，冲洗着这个安宁柔和的秋夜，冲洗着徐长卿的心扉。

　　地黄多年跟父亲在一起养成早起的习惯，天亮起床后看见爷爷在后院打太极拳，却不见父亲的身影。他隐隐有一点预感，急忙去院门外的石板街上瞅了一圈，没有，里外都没有父亲的身影。回到堂屋看见桌子上放着一封信，看了几行忙去叫来地锦，两人迎着晨光读了起来：

黄儿锦儿：
　　为父外出一段时间，爷爷去陈仓市的事情就托付给你们了。我这次要先去凌先生的家乡走一走，然后去云贵一带，我现在理解了为什么凌先生后半生要云游四方：要成为一个好郎中，不行万里路、不爬千座山是不行的。以后我外出云游的时间会多一些，希望你们各自做好自己的事情。
　　黄儿宅心仁厚，行事踏实，将来守好庙沟这片故土，为庙台一带百姓祛病除症，回报父老乡亲。锦儿聪慧，学业有成，志向远大，可为中医药传承发展有一番作为。以后你们都要记住了，不要说什么徐氏中医，我们算不得中医世家，更不是什么名医，我只不过偶然地遇到了凌先生，成为中医药的传承者，继而影响到你们也走上这条道路。以我们短短数十年习医从医的经历，充其量只是学到和悟到了一些寻常的"技艺"与"匠心"，做到了为父老乡亲祛病除症问心无愧而已。
　　昨晚你们看到凌先生留下的青囊，是否明白凌先生一番苦心呢？是否明白为什么当年凌先生在面临死劫的时候要千里跋涉寻找一个传人？《大医精诚》论述了有关医德的两个问题：第一是精，即要求医者要有精湛的医术，认为医道是"至精至微之事"，习医之人必"博极医源，精勤不倦"。第二是诚，是说医者要有高尚的品德修养，以"见彼苦恼，若己有之"的感同身受的心，生发大慈恻隐之心，进而发愿立誓普救生灵之苦，且不得邀射名誉，恃己所长经略财物。凡大医治病，必当安神定志，无欲无求。若有疾厄来求救者，不得问其贵贱贫富，亦不得瞻前顾后。

自古以来，一代代中医人传承下来的，不仅仅是术，承载医术并惠泽世人的，最根本的是道。医之道，在于医者的仁心；仁心之上，才有仁术。

关于医之精诚，我再多讲几句，望你们能铭刻于心、融之于骨髓血液之中。

一是精诚专一，矢志不渝。这是指一个为医者的意志。中医药学是一门浩博渊深的学问和技艺，从医者需要付出毕生的精力和时间，自强不息，精益求精，才能有所建树。

二是敬畏生命，守护人性。此指为医者的道德底线。医者面对的是正在承受病伤痛苦的人，所以要将患者的痛苦当作自己的痛苦，敬畏、珍爱每一个患者的生命。

……


读完信，地锦飞快地跑出院子，站在石板街上向远方望去，弥漫的雾气中，通往国道的长长的石板街静悄悄的。

# 后　记

## 1

这颗中医的种子埋在心中很多年了。

在我少年时代，在秦岭深处，我结识了乡村郎中"徐接骨"，从那时起我就在心中刻下一道岐黄的符号。

1970年，我父亲在农村蹲点时，在水库工地上与一块巨石一同滚下山坡，当即被压断双腿，腰部以下的盆骨也断裂好几处。村民用门板把他抬到"徐接骨"的医疗站。途中还经历了几个小时的折腾，血水已流得差不多了，严寒和疼痛已经基本耗尽了父亲的体能。村民完全是出于人道的本能才把他抬到医疗站，放在门口就仓皇离去，他们怕人死了惹上干系。

"徐接骨"一看人还没有咽气，便动手续筋接骨，这一接，用了整整一个晚上。他像一个技艺精湛的陶匠一样，捏捏揉揉，揉揉捏捏，两条猿人一样的长臂上下翻飞、左右挪移，灵巧得让人眼花缭乱。他用最原始的土办法：用绳索固定伤处，用案板做依托，以土坯为支架，用最普通的生长在路边的草木为药材，把我父亲身上的断骨和碎骨一一捏合、固定。第二天太阳出来的时候，我父亲睁开了眼睛。

之后，十五岁的我到那个小医疗站陪护我父亲，跟着"徐接骨"一同采药，对中医药最初的印象就是从这里开始的。你可以想象在那个年代，一个大队的医疗站条件是何等简陋，采药治病的方法是多么普通，但那一切却让人终生难忘。

那是个初春未暖的时节，秦岭阴坡上积雪尚未融尽，"徐接骨"领着我拨开积雪，在草丛中找出一寸多长的铁杆蒿，从冻土中挖出骨碎补、刺龙苞、续断等草药的根茎。这些草药都是垄上沟边小路旁生长的普通野草，"徐接骨"拿着这些草药走进一间密室，加入一些奇奇怪怪的秘药，在石臼里捣成草泥，敷在我父亲伤处。几个月后，我父亲又站起来了，他的身板依然是那么魁梧结实，他依然能在篮球场上奔跑，到了秋天还能和紫柏山的老农一同去打猎。甚至，他在进入老年后竟然也没有任何疼痛等后遗症。

我父亲在农村蹲点长达七八年，这期间一直和"徐接骨"是交心的好友。他每次一回到家就给我讲"徐接骨"如何凭一把草药治病救人，讲他和"徐接骨"如何在深山里打猎，如何在深山老沟农户家寻觅长牛黄的病牛，如何在悬崖峭壁上采撷铁皮石斛和灵芝，还有"徐接骨"如何用一些奇怪的方法治愈一个个看似不可能救活的病人的传奇故事。

许多年来，"徐接骨"那高大的身躯、两条猿人一样的长臂，以及那些生长在石缝里、草丛中的中草药在我心中盘旋不去。但我始终觉得自己没有能力把它们写成小说，我心中有许多故事，却还看不清它们的经纬脉络。

## 2

仿佛冥冥之中的召唤，2015 年，年近花甲的我一头撞进岐黄世界并深深为之迷恋。我拜一位民间中医为师，并如饥似渴地学习中医药方面的文化知识。他引领我一步步走进中医的殿堂，使我看到了一幕幕近在身边的、切实的、接地气的中医大美风景。他带领一个民间中医药团队，凭借家族几代医匠传承的中医药外治绝技，北上南下推广传承，进社区展示，入民间义诊，传播自医自疗的方法，乃至走进亚洲、欧洲、非洲多个国家，打开国际合作通道，谱写了异国收徒光大中医的佳话。2016年，中华中医药学会将这一技法列为国家中医药保护项目；2017 年 6 月，西安市碑林区非物质文化遗产保护中心宣布这一民间技法为第四批非物质文化遗产……

近些年恰逢我国中医药迅猛发展并上升为国家战略的历史时刻。

2015 年，屠呦呦获诺贝尔奖证明了中医药的科学性、合理性和对世界人民健康的重要性。

2016 年，《"健康中国2030"规划纲要》及《中国的中医药》白皮书、《中华人民共和国中医药法》相继出台。同年 11 月，第九届全球健康促进大会在上海召开，各国领导人和医学专家形成共识：全球进入慢性病时代靠什么应对？靠中国的中医！中医成为疾病康复的首选和重要手段，中医在促进人类健康方面的巨大作用，得到东西方广大民众的认同，古老中医成为"一带一路"闪光的名片。

从国家印发《中医药发展战略规划纲要（2016—2030 年）》到颁布《中华人民共和国中医药法》，都体现了中医药发展已上升为国家战略，党和国家对中医药工作的重视与支持，上升到了新的高度。

传统中医到底有多深奥、有多广博？中医是以什么方式辨证施治的，为什么能屡屡创造医学史上的奇迹？说起来也就是"四诊、八纲、六经"，然而每一个字都重若千钧，每一个技法都如同一部天书。四诊：望、闻、问、切。八纲：阴、阳、虚、实、表、里、寒、热。六经：太阳经、阳明经、少阳经、太阴经、少阴经、厥阴经。至于抽象而又神秘的气血、经络、藏象、五行、阴阳等学说，其任何一项都堪比哥德巴赫猜想，一个好中医穷其一生所学也只能是沧海一粟，我一个门外汉更是难以窥其真容。

中医药学是在中国传统文化的土壤里孕育而成的，是经数千年一代代仁人志士锤炼出来的中华文化瑰宝。《黄帝内经》以黄帝、岐伯对话的形式，从宏观角度论述了天、地、人之间的相互联系，讨论和分析了医学最基本的命题——生命规律。在阐述病机病理的同时，以"四时阴阳，万物之根本"为理论根据，论述了"从阴阳则生，逆之则死"的医学道理，创建了相应的理论体系和防治疾病的原则和技法，是一部生理学、病理学、诊断学、治疗和药物学的医学巨著，其间还包含了丰厚的哲学、天文学、心理学等多方面学科的知识。

高山仰止，心向往之。中医世界那么大，我想走进去看看。

学习中医几年来，我懂了，中医不仅仅是一个神秘的传奇和一项深奥的学问，更多的是一代代中医人艰辛的探索和坚守。古老的传统中医是依靠一代代仁人志士传承下来的，是那些默默耕耘于岐黄厚土的民间中医，以弘毅的坚守之心、虔诚笃志的匠心和治病救人的仁义之心，用心血和智慧培育出灿烂的杏林之花。

2017年9月，我开始了长篇小说《青囊》的写作之旅，开始在岐黄世界里追寻——中医在哪里？

3

是啊，中医在哪里？这是我写作《青囊》过程中一直在思考的问题。

我国传统中医是深深根植于华夏厚土的岐黄之树、铁枝铜干，雪雨风霜犹笑傲，清奇不染半分尘。中草药由世间千万种普普通通的野草花木构成，这就注定了中医与生俱来的强大生命力是永不枯竭的。中医的根基在阳光之下，在泥土之中，自古以来的良医都是活在平常人中间，为平常人做着普通的事。

　　中医在江湖、在小巷、在村落，在那些奇人绝学的默默传承之中，在乡村野夫清苦一生奔波寻觅的路途上。

　　我拜师的那位民间技法传承人，他们家族五代为医。至今，已年过古稀的他依然以超常的精力长年累月奔波于大江南北，传播家学，到各大城市社区里义诊，进一步整合家传绝学，深入研究中医药外治法医疗思想，苦心孤诣著书立说。

　　还有书中所写连云栈道上的"徐接骨"，他虽早已作古，可是他的子孙还在那一片热土上，他们默默地传承着岐黄之术，传承着医德医道。他的子孙有的坚守一隅，一辈子甘当山乡土郎中；有的上了医科大学，成为医院的主治医师；有的在医学院里研究中医理论。当初一个"徐接骨"，今天已成为一个庞大的中医家族。

　　我喜欢中医人的质朴谦逊，喜欢中医人与天地、与自然的融合。当我沿连云栈道一路北上，访张良庙，越柴关岭，过留凤关，在紫柏山下找到那位民间广为称颂的名医"徐接骨"的长子家里，询问他医术有何过人之处时，他说："我会扯几样草药，能给人治个头疼脑热，仅此而已。"这位古稀之年的名医用乡音淡淡讲出这番话时，我感受到了一种天高地厚的大智慧。

　　在追随民间中医奔走山乡小镇的途中，在目睹他们为一个个疑难怪病患者祛病除症的过程中，在百姓的口口相传中，我渐渐看到了中医的经度和纬度。一个好中医可以救人于危难，可以改变一个人的命运，可以给一个家庭带来希望，可以创造医学的奇迹，切实让人们感受到中国传统医学的神奇力量，难怪自古就有"不为良相，愿为良医"之说。

虽然，我结识的那位民间绝技传承人，还有书中所写的"徐长卿"，只是千万个民间中医的一分子，只是一个中医世家的缩影，但一个个家传，合起来就是国传，就像一条条小溪，汇集起来就是中华岐黄的汪洋大海。

《医贯》云："有医术，有医道，术可暂行一时，道则流芳千古！"

为大众所需，为大众所用，是医道之所在矣，这便是书中青囊里蕴含的秘密吧。

《青囊》是一部描写民间中医的长篇小说，通过秦岭山区乡村医生徐长卿习医从医的曲折经历，透视我国民间中医的兴衰，真实体现了我国民间中医代代相传相守的医术医德，以及精诚专一、矢志不渝的工匠精神。但小说不仅仅是讲故事，要剖开故事的内核，提炼出它的意义，然后寻找穿透的突破口。我不知道自己是不是做到了，但我可以肯定，通过这部书的写作，我对中医有了新的认识。

一见倾心，和中医从此再不分离。

这部小说才是我追随中医的开始。

古老中医，欣逢盛世，《青囊》可算作中医药传承发展洪流中的一朵浪花。

愚公

改于 2019 年冬